ひゃくはち

早見和真

集英社文庫

二〇〇×年・夏

なんとなく気が重かった。佐知子《さちこ》と会うのは二週間ぶりだ。楽しみに思う気持ちもたしかにあったが、僕は伝えなければならない大きな話を抱えていた。

佐知子より先に店に入り、いつものハートランドを注文する。金曜の夜、渋谷《しぶや》の街はたくさんの人でごった返しているのに、この『メケメケ』には数えるほどしか客がいない。以前は週末ともなれば並ばなきゃ入れなかったのに。一つの店の凋落《ちょうらく》を見るようで気が滅入《めい》る。

ワンパターンのエリス・レジーナが、こちらもワンパターンのセルジオ・メンデスに変わろうとした静寂の中、古めかしいエレベーターの到着音が店内に響き渡った。何人かの客がその音に反応してエレベーターホールに目をやり、釣られて僕もそちらに目を向けた。降りてきたのは佐知子だった。

反応した何人かのうちの、そのまた何人かの視線を釘《くぎ》づけにしたまま佐知子は僕を探し出し、そしてニコリと微笑《ほほえ》む。一七〇センチ近い長身にベージュのジャケットが決まっている。僕はなんだか誇らしい気持ちになり、憂鬱な気持ちは少しだけ晴れた。

「ごめんね、お待たせ」

渋谷駅から公園通りを駆け上がってきたというわりに、佐知子は汗一つかいていない。

「ご無沙汰ぶりでございます」

立ち上がり、おどけてみせる。含み笑いをした佐知子も「こちらこそ、ご挨拶にも伺いませんで」と冗談を返してくれたのでホッとした。それでも「で、どちらだったのですか?」と続けた佐知子の言葉に、一転して心は重くなった。

「まあ、その話はおいおい……」

冗談を続けるつもりもなかったが、まだ打ち明ける雰囲気ではないと感じた。それでも佐知子は「いつまで言ってるの」と軽く僕をいなし、もう一度聞き返した。

「どこだったのよ?」

「ええとね」

思わず目を背ける。

「徳島《とくしま》だった」

「えっ？」

「だからね、徳島支局だったの」

「嘘《うそ》だよね？」

真顔で言われた。「はい、嘘です」って答えられたらどれだけ楽なことだろう。

「とりあえず座りなよ」

突っ立ったままの佐知子を促して、僕はカバンの中からペラペラの紙を取り出した。

〈異動　10月1日付　徳島支局　青野雅人《あおのまさと》　（東京本社・編集局）〉

ロウソクの火で弱々しく照らされた佐知子の表情に、言いしれぬ息苦しさを感じる。

僕は残ったハートランドを一息に飲んで、「もちろん一緒についてきてくれるよね」と、自分でも冗談なのか本気なのかわからない言葉を口にした。

何を思うのか。佐知子はその問いかけに答えようとはせず、押し黙ったまま紙を見つめている。そして一言、「雅くん徳島に行っちゃうんだ……」と、他人事《ひとごと》のようにつぶやいた。

結局その後、僕らは転勤についてお互い触れようとしなかった。佐知子が何を考えているのかわからなかったが、少なくとも怒っている様子も悲しんでいる様子も見られないのは救いだった。当然、僕も気まずくなんてなりたくない。当たり障りのない話題だけがその場を占拠し、僕らの時間を食いつぶしていく。テーブルの上で溶け落ちていくロウソクだけが、時間の流れを感じさせた。

「まだいるんだったら、もう少し開けとくけど」

みんなから「オーナー」と呼ばれている顔見知りの店員がキッチンから出てきた。暗に閉店時間を告げているのだ。なんとなくホッとした。二人の間の滞った空気を、オーナーが少しだけ掻《か》き消してくれたからだ。

オーナーは僕とさほど年齢は変わらない。もちろんメケメケの本当のオーナーであるはずもなく、ただ入店した当初から老け顔で、年齢に相応しない貫禄《かんろく》があった。それだけの理由で「オーナー」だ。

「なんだよ、オーナーいたんだ。金曜の夜くらい黙って店開けとけよ」

「なんで俺がお前らのためだけに開けとかなきゃいけないんだよ」

言われてはじめて、僕ら以外の客はみんな捌《は》けていることに気づいた。他のスタッフもすでに帰した後らしい。

「だからってさ、オーナー別に用もないんだろ。一人でも開けときゃいいじゃん」

「バカ。俺だって用事くらいあるよ」

そう言って、オーナーは頭に巻いていたバンダナを脱ぎ捨てた。ほとんどスキンヘッドの坊主頭がむき出しになる。流行《はや》りのオシャレなやつでは決してない。もみあげは鋭角に刈られ、色も黒々としたままだ。頭の形の歪《いびつ》さも、威圧感を増長させるのに一役買っている。

そんな男臭さが僕にはカッコ良く映るのだが、やはり女の子の受けは悪いようだ。結婚するとまで豪語していた年下の彼女にも先日あっけなく振られてしまった。原因がその気合いの入った坊主頭のせいかは定かじゃないけれど。

「雅人さ」

タバコに火をつけて、つぶやくようにオーナーは言った。

「やっぱり、まだあいつらと会ったりしてないんだよな?」

「あいつらって……、あいつら?」

「うん、あいつら」

「あいつらって?」

佐知子が怪訝《けげん》そうに尋ねてくる。

「昔の友達。よくここに一緒に来てた奴《やつ》ら」

佐知子の表情に一瞬だけ緊張の色が浮かんだ。オーナーがそれに気づく。

「大丈夫だよ、さっちゃん。その中に女なんて一人もいなかったから。どいつもこいつも絵に描いたようにむさ苦しい奴ばっか」

そう言ってオーナーは似合わないウィンクを佐知子に投げかけた。

「別に。気にしてないですよ」

佐知子はそう答えてラムコークに口をつける。

「全然会ってないよ。たまにノブとは会うけど。なんだよ、急に」

「やっぱりまだギスギスしてんの？」

「ギスギスっていうのとも違うんだろうけどね。きっかけがないって言うか、本当にもうずいぶん長いこと会ってないから」

「そうか」

オーナーはゆっくりとタバコをふかしながら続けた。

「一回みんな連れてこいよ」

意外な提案だった。この八年間、一度も言われたことがない。

「俺さ、来月いっぱいでこの店辞めるんだ。千葉《ちば》で自分の店持つことになったんだわ」

「マジで？　スゲーじゃん！」

「すごい！　おめでとうございます」

僕と佐知子は同時に声を上げた。

「これで晴れて本当のオーナーだな」

僕の冷やかしに、オーナーは真顔でうなずく。

「うん。だからさ、その前に一回みんな連れてこいよ。最後にお前らみんなの顔見ときたいんだ」

やはり戸惑いはあった。そう簡単に割り切れるものではない。それでもいつになく真摯なオーナーの言葉に、僕は「約束はできないけど」と前置きした上で、「努力してみるよ」と答えていた。

小さく笑いながら、オーナーは落としていた店の照明を灯《とも》した。暗闇に隠れていたタバコの煙が一斉に浮かびあがる。フワフワと浮かぶ煙が見えた瞬間、なぜか目にしみる気がした。


その後オーナーはいかに恋愛が大切なものか、自分がどれだけ彼女を愛していたのかと散々語ったあげく、最後は急《せ》き立てるように僕らを店から追い出した。

エレベーターを降りるとムワッとした空気に身を包まれた。公園通りに立ち並ぶ街灯の明かりが滲《にじ》んで見える。三日ほど前に梅雨《つゆ》明け宣言されたばかりなのに、相変わらずぐずつき気味の毎日が続いていた。ただ、明日からは天気も回復して暑い日が続くだろうと、今朝の天気予報は言っていた。いよいよ夏本番だ。

そろそろネオンも消えつつある時間だというのに、この辺りはまだ若者たちの往来で溢《あふ》れている。公園通りを駅に向け下っていく波もあれば、どこに向かうのか、これから上っていこうとするうねりもあった。

「今日はもう帰ろうよ」

そんな人の流れに目をやりながら、僕が口火を切った。このままどこかに泊まっていこうという流れを阻止したかった。

だが佐知子は僕を一瞥《いちべつ》し、携帯のメールを打ちながら「ううん。もうちょっと飲んでいく」と返してきた。こんな調子で、最近の僕らはいつも腹の内を探り合うような駆け引きを始める。

つい最近まで、僕は自分がセックス依存症なんじゃないかと真剣に悩んでいた。誰かとやろうが、自分でしようが、一日一回は処理しなければ気がすまなかった。いつまでこんな中学生みたいなことが続くのかと本気で心配もしていた。

しかし、そんな悩みは就職を機にあっけなく吹き飛んだ。複雑な人間関係に、仕事上のストレス、日常の目まぐるしさ……。ずっとくだらないと蔑《さげす》んでいた〈性欲が湧かないとされる理由〉に、今、僕は確実に蝕《むしば》まれている。

できることならこのまま家に帰りたい。家のベッドで一週間の疲れを癒《いや》したい。チェックアウトの時間を心配せずに気が済むまで眠っていたい。しかも、今日は転勤問題というおまけまでついている。

「飲みに行くのは全然いいんだけどさ、佐知子終電なくなるじゃん」

結局僕は本心を胸に秘め、当たり障りのないことを口にする。佐知子の方も携帯をいじる手を止めなかった。

「大丈夫。なくならない」

「だって、もう十一時過ぎてるよ」

「うん、平気」

本気で帰るつもりなら、佐知子にもう一軒寄っている余裕はないはずだ。僕の家はそう遠くないし、最悪タクシーでもなんとかなる。でも佐知子の家は埼玉《さいたま》の、鴻巣《こうのす》だ。お互い実家の僕らが一晩をすごせる場所は、やはりホテルに限られている。

話している間も佐知子は携帯から目を離さなかった。帰るまいという思いが見え見えだ。

「もういいよ、疲れたし。今日はもう帰ろうよ」

「しつこいな。だからちょっと飲んだら帰るって言ってるでしょ」

埒《らち》が明かないと思い、歩き出したが、佐知子は一向についてこなかった。

「本当に電車なくなっても知らないからね」

振り返り、ため息交じりに言うと、佐知子もシビレを切らしたように携帯を折り畳み、言い放った。

「今日は一緒にいたいの」

佐知子は僕の目を見据え、正攻法で挑んできた。駆け引きは終わった。

「最近全然してないよね。だから今日はしたいの」

近くのカップルが何事かと目配せしてくる。そんな視線に目もくれず、佐知子はなおもまくし立てる。

「最近ひどいよ、雅くん。今日だってもっと二人のこととか話さなきゃならないのに。これまでのこととかもっと色々話したいのに」

今にも泣き出しそうな顔だった。エッチがしたいのか、話がしたいのか。少なくともこんな佐知子を見るのは初めてだ。酔って絡んでくることは何回かあったが、今日はたいして飲んでいない。いつも見透かしたように僕を扱う佐知子が、本音でぶつかってきたような気がした。

やっぱり転勤のせいなのだろう。僕は自分の部屋で安らかに寝るのを諦めた。

「ごめんね」

その一言に、佐知子は素直にうなずいてくれた。

「っしゃー、今日は久しぶりにハッスルしますか」

わざとオヤジくさいセリフを口にして、僕は佐知子の手を握りしめた。一路、円山《まるやま》町《ちょう》へ。公園通りの坂道を若者にまぎれて下っていく。

握りしめた佐知子の手がほんの少し汗ばんでいた。

円山町に屹立《きつりつ》する巨大な箱。

深夜だというのに、さほど近くもないクラブからテクノの重低音が漏れ聞こえてくる。それ以外、部屋に聞こえるのは僕と佐知子の息づかいだけだ。

残りの力を振りしぼって、僕はもう一度佐知子を抱きしめた。お互いに汗でびしょびしょだったが、不潔とも、暑苦しいとも感じず、上気した身体《からだ》を密着させていることが心地よかった。

僕はゆっくりと佐知子から離れ、枕元にあった水に口をつける。

「飲む？」

「ううん。今はいらない」

使い終わったゴムを器用に結びながら答える佐知子。その使用済みのゴムを左手に掲げて「飲む？」といたずらっぽく笑みを浮かべた。ただでさえ吐きそうだというのに。

それでも僕は律儀に返事をする。

「ううん。とりあえず今はいらない」

「二回もしちゃったね」

佐知子の言葉から逃げるように、僕はもう一度ベッドに倒れ込んだ。枕元のエアコンのスイッチを入れ、最後の力とばかりに声を出す。

「ああ、もうダメっす。ヘトヘトっす」

膝はガクガク笑っているし、立ち上がれないほど腰も重かった。

このまま眠るなよ。風呂に入って、歯を磨いて、さっぱりしてからの方が気持ちいいぞ。自分を鼓舞《こぶ》する心の声をむなしく聞きながら、逆に意識はどんどん深いところへ落ちていった。一ヶ所に集中していた血がゆっくりと身体中に循環していく生温い感覚に襲われた。

もういいや、このまま眠ろう――。

そう妥協して静かに眠りにつこうとする僕に「雅くん。寝るなら寝るでいいから、黙って聞いて」と佐知子が身体を預けてきた。

笑っているのか、いないのか。暗闇の中で目の前にあるはずの佐知子の表情がよく見えない。

「うん」

「いいから。返事もしないで。私、雅くんに一つだけ言ってなかったことがある。その話をお願い、黙って聞いてて」

わかったと言うこともできずに、僕は息をひそめた。徐々に神経が冴《さ》えていくのを感じる。先ほどから遠くに聞こえていた重低音が、窓のすぐそばから聞こえてくる気がした。呼応するように、胸の鼓動も次第に速くなっていく。

佐知子の隠し事？　思い当たる節は一つもないし、この二ヶ月、ただの一度だって佐知子に対して疑いの気持ちを持ったことはない。だからこそ怖かった。身体がキッと緊張する。

眠気はとっくに覚めているのに、目をつぶっていなければいけないのだろうか。きりきりと堅く閉じた瞼《まぶた》は逆にどこか不自然な気がした。

最後に大きく鼻で息を吸う。

心の準備はできました。さあ、佐知子さん。ドンと来てください。

「雅くんね」

はい。

佐知子の右手が僕の頭を優しく撫《な》でる。

「私、雅くんに一つだけ隠し事があるの」

それはさっき聞きました。

心の声はなぜか佐知子に丁寧語を使った。

「雅くんは気づいてないんだろうけどね」

はい。何一つ気づいちゃおりません。

「私たち、会うのこれが初めてじゃなかったの」

はい。……って、え？

「言い方おかしいね。私たちが知り合ったのって、慎二《しんじ》さんたちとやった飲み会が初めてじゃなかったんだよ」

マジですか？

「雅くんはもう忘れちゃったかもしれないけど」

うん、なんのことかもわからない。

「私たち前に会ったことがある」

いつ？

「高校生のとき」

どこで？

「そのときも同じような飲み会だったな」

誰と？

「みんな坊主頭の男の子ばかりですごく楽しかった」

俺じゃん。それ、俺じゃん。

「それが私の、生まれて初めての飲み会だったのに……」

なんで言わなかったの？　なんで、今までそのこと言わなかったの？

「あのとき私、結構雅くんにしんどい目に遭わされたんだよね」

俺？

「そのときの復讐《ふくしゅう》をしてやろうとか思ってたわけじゃなかったんだけどさ」

…………。

「なんとなく言いそびれちゃって。なんか気持ち悪いじゃん。何年も昔に振った女の子が目の前にいるなんて」

…………。

はぁ？　振った？　俺が佐知子を？　何それ？　なんだよ、それ？

いつだ？　誰だ？　なんの飲み会だ？

思い出せ、思い出せ、思い出せ。がんばれ、俺。思い出せ。

胸の鼓動がどんどん高鳴っていく。この音を佐知子に聞かれるわけにはいかない。それなのに、こんなときに限って部屋中がシンと張りつめている。なぜか例の重低音は聞こえてこない。

まさかチークの時間とかじゃないだろうな。だいたいどんな権限があってこんな夜中までズンチャンやってんだよ！　ああ、イライラする。

って、そんなこと考えている場合じゃないぞ。

落ち着け。誰だ？　いつだ？　なんの飲み会だ？

佐知子はなぜか僕の頰に優しく口づけた。身体は緊張でガチガチに硬くなる。目の開け方だってうまいこと思い出せない。

ずっと髪を撫でていた佐知子の手が、スルリと首の辺りを這《は》って降りてきた。背中がゾクゾクと疼《うず》いた。身体はさらに緊張する。

するとと、なぜか、本当になぜか、僕の下腹部はかってないほどに反り立った。

壊れた救急車のように頭に警報が鳴り響く。

二回もやったばかりだぞ！　こんな緊急事態だぞ！　一体全体何なんだ！

胸の鼓動なんかよりこっちが先だ。何があってもこの男性的異変を気づかれるわけにはいかない。こんな重い話をしている最中に勃起している男がどこにいる！

ここにいた！　ああ、もう最悪だ。

治まれ、治まれ。

いや、その前に思い出せ。

思い出せ、治まれ、思い出せ、治まれ……。

耳元でキャップの外れる音がした。おいしそうにのどを伝う水の音が聞こえてくる。

こっちだってもうのどがカラカラだ。

「それでね」

一息ついて佐知子は話を再開した。もう黙って耳を傾けよう。これまでだって黙っちゃいたけど。

「慎二さんたちとの飲み会のとき、私本当にびっくりした。最初はまさかって思ったんだけどね。でも、あのとき雅くん、私に名前聞いたよね。それでいい名前だって褒《ほ》めてくれた。親に感謝だって。それ、高校生のときにも同じように褒められたんだよね。あの頃はそんなセリフにちょっとだけ感動しちゃったの。何かの雑誌に書いてあったんだって、雅くんの友達がばらしてたけどね」

うっすら目を開けると、おかしそうに笑う佐知子の顔が見えた。

間違いない。僕は佐知子と会っている。でも今はどうしても思い出せない。きっと疲れているせいだ。明日もう一度思い出そう。こんなに好きになった子のことを思い出せないはずがない。

「こんな話をしてどうしろってことでもないんだけどね」

佐知子は話を続けた。

「なんとなく、きちんと言っておきたかった。離ればなれになる前に」

やっぱり転勤の話が引き金か。

「ごめんなさい」

それはこっちのセリフだよ。ごめんなさい。

「ごめんなさい」

もういいって。こちらこそ、ごめんなさい。

「私、あの頃まだ処女だったから……」

って、まだ続きがあるのかよ……。

「その相手に忘れられちゃってるのが残酷で怖かった。それが言えなかった理由かも」

身体中の血が今度は一気に頭に集中していく。

おい、ちょっと待て！　俺なのか？　最初の相手は俺なのか？

「そろそろ寝るね」

布団越しに、佐知子はいきなり僕の股間に触れる。

「おやすみ、雅くん」

そして唇にキスをした。何が何やらわからない。とりあえずわかったのは、佐知子と僕は知り合いで、初体験の相手はどうやら僕で、その出会いも飲み会で、色々あって、しんどい目に遭わせて、それで勃起しているのがバレバレだってことくらいだ。

ダメだ、全然わからない。

背を向けた佐知子からもう寝息が聞こえてきた。間違いなくウソ寝だ。こんな場合、僕はどんな行動を取るべきなのだろう。起きて話をするべきなのか。このまま目をつぶり、じっとしているべきなのか。見当もつかない。

ああ、とりあえずそこにある水が飲みたい。考えるのはそれからだ。

今頃になってあの重低音が聞こえてきた。ズンズンズンと胸を打つ。そこで若者たちがたいして抱えてもいないストレスを思う存分発散しているかと思うと、居ても立ってもいられなくなってくる。

いいな、羨ましい。俺も踊りに行きたいな。

いつの間にか佐知子は本物の寝息を立てていた。

本当にいいな、羨ましい。こっちは長い夜になりそうだ。

身動きの取れない時間は続く。胸の鼓動はまだ鳴りやんでくれなかった。

思い出せ、治まれ、寝ろ、水……。

思い出せ、治まれ、寝ろ、水……、寝ろ！


佐知子とつきあい始めたのは二ヶ月前。

「仕事ばかりしてたら煮詰まるぞ」

先輩の磯部《いそべ》慎二に無理やり合コンに連れていかれたのがきっかけだった。普段、無理難題を押しつけては平気で人を追い詰めるくせに、慎二はこんなときだけ調子がいい。人数合わせと言えばいいのに、「貸し一な」とか言って恩まで着せようとする始末。

「無理ですよ。アンケートの集計、今日中にやらなきゃならないんだから」

あんたに頼まれた仕事だよ、とのどまで出かかってやめておいた。

「そんなの明日やればいいじゃん。な、雅人ちゃん」

普段はフロア中に響く声で「青野！」と呼びつける男が、こういうときは「雅人ちゃん」だ。そもそも明日は土曜日だ。休日出勤しろってことまでほのめかしているらしい。

「今日の女はレベルが高いぞ」

いかつい手が僕の背中をまさぐった。何か頼まれるときはいつもこれだ。わかっちゃいるけど、断れない。

そういえば、就業規則にも書いてある。

『新人社員は入社後半年間を仮採用期間として設ける事』

なるほど、この会社はまだ僕ら新人に人権を認めてないというわけか。半年間は先輩方の誘いを無下《むげ》にするわけにもいかないらしい。大手新聞社の編集局。留年を繰り返してまで入った華々しいマスコミの世界に、僕は心から期待していた。

「言っとくけど、俺の方が貸し一ですからね」

精一杯の皮肉を聞くことなく、慎二は他の若手を怒鳴りちらしていた。怒っているはずの顔が嬉《うれ》しそうに見えるのはなぜだろう。

結局、仕事が片付かず、だいぶ遅れて指定された居酒屋に到着した。

「すいません、遅れました!」

個室のふすまを元気よく開けて、最初くらいはと愛嬌《あいきょう》を振りまいた。

「おう、青野遅いじゃねぇか。新人のくせに偉いもんだな」

誘うときの調子の良さはどこへやらだ。主のような顔をして、慎二が大声でがなり立てる。

「すいませんね。理不尽な先輩に色々と押しつけられるもんで」

慎二はガハハとわざとらしく笑って、「まぁ、ここに座れ」と隣の席をバンバン叩《たた》いた。僕は「色々注文もしなくちゃならないし」とやんわりその申し出を断って、ふすま近くの空いた席に腰を下ろした。

手酌でビールを注《つ》いでのどを湿らせると、少し落ち着いて周りを見渡すことができた。なるほど、今日の子はレベルが高いという慎二の言葉はあながち嘘じゃないようだ。先輩たちの間に座らされた女の子たちは粒揃《つぶぞろ》いで、みな艶《あで》やかだ。

かといって、何か行動を起こそうという気持ちは少しも湧いちゃこなかった。別に特定の相手がいるわけじゃないけれど、この「尊敬すべき」先輩方を差し置いて運命の人と巡り会えるとはとてもじゃないが思えない。なるべく場を汚さず、さっさと帰ろう。

僕は人知れず心に誓った。

「それじゃ、ぼちぼち席替えしようか」

座って五分と経《た》っていないのに、どこからかそんな声が聞こえてきた。

「俺、注文とるからこのままでいいっすよね」

動くことすら億劫《おっくう》だ。

「なんだ青野、気が利くようになったじゃねぇか」

再び大声で笑い始めた慎二に愛想笑いを返していると、目の前がスッと影で覆われた。

「あの、お隣いいですか」

見上げると、さっきまで慎二の隣に座っていた女の子が僕の横に立っていた。軽く染めたロングヘアにハイネックのノースリーブ、スリットの入った膝丈スカート。すっと伸びた背筋と、薄く化粧をした顔には大人びた印象がある。何よりもその背の高さが際立った。ずっと小柄な女子が好きだったのに、いつの頃からか僕は長身の女性に魅《ひ》かれている。

「ごめんね、不快な思いさせたよね」

小さな乾杯の後、僕の方から切り出した。

「あのおじさん、口くさいから」

キョトンとした顔に近づき、親指で差しながらささやいた。視線の先には、相変わらずつばを飛ばして笑う慎二の顔。彼女は対照的な柔らかい笑みを見せた。

「全然。気になりませんでしたよ」

その表情が僕の緊張を解かしてくれる。久しぶりに耳にする丁寧語もなんだかすこぶる心地良い。

「本当に失礼だとは思うんだけどさ、歳《とし》聞いてもいいかな」

当たり障りのない質問をしたつもりだった。だが瞬間、女の子は窺《うかが》うように僕の目をジッと見つめた。それでもすぐに小さな笑みを浮かべ、気を取り直すように言った。

「同い年ですよ。二五歳」

こっちの年齢を言った覚えはなかったが、慎二にでも聞いたのだろう。

「名前は？」

「佐知子です。ええと、相馬《そうま》佐知子」

真っ白な歯を見せる佐知子。

「お、さっちゃんだな。いい名前だね。親に感謝だね」

これは僕の得意技だ。相手の名前を聞いたらとりあえず「いい名前だ」と褒めて、その上で「親に感謝だね」と続けるのである。名前を褒められてイヤな気持ちになる女の子はこれまでの経験上まずいない。もっともこれは昔読んだ『ホットドッグ』だか『ポパイ』だかの受け売りなんだけど。

例に漏れず、佐知子もまんざらでもなさそうに、というよりどことなく大袈裟《おおげさ》に笑いながら、「一応、お名前聞いてもいいですか？」と返してきた。

部屋が一瞬静まったところを狙う。

「青野雅人」

当てつけ気味に大きな声で言ってやった。

「みんなからは下僕って呼ばれてます！」

周りからやんや、やんやとヤジが飛んだ。弾《はじ》けた佐知子の笑顔は、最高にキュートだった。

億劫に思っていたのがまるで嘘のように、久しぶりに心から楽しいと思える飲み会だった。しかし、「家が遠いから」と席を立った佐知子に「送る」と申し出たのを断られると、次の日からのデートの誘いもなんだかんだと断られ続けた。

本来、僕はこういう空気は読む方だ。少しでも迷惑がられていると感じれば、潔いほど簡単に身を引く。しつこいと思われるのは何より怖い。

だけど、僕は佐知子を誘い続けた。入れあげたといえばそれまでだけど、飲み会のときに見せてくれた楽しそうな様子から、断られる理由が見つからなかった。毎日のように電話やメールをし続け、やっとデートの約束を取りつけたのは飲み会の日から一ヶ月後。「私も話したいことがある」と、佐知子はオーケーしてくれた。

その日は初夏を思わせる陽気が漂っていた。絶好のドライブ日和《びより》。だけど湘南《しょうなん》の海に興味がないのか、安直に流したサザンのBGMが気にくわないのか、佐知子の表情は終始曇っていた。僕は半ばやぶれかぶれの気持ちになりながら、車を鶴岡八幡宮《つるがおかはちまんぐう》に停《と》めた。

お参りしてもダメ、おみくじを引いてもやはり佐知子の顔は晴れもせずで、どうしていいのかわからないまま、仕方なく境内《けいだい》にある橋の手摺《てす》りに寄りかかった。池を眺めていると、亀が泳いでいるのが目に入る。

「ああ、甲羅気持ち悪いね」

間ができることを恐れて話を振ると、「本当だ、イボイボだね」と佐知子も同意してくれた。

「それでもね」

この日初めて、佐知子の方から切り出した。

「亀って、あの甲羅が外敵から守ってくれたから、二億年も生き抜いてきたって言われてるんだよ」

「へぇ、そんな昔からいるんだ」

僕は「鶴は千年、亀は万年」という言葉を思い出しながら、続けた。

「詳しいんだね」

「最近まで飼ってたからね」

ああ、亀好きなんだ。気持ち悪いなんて言ってごめんなさい。

「人間はどのくらい生きてるの？」

「私たちの先祖のクロマニヨン人がネアンデルタール人と勢力交代したのが、だいたい四万年前って言われている。だから、それくらいかな」

「そういえば、そんなの授業で習ったね」

「ちなみにゴキブリは三億年って言われてる」

「それは授業で習わなかった」

ふと顔を上げると、佐知子とばっちり目が合った。で、一瞬のことだった。

「あのね、青野くんね……」

佐知子はたしかに「話したいことがある」と言っていた。でも傷つくのを恐れ、都合良く解釈しないようにと努めていた。だけど今日一日の張り詰めた様子と、その真摯な表情に、全てを悟った。

「いや、ダメ。ちょっと待って。俺が言う」

佐知子は不意に息を呑《の》む。それを見て、一気に言った。

「つきあってください」

畳み込むように僕は続けた。

「俺、佐知子ちゃんみたいな子とずっと会いたいと思ってたんだよね。あの、あまりロマンチックじゃなくて、申し訳ないと思うけど……」

一瞬、佐知子は放心したように、いや、どこか度肝を抜かれたように大きく目を見開いた。しばらくして今度は泣き笑いのような表情を浮かべる。

どういう心境なのかさっぱりつかめないまま、僕はドギマギするしかできなかった。

互いが互いの目を見つめたまま、息苦しい時間が続いた。

先に目を背けたのは、佐知子の方だった。その視線の先にあるのは……また亀だ。

「亀？」

佐知子は答えようとせず、黙ったまま池の方を眺めている。どれくらいの時間が過ぎたのか。佐知子は小さく首をかしげながら、ゆっくりと僕を見据えた。

「君、雅人くんだよね」

質問の意味がわからないまま、小さくうなずいた。長い間考えるような素振りを見せていたが、佐知子はふと諦めたような笑みを浮かべる。

そして、覚悟を決めたように小さな声で言った。

「わかった、つきあおう。仲良くしようね、私たち」

その日、頭上には遅咲きの桜が咲き乱れていた。


セミの鳴き声が延々と聞こえていた。昨晩の重低音とは種類の違う騒々しさだ。でも、こんな街にもたくさんのセミがいることが不思議と嬉しい。

……などと、どうでもいいことを考えてなんとか気を紛らわそうと試みたが、尿意を抑えることはできなかった。

観念して、ベッドから這い出る。一晩中エアコンに晒され、足の先まで冷え切っていた。腰の重さも全く回復していないし、膝はガクガク笑っている。つくづく体力の衰えを痛感する。

カビ臭のする風呂場の蛇口を全開にひねり、熱いシャワーを浴びたところで、ようやく頭が冴えてきた。湯気で曇ったガラスをこすると、部屋の様子が一望できる。寝ている佐知子の姿も目に入った。昨夜《ゆうべ》の件がまざまざと脳裏に蘇《よみがえ》る。

風呂を出ると、安っぽい掛け時計が目に入った。チェックアウトの時間までもう二〇分を切っている。疲れているのか、佐知子は起きる様子がない。佐知子を起こさないよう、枕元の受話器にそっと手を伸ばした。『ホテル・フルメタル・ジャケット　ご案内』というふざけた立て札には目もくれず、僕は「9」番をダイヤルする。

「すいません、延長してください。……はい。フリータイムで」

髪を乾かし、熱々のコーヒーを入れてから、僕はソファに腰を下ろした。そしてもう一度、佐知子のことを思い出そうと試みた。

高校時代というと、もう八年も前になる。

あの頃は本当に体力があったし、調子に乗りまくっていた。

とにかく女の子とやりたい一心に充《み》ち満ちていた。

毎週のように飲み会をやった。

女の子を口説こうといつも必死だった。

その中の一人に、佐知子がいる。

そう、佐知子がいる。

いる。

いる……。

いたか?

いねぇ!

ダメだ。どうしたって思い出せる気がしない。そりゃ中には印象に残っている子はいた。けれど、本当に調子に乗って、数え切れないほどの女の子と出会ったあの三年間において、佐知子と自分がどのように知り合い、結ばれたか。よほど印象的なことでもない限り、思い出すのは不可能だ。

「せめて佐知子の口くらい臭かったらな」

ワケのわからない嘆きが自然と漏れる。

仕方がない。どうせこの二ヶ月何も知らずにつきあってきた身だ。思い出せないと正直に話して、佐知子に許しを乞うしかない。

クローゼットにあった安っぽいガウンに身を包み、僕は開き直ってテレビのリモコンを手に取った。土曜日のこの時間、ブラウン管の向こうではワイドショーに出演するタレントたちが、好き勝手なことばかり口にしている。

「オットセイがどうだって別にいいじゃねぇか」

うんざりしながらザッピングを始めると、まず「2」のボタンを押したところで手が止まった。あられもない姿をした女性が、これ見よがしに喘《あえ》ぎ声を上げているシーンが映し出される。「そういうことでもないんだよなぁ」と、手が止まっていることは承知の上。それでも佐知子が気になって、再びザッピングを開始する。

「3」……「4」……「5」……くだらない。

「7」……「8」……「9」……つまらない。

代わり映えしない内容に辟易《へきえき》し、もういい加減テレビを消そうかと思った、そのときだった。不意に、そして強引に、僕は全く別の空間に持っていかれるような感覚に襲われた。

まぶしいほどに太陽を反射する緑の人工芝に、梅雨明けを象徴する突き抜けた青空。試合前から泥だらけの球児たちの姿と、サイレンの音。

全ての光景が熟れる前の果実のように甘酸っぱく感じられた。自分がプレイヤーとして立たないその舞台を見るのは、あれ以来、おそらくこれが初めてだ。

見覚えのある制服を着た高校生が、聴き覚えのある応援歌を声高に歌っている。かつて袖を通したダークグレーのユニフォームを着た選手たちが、ベンチ前で円陣を組んでいる。

あれから何年も経っているのが嘘のように、記憶にある光景ばかりがブラウン管の中に広がっていた。

それは同時に、意識して避けてきた光景を目の前に突きつけられていることも意味していた。

新聞の片隅でその結果を知ることはあったとしても、球場に足を運んだり、自発的にテレビのチャンネルを合わせたのは、この八年間、ただの一度もない。目を向ける必要はなかったし、見たいという欲求も別段湧くことはなかった。何より、逃げたものと対《たい》峙《じ》するほど僕は逞《たくま》しくなかった。

八年という歳月は、思い出を浄化するには決して充分な時間ではなかったのだ。

それでも、僕はテレビを消すことができなかった。

初めてオーナーが口にした仲間のこと、あと二ヶ月あまりで東京を離れなければならない転勤の話、そしてあの頃に出会っていたという佐知子の告白……。

大きなベクトルに導かれるように、僕はそっとリモコンを机に置く。

画面左上には「42」のチャンネル表示。

『栄冠は君に輝く』のメロディーに乗せて、ＴＶＫ・テレビ神奈川《かながわ》のアナウンサーがタイミングよく実況を始めてくれた。

「気温三五度。灼熱《しゃくねつ》のここ横浜スタジアムより、全国高校野球神奈川県大会の準決勝、京浜《けいひん》高校対横浜海成《よこはまかいせい》高校の一戦、まもなくプレイボールです」

九年前・秋

「あ、あ。ただいまマイクテスト中。マイクのテスト中。あ、あ」

……………。

（キン・コン・カン・コーン）

「おはようございます。今日は七月二七日、水曜日。六時二〇分になりました。起床です。繰り返します。六時二〇分になりました。起床です」

寝ぼけた頭に鳴り響く『栄冠は君に輝く』、フル・オーケストラの公式盤。入学して一年四ヶ月。毎朝、毎朝聞き続けた。

♪若人《わこうど》よ　いざ　一球に　一打にかけて……ああ　栄冠は君に輝く

そう、栄冠はいつか俺に輝く、はず。

今日は……、そうだ。新チーム練習の、まさに初日。

去年は吐いた。猛暑の中、暑くて、きつくて、きれいにグラウンドにぶちまけた。

今年はどうだ？　今日から俺たちが最上級生。指図する上はもういない。

期待と不安から武者震いし、覚悟を決めて目を開ける。

「みんな、起きてる？　俺らの時代の幕開けだぞ」

横浜駅から電車を乗り継ぎ四〇分。横浜とは名ばかりの緑多き丘陵地に私立・京浜高校は位置する。その校舎に隣接する硬式野球部・泰平寮《たいへいりょう》の朝は、大音量の『栄冠は君に輝く』とともに始まる。

ただ流れるだけではない。曲が三度繰り返されるうちに寮前の駐車場に出てこなければ、問答無用、即アウト。すなわち、坊主にさせられる。寝坊の罪は何より重い。朝からこの緊張感は半端じゃない。

今日のところは全員早く駐車場に現れた。しかし、その目は一様に虚《うつ》ろだ。これから始まる新チーム練習を思い、憂鬱になっているのだろう。無駄口を叩いている者はただの一人もいなかった。

「おはよう」

『おはようございます』

コーチの友部《ともべ》のお出ましだ。二九歳。京浜高校野球部OBで、チームのコーチとともに泰平寮の舎監も務めている。

「お前らの希望で、今日から新チーム練習になった。気持ちを切り替えて練習に励むように。いいな」

『はい。ありがとうございました！』

軍隊のような挨拶を済ませ、僕らは朝の掃除に取りかかる。

何が「お前らの希望で」だ。恩着せがましいにも程がある。ちらりと春山《はるやま》に目をやった。その表情は誰より暗い。

昨日の件が頭を過《よ》ぎった。


夏の神奈川県大会、準々決勝。下馬評では僕ら京浜の圧勝と言われていたが、いざ試合が始まると打線は明らかに格下の相手投手を打ちあぐねた。押され気味の展開で試合は進む。

先輩たちにとって最後となる夏の大会。僕は当然ベンチにだって入れるはずなく、スタンドで声をからして応援していた。だが、それは純粋にチームの勝利を願ってのものではない。出場している同級生には申し訳ないが、早く負けてほしいという想《おも》いも抱いていた。

スタンドで応援する選手も、ある意味では野球エリートの集まりだ。中学まで輝かしい実績を残し、名門と呼ばれる京浜高校に特待生として集った精鋭ばかり。そんな奴らにしてみれば、何があっても自分のいないチームに甲子園へなど行ってほしくないだろうし、僕やノブのように目に見えて実力の劣る一般入試組にとっても、寮に居残る上級生は面白い存在ではない。

そこにいる補欠選手は口には出さないが、みな同じ気持ちを抱えていたと思う。

早く負けろ。そして、俺らの時代になれ、と。

それなのに僕らは大会中、ずっと声を張り上げて応援した。なぜか。

「その理由は二つあるね」

親友のノブから聞いたことがある。

一つ目。それは、僕らは僕らで勝手に青春を満喫してやろうという「自虐的な開き直り」からくるものだという。どうせやらなきゃならないならこの状況を楽しんでしまえ。そんな想いからくるのだそうだ。選手間の応援団長に任命された僕もこの心情を大いに利用した。

「せっかくだから、みんな大暴れしようぜ」

最初は乗り気じゃない奴らもそこは高校生。周りが楽しそうにやっていれば居ても立ってもいられなくなるものだ。普段僕らを抑圧する監督やコーチがいないという状況も、僕らの勢いに火をつける。

そして、二つ目の理由。それは「テレビカメラの存在」に他ならない。

試合は一点リードされたまま、九回裏の攻撃へ。打線は相変わらず攻め切れずにいたが、ここに来て最大のチャンスを作る。ワンアウト、満塁。打席には二年生ながら三番を務める、同級生の春山。

ヒット一本でサヨナラという場面だ。それでも「緻密すぎの、バント好き」と揶揄《やゆ》される京浜野球を知る者は、スクイズを疑わなかっただろう。案の定、初球からランナーはスタートを切る。しかしファール。二球目もランナーはスタートしたが、春山はまたもファールした。ツーストライク。ジリジリとした展開は続く。

スリーバントはあるか。スタンド全体が息を呑んだ。たしかに一点がほしい場面ではある。それでも僕は、勝ちたいのなら「絶対にすべきではない」と思った。

レギュラーのうち六人が僕と同じ二年生という若いチームにあって、特に春山はそのプレーでみんなを引っ張ってきた男だ。

元プロ野球選手の父を持ち、おかげで「球道《たまみち》」などという変な名前をつけられたが、本人もまんざらでもなさそうに「球けがれなく、道けわし」と書かれたボールを肌身離さず持っている。

父が望んだ通りの、野球の虫。だが、完璧な選手など滅多にいない。走・攻・守、全てに突出した春山の唯一の弱点は精神的な脆《もろ》さだった。

ランナーの仕草から、僕はスクイズのサインが出たと確信した。そして三球目、球場中に「やはり」と「まさか」が交錯する中、三塁ランナーは猛然とスタートを切った。甲子園への望みを賭けた、スリーバントスクイズ。

春山の普段練習する姿を思い、このときばかりは僕も純粋に願った。ファールならファールでいい。とにかくバットに当ててくれ。

しかし……。二度のバント失敗で動転していた春山のバットは、ピクリとも動かなかった。まさかのサインミス。まず見逃し三振でツーアウト、そして挟まれたランナーがアウトになってスリーアウト。その瞬間、相手選手がベンチから駆け出してくる。敵側応援スタンドは準決勝進出に狂喜乱舞する。その光景が一つ一つ僕の脳裏に焼きついた。悲しさも喜びも伴わない、全てが一瞬の出来事だった。

しばし呆然《ぼうぜん》とする京浜スタンドにあって、一つだけ温度の異なる動きがあった。それこそがテレビカメラだ。今の今まで「補欠部員のけなげな姿」を欲していたカメラが、今は「涙」を求めている。驚くほど冷静にそれを悟ると、無言の圧力に屈するように、僕はタオルで顔を覆った。

幼い頃から見てきた例の感動的な場面が、もし全て僕のように相手の要求に応《こた》えてのものだとしたら、それは全くの茶番だと思う。僕はこの敗戦に微塵《みじん》も悔しさを感じていない。ようやく訪れる自分が主役の高校野球を、心待ちにさえしているのだから。

覆ったタオルのその下で、僕は心に誓った。

「もう二度とスタンドの涙は信じない」

相手校歌が高らかに球場の空に響き渡った。京浜のベンチ前で涙を流すのは三年生を除けば春山だけ。それは僕の汚い涙とは対照的な、本物の涙だった。

その夜、泰平寮のミーティングルームで、「T」こと監督の山田正造《やまだしょうぞう》の雷が爆発した。最初にやり玉にあげられたのは春山だ。

「おい、春山。お前はどういうつもりでサインを見逃した」

下を向き、グッと唇を嚙《か》みしめる春山。

「黙ってないで答えろ！　どういうつもりだったと聞いているんだ！」

どういうつもりもくそもない。二度のバント失敗でテンパってたから見逃した。それだけのことなのに、Tはしつこく春山を問い詰める。

「いいか。お前のせいで三年生の高校野球は終わったんだ。それをどう考えているのかと聞いているんだ」

このセリフに、さすがに僕はカチンときた。春山以外の誰もがムカついたに違いない。

試合直後のインタビューを全員耳にしていたからだ。

「他の選手はもちろん、春山にもなんの責任もありません。負けたのは全部監督である私の責任です」

たいした狸《たぬき》オヤジだと心から思った。数時間前、目を真っ赤にしてまで訴えた言葉の全てを覆《くつがえ》している。それでも、口出しすることは何があっても許されない。野球マンガに監督と対等にやり合える選手が出てきたとしても、所詮は偽物の世界だ。目の前の現実で、この監督とやり合える選手は一人もいない。

「どうだ、青野」

急に話を振られ心臓が縮み上がる。

「お前は今日の試合をスタンドから見ていてどう思った。悔しくなかったか」

「悔しかったです」

そう言うしかないじゃないか。

「春山のプレーを見て何を感じた」

ちらりと春山に目をやった。今にも泣き出しそうな顔をしている。

「それでも、ここまでチームを引っ張ってきたのは春山ですし……」と、そこまで言ったところでTがパイプ椅子を蹴り上げた。

「そんなことを聞いているんじゃない！　春山を見てどう思ったかと聞いているん

だ！」

「はい！　プレッシャーに負けて当たり前のプレーができてなかったと思います！」

何をそんなに憤っているのか理解できないまま、思わず口をついてしまった。

すまん春山、売っちまった。

「そうだよな。その当たり前をするためにはどうしたらいい？」

「練習を積み重ねるしかないと思います」

「思いますじゃねぇだろう！」

「はい！　練習するしかありません！」

なんでいつも僕ばかりこんなに叱られなければならないのか。

「どうだ。お前らさえその気なら、明日から練習を始めてもいいが」

あらかじめTが敷いていたレールの上を歩くような見え透いたやりとり。

「はい。練習させてください」

ついさっき、同室の佐々木《ささき》純平《じゅんぺい》と「仮出所ないかなぁ」と嘆いていたばかりにもかかわらず、今度はみんなを売る言葉を吐いてしまった。普段から「チームワークが一番大切」とうそぶくTに乗せられて。

ちなみに「仮出所」とは練習が休みとなり、二、三日の帰省を指す言葉だ。それで言うなら、最後の夏を終えた三年生たちは、今日をもって泰平寮という刑務所を出所したことになる。今はめちゃくちゃ羨ましい。

「それはお前らの総意ととっていいんだな」

Tが全員に問いかけた。

『ハイ!』

一瞬の間はあったものの、最後はみんなで同意した。いつものパターンだ。とにかくこの苦しい時間から解放されたくて、誰の頭も思考停止になってしまう。

思えば二年前の夏の神奈川県大会、優勝して甲子園行きの切符を摑んだTの涙のインタビューに、当時中学生だった僕の胸は熱くなったものである。

「昨夏の県大会準決勝、試合に負けたまさに次の日から、この子たちは悔しさを糧《かて》に練習に入りました。その想いが今日ここに実ったのだと思います」

その一言が、僕が京浜高校を目指したきっかけだった。その美談の裏にこんなカラクリが隠されていようとは。当時の無垢《むく》な僕には想像すらできなかった。

Tが去った後のミーティングルームには即座に安堵《あんど》の空気が流れた。すぐに立ち上がる者はいない。長時間の正座の後は足がバカになっているのを、みんな知っている。

ビリビリにしびれた足をストレッチしていると、「あーあ、雅人に期待してたのになぁ」という声が耳に入った。純平がニヤニヤしている。「雅人、悪かったな」と、今度は春山に真顔で謝られた。

みんなわかってくれている。

「やっぱりTって俺のこと嫌いなのかな」

泣き顔を作って訴えると、みんな声を出して笑ってくれた。

「嫌ってるっていうか、お前のことを嫌われるように仕向けてるって感じだな」

純平の一言でみんなの緊張は完全にゆるんだ。そして誰からともなくTの悪口大会へと変わっていく。これもまたいつものパターンだ。

普段は「監督さん」と呼ばれている山田正造を、僕らは陰で「T」と呼ぶ。きっかけは僕だった。

数ヶ月前、いくら内輪のことであるにせよ、監督を「山田」と呼びすてにするのはリスキーすぎると仲間の一人、星野健太郎《ほしのけんたろう》が言い出した。いつどこで聞かれるかわからないというわけだ。

「だったらサンダーにしようぜ」

完全に思いつきだった。

「山田の音読みでサンダー。雷って意味もピッタリだし」

そこにいた純平、ノブ、健太郎、春山、みんなの顔がパッと輝いた。

「いいね、サンダー。スゲーいいじゃん。それでいこう」

調子のいい純平のセリフにおだてられた。

「雅人って、そういうの考えるの得意だよね」

健太郎の褒め言葉に舞い上がった。

「なんか『青春』って感じだな。巨大な権力に立ち向かう若者たち。いいね」

そんなノブの一言に、僕は完全に乗せられてしまった。

「だろ？　なら、本当にサンダーでいこうぜ。バカで、理不尽で、自分勝手な男、サンダー。完璧なネーミング。いいじゃん、これでいこう」

きっと浮かれまくっていたのだと思う。春山や健太郎がそそくさと我関せずという顔をしていることに、僕はまるで気づかなかった。純平の「おいっ、おいっ」という必死の形相に全てを察し、振り返ったときには後の祭り。そこにたった今「サンダー」と名付けた男が、鬼の形相で仁王立ちしていた。

男・山田。四九歳。そろそろ枯れ始めてもいい頃なのに……。

「誰が？　誰がサンダーだって？」

プルプルと震えた手が僕の胸ぐらをゆっくりと掴む。

「と、特に誰ってこともないっすけど……」

うつむき気味に答えたセリフが運悪く純平を刺激した。何が面白いのか、突然吹き出したのだ。咳《せ》き込むフリを装ってはいるものの、それに気づかぬ監督ではない。

「佐々木、何が面白い？」

純平は何も答えない。

「何が面白いのかって聞いているんだ！」

そして、強烈な平手打ちが飛んだ。

なぜか僕の左頰に。

それからのことはよく覚えていない。とにかく僕と純平は交互に殴られた。入学して一年が過ぎたが、かれこれ千発は殴られているはずだ。最近では叩かれる瞬間の「ピシャッ」という乾いた感覚が、快感にも思えるようになってきた。

遠のいていく意識の中で一つだけはっきりと思ったことがある。

このオヤジ、近い将来絶対に訴えてやる。

そんな出来事があったにもかかわらず、僕らは「サンダー」という呼称を簡単に手放すことができなかった。で、行き着いた先が「T」。途中に「S」という呼び名を挟み、綴《つづ》りの間違いにあわてて気づき、「T」。〝Thunder〟の頭文字を取っての「T」である。

その呼び名は瞬《また》く間に部員の間に広まり、関連するものへと展開していった。監督の車は「T車」、監督室は「T部屋」、そして監督の奥さんは「Tママ」……。

余談だが、「Tちんこ」は鬼の名にふさわしい、それは大層立派な代物だった。一度だけ寮の風呂場で見たことがあるのだが、グゥの音すら出なかったものである。

湯船に浸《つ》かり、悔しいと思いながらその一物をジッと凝視していると、純平がそっと耳打ちしてきた。

「名将、山田監督」

Tに対して心から尊敬の念を抱いたのは、今のところ、この一度きりである。


地獄の新チーム練習は、結局五日間ぶっ通しで行われた。

猛暑の中での過酷な練習。誰もが一回り以上痩せたように見える。それでも表情はみな晴れやかで、逞しかった。明日から三日間与えられた仮出所もさることながら、この地獄の五日間を耐え抜いてきた充足感がそうさせるのだ。

「去年は本当に大変だったもんな」

西日に染まったグラウンドをトンボで整備していると、ノブが肩越しに話しかけてきた。

「俺たちもずいぶんついていけるようになったもんだ」

自分の守備位置を労《いたわ》るように、水を撒《ま》き、そして優しく砂をかける。なんとなく、高校野球の只中《ただなか》にいることを実感した。

言葉数は少ないが、僕はノブの想いだけは簡単に汲《く》み取れる。入学当初、僕ら二人だけが「望まれざる新入部員」という存在だったからだ。

前年夏に甲子園ベスト4という華々しい結果を残した京浜高校には、その年、多くの優秀な新人部員が集まった。シニアリーグの全国大会で三年連続優勝した春山球道をはじめ、抜群のキャプテンシーを持つ三重《みえ》のボーイズリーグ出身の星野健太郎。お調子者の佐々木純平ですら、湘南のポニーリーグで全国優勝しており、京浜入学後も一年からレギュラーとして試合に出場している。

誰もが所属していたリーグは違えど、一度は「全日本」の舞台を経験しており、言うなれば「全日本選抜」ともいうべき豪華な顔ぶれがこの年の京浜高校に集結したというわけだ。

一方、僕とノブはそんな華やかな世界とはかけ離れた場所で野球をしてきた。お互い横浜と川崎《かわさき》という地元中学の軟式野球部の出身で、県大会にも出場できなかった。ただその程度のレベルであっても、市の大会で活躍すれば、必ずどこかしらから推薦の話は舞い込んでくるものだ。実際、僕らにも野球特待生の誘いはいくつもあった。だけど僕らは京浜高校で野球をすることを望んだ。望んでしまったといってもいい。

「なまじ勉強できたことが最大の不幸だよ」

クールなノブが語った言葉が印象的だった。でも、たしかにそうなのだ。僕ら二人の最大の不幸はなまじ勉強ができてしまったことに尽きるのである。京浜高校はそれなりの成績優秀者が集う進学校として知られている。けれど本気で勉強すれば決して手の届かない学校ではなかったし、事実、こうして合格できた。

入学式のあったその日、意気揚々とグラウンドのある丘に駆け上がると、そこに広がる圧倒的なスケールの野球に度肝を抜かれたのを覚えている。

最初に驚いたのは、両翼一〇〇メートルの立派なグラウンドだった。赤土のインフィールドはきれいに整備され、外野に敷き詰められた天然芝は見事なまでに色鮮やかだった。千人くらい収容できそうな応援スタンドに、電光掲示板までついている。

「こんなところで野球がしたい」

純粋にそう思った。

そこにいた選手のプレーにも、当然僕は驚かされた。打球のスピードが違えば、守っている野手の質も、中学時代のそれとは比較にならないほど優れていた。

さらに驚いたことがある。

「今練習している彼ら、僕たちと同じ一年生だって」

一足先にスタンドに来ていて、そう教えてくれたのがノブだった。そうだったのだ。入学式を待たず練習に参加していた同級生たちのプレーに、僕は目を奪われていたのである。

僕とノブ以外に三人いた一般入試組の野球部員は、入寮するまでの一ヶ月の間にみな辞めてしまった。僕ら二人は落ちこぼれのコンプレックスを胸に秘め、反発心だけでやってきた。チームの思惑通りに野球をやめて、負け犬の烙印《らくいん》を押されるのだけは絶対に避けたかった。何よりも僕ら二人は互いの存在だけを拠り所《よりどころ》にしてきたのだ。

あの頃、練習にさえついていけなかった二人が、こうして充足感を味わえるまでに成長した。多くは語らないが、ノブだってその感慨はひとしおのはずだ。

「まだわからないけどさ、とりあえず野球、やめずにやってきて良かったよな」

日焼けした肌にノブの白い歯がよく映えた。

「本当にがんばってきて良かった」

ノブの答えを待つことなく、今度は自分に言い聞かせるように、もう一度つぶやいた。

「グラウンド整備の方、よろしかったら結構でーす！」

下級生部員がTの指示を律儀に伝えてくる。

全く……。けったいな日本語だ。

「雅人、ノブ、もういいよ」

今度は健太郎が手招きをした。見渡すと、グラウンド整備をしているのは僕ら二人だけになっている。

四機ある照明に薄く明かりが灯された。僕らの高校野球がやっと始まった。

「ただいま」

チャイムを押すこともなんとなく気恥ずかしかった。玄関を開けただけでバタバタと家中が慌ただしくなる。わざわざ三人揃って出迎えなくてもいいのに。

「おう、早かったな」

第一声は親父《おやじ》だった。なかなか帰ってこない息子を心待ちにしていたくせに、平静を装おうとしているのがすぐわかる。

「お兄ちゃん、すごい。焼けたねー」

妹の香奈《かな》は一つ下の高校一年生。純平のお気に入りらしく、寮で香奈ちゃん、香奈ちゃん言っている。

「おかえりなさい」

心配性のオフクロは、僕が入寮する日、最後まで涙を流していた。「なんで二駅しか離れていない家の子まで寮に入れなきゃならないの。私が監督さんに掛け合ってくる!」などと言い出し、ずいぶんと困らされたものだ。オフクロにとって野球部は、最愛の息子をさらう悪だったに違いない。

「お腹《なか》減ったでしょ。ご飯にしましょう」

ダイニングテーブルには色とりどりの料理がずらりと並べられていた。

「なんだよ、これ。親父、景気いいの?」

「ん? まぁ、ボチボチな」

言いながら親父は僕にビールを薦めてくる。

「まぁ、飲むか」

「パパ、どこの世界に高校野球やっている息子にお酒を薦める人がいますか」

　オフクロは慌てて親父を止めようとしたが、ビールはなみなみと注がれていた。別に口には出さないが、僕は親父のこういう何も考えていないようなところをちょっといいなと思っている。

　親父も全く気に掛けた様子を見せず、おいしそうに泡を舐《な》めた。

「今日はお前がいるから野球が見れて嬉しいんだ」

　僕がいなくなると青野家は女性優位になる。のんきな親父の一言に、普段の肩身の狭い生活が窺えて笑ってしまった。四ヶ月ぶりに家族全員が揃った食卓はとてもにぎやかで、温かだった。照れくさいが、家族の大事さみたいなものを、僕は寮に入って初めて知った。

　夕食を摂《と》り終えると、まず香奈が電話の子機を持ってそそくさと自分の部屋へ上がっていった。

「あの子最近いつもそうよ」

　年頃の娘を持つ母親らしいセリフだ。

「彼氏でもできたんでしょ」

「そんな。あの子、まだ一五歳よ」

そんなことを言いながら、後片付けを済ませると、オフクロもいそいそと寝じたくを整える。

「それじゃ、私は寝ますからね」

きっと親父を僕と二人にしたかったのだと思う。「あれ、今日は早いんだな」などと口にする親父は、気づいていないのだろうが。

二人だけになった部屋にはニュースの音だけが響いていた。会話のない時間が続いたが、しばらくして親父の方から切り出してきた。

「どうなんだ？　最近は」

「うん、色々あったよ。新チーム練習でファーストからサードにコンバートされたし、あと外泊前のミーティングで寮長に任命されたしね」

「寮長っていうのは何をするんだ？」

「別にたいしたことはやらないよ。寮の中のキャプテンって言ったらいいかな。ただ、これはすごいチャンスなんだ。歴代の寮長はほとんどみんなベンチに入ってるから」

「まぁ、そんなものに甘んじないで、実力でベンチ入りを目指すんだぞ」

言われるまでもなく、そのつもりだ。

「サードに移ったのは志願したのか？」

「ううん、監督から言われた。まぁファーストを守ってても四番の斉藤《さいとう》がいるし、サードに行っても春山がいる。どのみち試合に出られないなら、せめて練習のときくらい声の通りやすいサードの方がいいって思ったんじゃない？　あの監督、根が単純だから」

しかめ面をする親父の顔から、次に何が言いたいのか推測できた。

「まぁ、そんな風に……」

「諦めずにレギュラーを目指せって言うんだろ。わかってるって」

初めて目が合って、親父は少し照れたように笑った。

「それじゃ生活の方も、だいぶ慣れてきたんだな？」

再びテレビに視線を戻し、親父は言う。

「うん」

あの頃のことが頭を過ぎった。

「最近は楽しくやってるよ」

親父は目を細め、うんうんと何度もうなずいた。


入寮して間もない頃、僕は一度だけ本気で野球部を辞めたいと思ったことがある。ノブとどれだけ励まし合っても、野球の上手《うま》い奴らが絶対の正義という環境に、どうしても耐えられなかったのだ。そんなとき、親父から僕あてに一通の手紙が届いた。

中学の頃は正論ばかりの親父に反抗し続けていたけれど、その手紙だけはストンと心を打った。

親父からもらった、今のところ最初で最後の手紙だ。

『前略　先週グラウンドに練習を見に行った時、君の表情が暗いのがとても気になりました。今はまだ練習についていくのも、新しい環境に慣れるのも大変な時期だと思います。野球が下手《へた》くそなのは仕方のない事。それはこれから人一倍練習して、少しずつ差を埋めていけばいいだけです。それよりも僕は君の元気のなさが気に掛かります。あの長嶋茂雄《ながしましげお》はどんなに調子が悪くても、決して長嶋茂雄を演じるのをやめなかったと言います。長嶋茂雄という人間を演じ続ける事によって、ファンの期待や信頼に、彼は応えようとしたのです。だから、君もどんなに辛《つら》くても、青野雅人を演じ続けてください。誰よりも大きな声で、君らしさをアピールしてください。そうすれば監督の目に留まるだけでなく、君自身の現状も打破してくれる事でしょう。それができる人間だと、少なくとも僕は君に期待しています。

それともう一つ。君は中学時代、野球の上手くない子の気持ちを考えてあげましたか？　試合に出られない子の側に立ってあげられましたか？　今、君は人間として大きく成長させてもらえる環境にいる事を絶対に忘れないでください。誰かの身になってあげられる人間の方が、野球だけの人間よりよほど価値があるのです。君はその両方の立場を知る貴重な経験をさせてもらっています。その事を忘れないでください。
やるだけやってそれでも駄目なら、その時は胸を張って帰って来ればいいんだから。
お母さんも香奈も、みんな喜んで君を迎え入れます。家族は君の味方です。
今はまだ逃げる時期じゃない。
がんばれ。

雅人へ　父より』

後で読み返したら、顔から火が出るほど恥ずかしい手紙だった。長嶋茂雄がどうだとか、僕は期待しているだとか。親バカもいいとこだ。そもそもなんで丁寧語なのかわからない。正論ばかりの内容も本当に親父らしいと思った。

でも、その手紙は確実にあの頃の僕を救ってくれた。

誰もいない、真夜中のトイレに一人こもって、僕は何度も手紙を読み返した。誰かに泣き声を聞かれるのを恐れ、必死に止めようと思ったが、ダメだった。トイレを出るときには、便箋はふにゃふにゃになっていた。もう二度と読めないほど、インクが滲んでいた。

だけど、確実に親父の気持ちは伝わった。

今はまだ逃げる時期じゃない。

その言葉を信じて、もう少しだけがんばってみよう。僕は心に誓った。

結局、この夏の仮出所は三日間全てを実家ですごした。純平たちと合コンをやる話もあるにはあったが、今回は辞退した。ようやく楽しくなってきた野球に打ち込むため、休みは静養に充てたかった。

だけど最終日だけは昼前に家を出た。

「せめて夕飯くらい食べていけばいいのに」

散々家にいたのに何が今さら「せめて」なのか。

「ノブと約束してるからさ」

「何も同じ所に住んでいる人と遊ぶことないでしょ」

オフクロはそう言って最後までしつこく食い下がった。

親父も親父だった。帰り際「これ面白いから持っていけ」と包みを渡してくれるまでは良かったが、電車の中で包装紙を開けると、出てきたのは永六輔《えいろくすけ》の『大往生』だった。

高校生の、この僕に?

なんだか晴れ晴れとした気持ちで電車を降りた。夏休みど真ん中。渋谷の街は、期待通りたくさんの若者でごった返している。ここに来ると、僕のテンションは自然と上がる。

「ういっす、マネージャー」

モヤイ像前にノブの姿を見つけて、大声で呼びかけた。バツの悪そうな表情を浮かべながら、ノブも「よう」と手を振り返す。

僕が寮長に任命されたミーティングで、ノブはマネージャーに指名されていた。京浜高校野球部に女子マネージャーはいない。毎年一人、誰かが選手兼任でその職に就くのだ。別にたいした仕事をするわけじゃないが、何せその響きがカッコ悪い。マネージャーに指名されて落ち込むノブを、僕は指を差して笑ってやった。もちろん、最大級の愛を込めてだ。

ちなみに同じミーティングで、キャプテンには健太郎が、副キャプテンには春山が任命された。帰寮後、この四人は幹部として同じ部屋に引っ越しする。一人輪から外れて悔しがる純平には申し訳ないが、最高のメンバーだと心から思った。

「こんにちは」

ノブの背後から小柄な女の子がひょっこりと顔を出した。中一からつきあっているというノブの彼女だ。

「おお、千渚《ちなぎ》ちゃん。久しぶり。元気だった？」

「元気、元気。ホントに久しぶりだよねー」

千渚ちゃんと会うのは春の仮出所以来だ。

「なんか雅人くん、痩せたんじゃない?」

「わかる? いい男になったっしょ?」

「なった、なった。色も真っ黒だし、夏男って感じじゃん」

尋常じゃないほどモテるノブに比べ、正直、千渚ちゃんの外見は見劣りする感が否めない。でも僕は頭が良くて愛嬌のある千渚ちゃんが大好きだ。何よりもノブが千渚ちゃんを心から大切にしているのを知っている。僕が親父にピンチを救われたように、ノブは千渚ちゃんに助けられていた。

『イジイジしている間はお願いだから電話してこないでね』

千渚ちゃんもまたノブに期待し、心から信頼しているのだと思う。仲間と遊ぶことばかりに精を出す僕が言うのもなんだが、二人のことはずっと羨ましいと思っていた。

三人で見た映画はお世辞にも面白いとは言えなかったが、とにかく主役の女優がエロかった。うら若き恋人たちが欲情しないはずがない。

「それじゃ、俺は先に寮戻ってるね」

ズケズケとデートに割り込んではいても、色々と気は遣っているつもりなのだ。

「なんでよ、もっと一緒に遊ぼうよー」

心にもないことを千渚ちゃんはサラリと言う。この子も負けじと気遣い屋だ。

「まぁまぁ。そんなことよりもさ……、ちゃんとゴムはつけるんだぞ」

耳元でそっとささやけば、千渚ちゃんもすぐに察してくれる。

「オーケー。四枚かぶせたる」

邪魔者から解放された二人は、道玄坂《どうげんざか》の雑踏の中に消えていった。互いの姿が見えなくなるまで、千渚ちゃんは手を振り続けてくれた。


寮に戻った翌日からオープン戦が始まった。いよいよ新チームが動き出したのを実感する。

毎日のようにやってくるのは名だたる強豪校ばかりだ。その全てが今この瞬間を甲子園でプレーしていてもおかしくない、言ってみれば「裏甲子園」といったカードが、連日、京浜高校のグラウンドで行われていたのである。

そんなある日、試合直前のオーダー発表で僕は度肝を抜かれた。相手栃木《とちぎ》の稲山《いなやま》工業のエース、長山《ながやま》がプロ注目の好投手とあって、三球団のスカウトがグラウンドに訪れていた。そんな試合に際しての、スタメン発表だった。

「一番、ショート、星野」

Tの声に、円陣の中心にいたキャプテンの健太郎が大声で返事をする。

「はいっ!」

「二番、ライト、佐々木」

「はい！」

純平の甲高い声も響いた。ここまではいつも通り、順当じゃないか。

「三番、レフト、春山」

そうそう、ここも順当だ。

ん？　……レフト？

「四番……」

たしかに一瞬の間があった。

「四番、サード、青野」

……え？

「サード、青野雅人！　返事は！」

「は、は〜い」

間抜けな返事をしてしまった。

俺が？　俺が四番？　なんで？

たしかにここまでのオープン戦、僕は自分でも驚くような活躍をしていた。振ればヒットになる感じだったし、高校野球生活初のホームランだって打ってしまった。でも、そのほとんどが相手投手の実力の劣る二軍戦での成績だったし、いくら調子が良いとはいえ、この僕が春山や斉藤健といった将来のプロの選手とクリーンアップを組むというのだ。その事実に頭がクラクラした。

「九番、セカンド、酒井《さかい》。サインはD。思い切ってやってこい！　いいな！」

『ハイッ！』

Tのらしからぬ景気づけに、みんな思い思いの言葉を口にする。

「っしゃー、いこうかぁ！」

「こりゃ四番に期待だなー！」

「頼むぜ、雅人！」

ドスの利いた低い声で、みんなこの大抜擢《だいばってき》を歓迎してくれる。

そんな中、純平だけは僕に嫌味を言うのを忘れなかった。

「ひひひ。頼みますぜ、長嶋さん」

四番サードを皮肉っての言葉だろう。しかし、その一言が逆に僕をプレッシャーから解放した。

「よっしゃ！　一丁やったるか！」

四番打者としての一軍戦出場に、僕以上に驚いた人間がいる。親父だ。

親父は京浜側のスタンドでは応援しない。決して言葉にはしないが、我が子一番という他の親のスタンスを絶対に苦手に思っている。それでいつも相手スタンドに紛れ込んで、こっそり息子のプレーを楽しむのだ。

この日はたまたま三塁ベースの真横の席に親父は陣取っていた。それがアナウンスで先発メンバーが発表された途端、持ち込んでいたビールを派手にぶちまけた。

「すいません。本当にすいません」

相手チームの親たちにへコへコ頭を下げる親父の姿がイヤでも目に入ってくる。

親父よ、息子の晴れ姿ですぜ。

試合そっちのけでこぼれたビールを拭く親父の姿が、なんだかいつも以上に頼りなく見えた。

で、肝心の試合はどうだったかというと、一言、散々だった。

まずは守備。さっそく初回にやらかした。相手四番のボテボテのゴロを弾き、僕は早速パニックに陥った。結果、このイニングに僕はもう一度大きなエラーを犯すことになる。自分を窮地に追い込む、最高に見苦しいトンネルだった。Tの表情ばかりが気になった。

ならばバッティングで取り返そうと意気込んだ第一打席。ワンアウト、ランナー二、三塁。仲間たちがしてくれたお膳立て。

ファール二つで追い込まれはしたが、僕はまだ相手ピッチャー長山の実力を過小評価していた。たしかにコントロールはいいが、ストレートは素直で打ちやすい。スピードだって一三〇キロそこそこだろう。プロ注目なんて名ばかりだ。

腹式呼吸を繰り返して、右のバッターボックスに入り直す。

決して打てない球じゃない。

自分を奮い立たせて迎えた、第三球。長山の手元を離れた瞬間、僕の身体は素早く反応した。

来た！

そう思った瞬間には僕は球をよけてのけぞり、尻もちをついていた。長山の手を離れたボールは一直線に僕を目がけて向かってきた。正確には、向かってきたように見えたのである。

「ストライッ！　バッターアウッ！」

主審が高校野球にあるまじき派手なアクションでジャッジした。信じられなかった。手元を離れた瞬間はデッドボールと思った球だ。それがストライクゾーンに、しかもアウトコースに決まっている。長山のスライダーはとんでもない切れ味だった。

「なんだよ、雅人。期待してたのによ」

守備につくとき、純平が耳打ちしてきた。

「まぁ見とけって。次の打席は真っ直ぐだけを狙ってやる。ストレートは打てない球じゃないんだから」

翻すと「もうスライダーは打てません」という諦めの言葉である。自分を奮い立たせる言葉がすでにネガティブなのだ。良い結果が出るわけない。

二打席目はカーブに腰が引けてショートゴロ、三打席目はやはりスライダーを見逃して三振。何一ついいところなく迎えた、この日最後の第四打席。

またしてもワンアウト二、三塁。初回と全く同じ場面を作って、仲間は僕に回してくれた。

打ちたい。四番打者として、ここはどうしても打ちたい。

ベンチのサインを覗《のぞ》き込む。Tのジェスチャーは……ノーサイン。つまり「打て」ということ。

その心意気が嬉しかった。僕にもう一度チャンスを与えようとしている。その期待に応えたい。

ジリジリ、ジリジリと。神経がこれ以上なく集中していく。腹は決まった。

っしゃ！　一丁やったるか！

事が起きたのはその直後、クライマックスは突然訪れた。

初球、自信を持って見逃したボール球。一瞬何が起きたかわからなかった。ランナーが飛び出しているのだ。

なんだ？　サイン違い？

でも俺はしっかりと見たぞ。Tはたしかにノーサインだったはず。

じゃあ、なぜ？　なぜランナーが？

なぜ……？

瞬間、頭の中をオーダー発表直後のTの言葉が駆け抜けた。

「九番、セカンド、酒井。サインは……」

「D！」

そうだった。あのとき、僕は突然の四番指名に浮き足立ち、すっかり聞き逃していた。試合前、Tはたしかに言っていた。

「サインはD」

他校がどうか知らないが、京浜には五パターンのサインがある。サインAからサインEまで。甲子園などテレビ中継のある試合で見抜かれないために用意してあるのだ。けれど、いつも僕が出ている二軍戦でサインDが使われたことなど一度もなかった。サインAではノーサインに違いないあのジェスチャーは、サインDではたしかにスクイズを意味している。

三塁ランナーがアウトになったと同時に、ベンチから嬉しそうに代打が登場する。僕のサインミスだと白日の下に晒された。

あわよくばスカウトの目に留まってやろうなどと考えた僕が愚かだった。

Tはもはや叱ってすらくれない。

親父の姿ももう見えない。

八月下旬から始まった、秋の神奈川県大会。

春の選抜甲子園へと通じるこの大会で、京浜高校は危なげなく今日行われた準決勝まで勝ち進んでいた。ブロック予選三試合は、合計すると七一対一という圧勝劇。だが七一点取ったことより、たった一点取られたことにTは怒り狂っていた。多くの有望選手が集まったこの代である。今年に賭けるTの意気込みは並々ならぬものなのだ。

僕の方も今のところ全ての試合にベンチ入りしている。与えられた仕事は「伝令」だ。四六時中Tの隣にへばりつき、時にはその指示を仲間たちに的確に伝え、時には直接マウンドに出向いてピッチャーを優しく癒す。近代高校野球にあって最も重要なポジション……では当然ないが、野球エリートばかりのチームにあって、こんな役割ができるのは僕しかいないと自負している。

今日行われた準決勝は、勝てば関東大会出場が決まる大一番だった。加えて相手は、この夏の神奈川の甲子園出場校。試合前は激戦になることが予想されたが、代替わりした今、もはや僕らの敵ではなかった。

初回から京浜打線は牙をむき、一〇対〇で迎えた五回裏。ここを〇点に抑えればコールド勝ちというイニングで、しかしエースの桜井《さくらい》に代わって先発した純平の調子が突如乱れた。

この試合、ここまでは完全に純平の一人舞台だった。打てば二打席連続のホームラン。投げても四回まで一本のヒットも許さない、つまり、このままいけばノーヒット・ノーランを達成するという状況で、フォアボール三つを立て続けに与えたのである。

ノーアウト満塁。ベンチから見ていても純平がキレているのが簡単に窺えた。

「あぁ、うぜぇ。審判マジで見る目ねぇ」

ベンチにまでそんな声が聞こえていては、さらに近くにいる審判が聞き逃すはずはない。

「佐々木くん」

審判が純平を呼んだ。

「次もし何か暴言を吐くようだったら容赦なく退場させるよ」

表面上は淡々としていても、腸《はらわた》は煮えくり返っていたに違いない。もう一人、その怒りが頂点に達した男がいる。もちろんTだ。

「青野！　青野ぉ！」

真横にいる僕をそんな大声で呼ぶこともなかろうに。

「ちょっとマウンド行ってこい！　あいつにな、次に無様な姿を晒したらタダじゃおかないって言っておけ！」

そんな火に油を注ぐようなことを言って何が生まれるというのか。まぁ、純平も僕の苦しい胸の内をわかってくれるはずだ。適当にお茶を濁して、場を和ませれば、それで仕事はおしまいだ。

「タイムお願いします」

だが勢いよくベンチから飛び出したそのとき、信じられない言葉が耳をつんざいた。

「来んじゃねぇ、くそガキが！」

顔を上げると、純平がグラブで僕が来るのを拒んでいた。まさかここまでキレていようとは思ってなかった。いつも伝令の僕を適当に招き入れては、次回の合コン談義に花を咲かせる純平である。「なんだよぅ、雅人。もうちょっとゆっくりしてけよ」なんて言う純平である。

「あいつの言うことなんてわかってんだよ！　どうせこれ以上無様なマネ晒すなとかいうんだろ。わかってるからもう帰れ！」

しばらくあっけに取られはしたが、わかっているなら僕の出る幕はない。すごすごベンチに戻ろうとすると、今度はTが顔を真っ赤にしてメガホンを投げつけた。

「てめぇは何やってんだ！　とっととマウンド行って、あいつぶっ飛ばしてこい！」

ベンチとマウンドの間で右往左往。スタンドに笑いの渦が巻き起こる。心の底から穴があったら入りたかった。

その後の純平の投球は圧巻の一語に尽きた。遊び球一つない。九球のみでの三者連続三振。怒りをボールにぶつけての、ノーヒット・ノーラン達成である。

それだけの実力がありながら、なぜあんなにキレる必要があるのだろうか。天才の考えることは、僕みたいな凡人には到底計りしれないのだった。


その夜、泰平寮の屋上には純平、春山、健太郎、そして僕と、いつものメンバーが集まっていた。こういう場にノブはいない。ノブだけはタバコを吸わないからだ。

「ぐぁ、超いてぇ。あいつマジで思いっ切り引っぱたきやがった」

試合後、案の定Tにボコボコにされた純平が、頬に氷嚢《ひょうのう》を当てながら大袈裟に騒ぎ立てた。

「いや、あれはお前が悪いだろ」

キャプテンの健太郎が簡単に切り捨てると、「そうだな、あれは純平が悪いな」と春山も追い打ちをかける。おいしそうに煙を吐き出しながら、二人ともどこかのんきそうだ。

同じようにタバコを持ってはいるものの、僕は一人いきり立つ。

「お前はいいよ。まだ結果がついてきたんだからよ。俺なんてなぁ……」

そう言う僕の左頬にもしっかりと氷嚢が当てられているのだ。

「だから悪かったって言ってるでしょ」

「悪かったって言っても、俺とお前は明日のメンバーから外されたんだぞ。お前は戦力だからそのうちメンバーに戻るよ。でも俺はな、このままズルズルなんてことも余裕で考えられちゃうんだぞ！」

悪態をついた佐々木純平と、恥をさらした青野雅人。Tは明日の決勝戦のメンバーから、この二人の名前を外した。夏の大会や甲子園とは違い、秋の県大会は試合ごとに登録メンバーを変更できる。「これで一試合くらいベンチ入りできる」なんて喜んでいたのは過去の話だ。毎試合ベンチ入りできるようになった今では、そんなシステムを憎らしくさえ思う。

もちろんTにだって目算があってのことだ。たかが伝令の僕はさておき、決勝という舞台で純平をメンバーから外すほど怒り心頭なのかといえば、決してそうでもないのである。今日の準決勝の勝利で、神奈川に二校与えられた関東大会への出場権はもう手中に収めてしまった。Tが自分を曲げてまで達成しなければならない最低ラインは、すでにクリアしている。

「あー、煙が口に染みるよ。メンソールに変えようかなぁ」

のんきなことを言いながら、純平は輪っかの煙を吐き出した。

まぁ、いいか。これはある意味、僕にとっておいしい話なのだ。これでTは関東大会で純平をメンバー復帰させるときに、僕も一緒に戻さなければならなくなったのかもしれない。どう転んでも悪いのは純平。その純平だけをメンバーに復帰させては、T本人が最も大切と口にする「チームの調和」が取れるはずがない。

「メンソールってインポになるって話じゃん。やめとけよ」

そう言って僕も二本目のセブンスターに火をつけた。それぞれがそれぞれの思惑を抱えながら、夜は次第に更けていった。

そして明日、僕は決戦の日を迎えるのだ。

秋季県大会は下馬評通り、京浜高校が五年ぶり五回目の優勝を遂げた。チームの柱である純平（と僕）を欠く京浜ではあったが、決勝の相手を投打に圧倒。結局九対二の大差をつけ、全国最激戦区、二〇〇校を超す神奈川の頂点に立った。

夜になり、ミーティングルームではTの大会総括が行われていた。優勝に気を良くしているのか、「全然ダメ」「なってない」と連発しながらも、その表情は柔らかい。

「こんな優勝に甘んじないで、関東大会に向けて気を引き締めろ」

自分のことは棚に上げ、Tはそう締めくくった。正座の時間もやけに短い。最後に健太郎に選手同士で反省会をするよう命じ、「あまりはしゃぐな」という言葉を残して、Tは部屋を出ていった。瞬間、場の空気はダラリとゆるむ。そしてみんなはそそくさと僕の周りを取り囲んだ。ノブだけは「くだらない。電話してくる」と言って、一人席を立った。他人の恋より、自分の愛か。

「で、どうだった？」

健太郎が切り出した。みんなの目が一斉に僕に注がれる。その期待を一身に浴び、どうしたものかと僕はしばし考える。

大会直前のある日の飲み会で、僕は一人の女の子と知り合った。初めて言葉を交わした瞬間、僕の脳裏に「あ、この子と結婚する」という思いが瞬いた。そして、僕はその子を「運命の人」と命名した。

仲間たちは「無理無理」「合わない」「一蹴されろ」と口々に囃《はや》し立てた。僕はむきになって「絶対余裕。上手くいく」と断言した。で、そのときに二つの約束をさせられた。一つは大会が終わったらすぐ告白すること。もう一つは、もし告白に失敗したら潔く坊主にすること。京浜野球部に坊主の強制はない。僕らにとってわずかな前髪は命にも等しい。だけど純平たちの「だって余裕なんでしょ？」という言葉に煽《あお》られ、僕はしぶしぶうなずいた。

「で、どうだったんだよ？　雅人くん」

その爛々《らんらん》とした目、目、目。イヤなことは先に済ませておこうと、ミーティング前に電話しに行ったのをみんな知っている。こいつらの期待が痛いほど伝わってくる。

あの飲み会以来、女の子とは一度も会っていなかった。僕だって上手くいくなどとは夢にも思っていなかったのだ。髪を切る覚悟だって充分できていたはずなのに……。

意を決して、頭を撫でながら口を開く。

「なんか、ごめん。オーケーだって。今度ちゃんと紹介するね」

暗い報告を期待していた連中は、一瞬だけ唖然《あぜん》とし、途端に落胆していった。「なんだよ、それ。くだらねぇ」と、みんなそぞろに立ち上がる。しかし、一人だけその流れに逆らう奴がいた。今日一日ずっとおかしなテンションだった純平だ。

「おい、ちょっと待てよ。お前らなんで仲間の幸せをもっと祝福してやれないんだ！」

一瞬、意味がわからなかったが、すぐ悟った。今日の決勝戦、自分のせいで僕がメンバーから外れたことを純平は人知れず悪いと思っていたのだ。

いや、でもこんな形じゃなくたって……。

「祝福しようぜ！」

ワケのわからない提案にみんな一斉に困った表情を見せる。

「祝福って具体的に何すんの？」

春山が問いかけた。しばらく考える純平だったが、その顔がパッと華やいだ。

「胴上げしようぜ！　優勝したんだし！」

みんなの顔にゆっくりと悪そうな笑みが広がっていく。

「俺、やだよ。カッコわるいよ」

そんな僕の一言がいよいよみんなの心を焚《た》きつけた。悪ノリしたこいつらを止めるなんてできないと、僕もよく知っている。

「でへへへ。嬉しいくせに」

そして僕は宙に舞った。

『わーっしょい、わーっしょい！』

うんざりしながら下を見ると、そこには意地悪そうな顔、顔、顔。

『わーっしょい、わーっしょい！』

でも考えてみれば、僕にとってこれは初めての胴上げだ。なんだか楽しくなってきた。

「やったぞー！　優勝したぞー！」

開き直って大声で叫べば、みんなもそれぞれの言葉で応えてくれる。

「よっしゃーっ！」

「優勝じゃー！」

「お前一試合も出てねぇじゃねぇかー！」

最高の雰囲気に包まれ、そこにいた誰もが喜びを共有していた。が、鬼がすぐそこまで忍び寄っていることを、僕らはまだ知らなかった。

僕の身体が六回目に宙を舞ったときだ。ミーティングルームのドアが不穏な音とともにに開き、そこに、これでもかというくらい眉間をヒクヒクさせたTが立っていた。

ズドンッとけたたましい音を立て、僕はその場に転げ落ちた。早速、誰も彼もが我関せずという顔をしている。純平にいたっては窓から外なんか眺めているありさまだ。となれば、当然Tの視線は僕一人に注がれる。否応《いやおう》なしに、僕はその視線に吸い寄せられた。

「青野。また、またお前か……」

「ち、違うんですよ！　監督さん！」

そして僕はあっけなく坊主にするよう命じられた。新チーム発足以来、ずっと守り続けてきた前髪ともこれでしばらくのお別れだ。

でも、まぁいいじゃないか。僕の前髪と引き替えに、みんなを守ることができたのだから。こんな大役を担った前髪は世界中探したってきっとない。

京浜高校が神奈川を制したその夜、泰平寮にはバリカンの音が切なく鳴り響いた。

仲間たちの想いを一身に背負っての、淡く儚《はかな》い断髪式だった。

「そっちは？　そっちは出てない？」

関東大会の会場となる栃木に出発する前日の夜。データ班に指名されていたノブと修行僧のような頭の僕は、たくさんの新聞を前に四苦八苦していた。

「いやぁ、見つからないなぁ。まいった」

しかめ面をしながらも、ノブの視線は真剣そのものだ。

泰平寮には毎朝七紙もの新聞が届けられる。にもかかわらず、ほとんどの連中が目を通そうともしない。当然と言ったら語弊《ごへい》があるが、寮という同じコミュニティーに仲間が存在する以上、社会で何が起きようと知ったこっちゃないのである。

僕ら二人も同じだった。そして、そのツケがいま回ってきたというわけだ。

「だからもっと早く探しとこうぜって言ったんだよ」

遣り場《やば》のないイライラをノブにぶつける。

「あ、何それ？ もっと早くやろうなんて言われたっけ？ そんなこと言うならお前一人でやってれば良かったじゃん」

互いに相手を非難しつつも、視線は新聞に向けられたままだ。

「だいたい、なんであいつ急に新聞探せとか言い出したんだよ」

「知らないよ。文句があるならT本人に言ってこい」

「はぁ、新聞の記事集めるために野球部入ったわけじゃないんだけどな」

「寮長やるために入ったんだもんな」

僕らはTの指示で、京浜野球部を特集した記事を探している最中だ。本来、自分たちの特集くらい毎朝きちんと調べておけばいいのだろうが、誰一人そうする者はいなかった。それは自分たちに対して無関心であるというよりも、関心を持つことのカッコ悪さといったものがすり込まれているためだ。寮内に蔓延《まんえん》するそんなひねくれた考えが、僕らを自分たちの記事からさえも遠ざけていた。

記事を探し始めて一時間が過ぎようとしていた。疲れ果て、途中から無言で作業をこなしていた僕たちだったが、その沈黙をノブが破った。

「なぁ、雅人さ」

「ん？」

「本当に良かったよな」

「何が？」

「ベンチ入りできてさ」

「ああ、そのことか」

前日に発表された二〇人の関東大会のベンチメンバーに、予想通り僕の名前は入っていた。

「でも、良かったって言っても、どうせ試合に出られるわけなんてないんだし。ただの伝令だからな」

「いや。でもやっぱりたいしたもんだよ。これだけ野球エリートばっかり集まった中で、俺と同じように一般入試で入学してさ。実際すごいよ」

トロンとした眠そうな目と話の内容がまるで嚙み合ってない。

「おいおい、なんだよ。今度は褒め殺しか」

軽口を叩きながらも、胸にはやり切れない気持ちが芽生えた。ずっと苦楽をともにしてきたノブの言葉だ。その重みは痛いほど理解できる。心から「おめでとう」と言ってくれている反面、「なんで自分は……」という気持ちも持ち合わせているのだろう。

それは僕だって同じだ。やっぱりノブとベンチ入りしたかった。きれい事じゃなく、同じ境遇でやってきた唯一の仲間だからこそ、僕はノブと同じ喜びを共有したい。それを口に出すのははばかられるけど、ノブと一緒にベンチ入りできなければ、その喜びは完全なものとは言えないのだ。

「俺さ」

「ん？」

「俺って母子家庭でずっと育ってきただろ」

「ああ、なんか前に聞いたことあるな」

作業する手を一旦止め、僕はノブを見た。視線は記事に注がれたままだったが、新聞をめくる指は連動していない。一つ一つを吐き出すようにノブは続ける。

「この学校に入学が決まったとき、実は俺、野球部が全寮制だなんて知らなかったんだ。あのときは母親を一人にできないって思ってたし、私立な上にさらに寮費までかかるって言うし。今だから言えるんだけど、あの頃入部するのはやめておこうって真剣に考えてたんだよね」

初めて聞く話だった。

「仮入部の期間が終わったとき、俺、母親に言ったんだ。『これで俺の高校野球は終わりです』って。正直喜んでもらえるもんだと思ってた」

ああ。うちのオフクロさんだったら間違いなく泣いて喜ぶセリフだろうよ。

「そしたら、すごい剣幕で言われちゃったんだよね」

「なんだって？」

「『このトンパチ息子が！』って」

思わず吹き出してしまった。

「なんだよ、それ。その言葉の方がよっぽどトンパチじゃんかなぁ」

「俺ね、どういう意味かって聞いたのね」

釣られて笑うノブだったが、すぐに真剣な顔に戻った。

「そしたらさ、『あんたの夢は何なんだ？』って聞いてくるんだよ。答えられないでいたら、『私は知っている。あんたの口からそれらしいものは一つしか聞いたことがない』って言うわけ」

それが何か、僕にも簡単に理解できた。

「それってさ」

「うん。まぁ、甲子園だった」

　ノブは何度もうなずきながらそう答えた。

「甲子園」という言葉の響きに、僕たちは気恥ずかしさを覚える。「目指せ甲子園」「夢は甲子園」。そんな言葉を口に出すほど、僕らはその場所からそう離れたところにいるわけじゃない。田舎《いなか》の弱小校が夢物語として口にする「甲子園」とは全く違った場所として、僕らの中にそこは存在する。

　ノブの口からその言葉を聞いたのも、多分これが初めてだ。ノブだけに限らず、誰の口からもほとんど聞いたことがない。

だけど、当たり前かもしれないけど、僕らが屈強な絆《きずな》で結ばれているのは、目指す方向が同じだからだ。女のケツばかり追いかけている純平も、真摯に野球に取り組む春山も、仕切りたがりの健太郎も、勉強をしっかりやっているノブも、当然そうでない僕も、ここにいる理由はただ一つ。「甲子園」しかないのである。

「雅人さ」

「ん?」

「あと二つだな」

「うん。あと二つだ」

あと二つ勝てば、僕らはその夢の舞台に立つ権利を手にできる。

「母さんも千渚も、みんな雅人のベンチ入りを喜んでた。がんばってくれって」

「ああ。がんばるよ。がんばる。絶対に行こうな。それでそのときは、お前もベンチ入りすりゃいいじゃん」

「はは。いいとこ取りだな」

「いいんだよ。がんばった奴は絶対に報われるんだって親父が言ってたもんよ。まぁ、自分は何やっても報われない、それこそトンパチ親父の言葉だけどな」

親父の顔を思い出して、思わず僕は笑ってしまった。なんとなく気恥ずかしそうに、ノブもやっぱり笑っている。そこに風呂から上がったばかりなのか、顔をほんのりと赤らめた健太郎と純平がふらりとやってきた。

「お、やってるなぁ、二人とも。どう、記事は見つかった?」

「いやぁ、それがまだ……」

健太郎の質問に僕が答えようとしかけたとき、ノブが口を挟んだ。

「あった」

「え?」

「ほら、これじゃないの?　Tの言ってた記事って」

そう言ってノブは僕らの前に紙面を広げた。

『夢舞台を懸け　いざ関東大会開幕』

そして、その横の文字。

『筆頭は神奈川の覇者、京浜高校か』

四人が四人とも特別な感情を抱いて記事を眺めていたに違いない。だけど、ノブと話をするノリのまま健太郎と純平に話しかけたのは、僕の不注意だった。

「絶対に行こうな。甲子園」

気づいたときにはすでに遅しだ。案の定、健太郎と純平はニンマーと顔を見合わせた。

「いやぁ雅人、どうした？　ずいぶん熱いこと言うようになったなぁ。なんだ？　どうしたよ？」

健太郎にイヤらしく攻撃されれば、「なんだ、こいつ！　気持ちわりぃー、超気持ちわりぃー」と、純平にはストレートに囃し立てられる。

「こいつさっきからこんなノリで困ってたんだよ」

ついにはノブすらも同じ土俵《どひょう》から降りてしまった。

「もう、いいよ。お前らみんな最低だ」

「ぎゃははははは。今度はいじけた！　バカだ、こいつマジで超バカだ！」

まぁ、いいよ。笑いたいなら笑えばいい。だけど俺は知ってるぞ。あと二つ勝って、絶対に甲子園に行こう。お前らの胸にもその想いが秘められているのを当然俺は知っている。

笑いのおさまった健太郎は何度もうなずき、ノブはじっと記事に見入っていた。

最後に純平の大声がホールいっぱいにこだました。

「よっしゃ！　それじゃ甲子園目指して一丁がんばりますか！」

ここにいる僕たちみんなの夢を賭けた大会が、いよいよ幕を開けようとしている。


関東大会の開催地、栃木県宇都宮《うつのみや》市――。一〇月も下旬になれば、この辺りは冬の気配を感じさせる。一回戦を難なくコールド勝ちし、京浜ナインは近くのグラウンドで調整練習を行った。いよいよ明日はベスト4を賭けた準々決勝。甲子園に無条件で出られるのは四校のみだ。つまり、この試合で全てが決まる。

チームの調子はますます上向いているとのことだ。特にエースの桜井は好調で、取材に訪れた記者たちを驚かせていたらしい。天狗《てんぐ》になりがちでなかなかいけ好かない奴だけど、今だけはそんなことも言っていられない。悔しいが、甲子園への切符は桜井の右肩にかかっている。

一方、なぜ僕がその練習内容を伝聞口調でしか伝えられないかというと、練習に参加させてもらえなかったからに他ならない。昨晩、Tに稲山工業の一回戦を偵察してくるよう命令されたのだ。仮にも僕はメンバーだというのに。

電車を乗り継ぎ一時間、僕と同じくデータ班に指名されたノブは、稲山工業の一回戦が行われる山間部の駅に降り立った。夏にオープン戦で対戦した稲山工業もまた栃木県の第一代表として大会に出場している。あの日、度肝を抜かれた長山のスライダーを思い出し、身が引き締まる思いがした。

到着してまず驚かされたのは、想像を絶する田舎具合だった。駅から球場に向かう途中、そこかしこに『猪《いのしし》注意』などと書かれた看板が置いてある。

「猪って、何をどうすれば注意できるんだよ？」

「こっちには熊がどうこう書いてあるぞ」

初めて見る光景に僕らは少し浮き足立った。

「あっ、見て！」

再びノブが声を上げる。

「今度はなんだよ？」

「ボンタンがいる」

ノブの指さす先にこんもりと末広がった制服ズボンを穿《は》いた高校生の姿があった。それも一人や二人じゃない。後から後からボンタンが大名行列のように連なって歩いてくる。

「本当だ、スッゲー。昔のヤンキーマンガみたいだ」

「すごいよね、このご時世にまだこんなボンタンが残ってたなんて」

「なんかバッグに『天上天下 INAKO 独尊』とか書いてあるぞ」

「INAKO って何？」

「知らない。スナック稲子とか？」

「あっ！」

何かに気づいたように、ノブが口を開いた。

「稲山工業だ……」

稲山工業がそういう学校であることを、僕らはこのとき初めて知った。

ようやく到着した山奥のスタジアムは、どこかのんびりとした雰囲気を感じさせた。しかし、僕らが『稲子』と命名した稲山工業の応援団からは、まるでのんびりしていない罵声が聞こえてくる。

「こぅらぁ！　いてまうどぉ！」

「おんどりゃー！」

その勢いに、僕らは目を見合わせる。

「これ、俺らが京浜の偵察隊だってバレたら冗談じゃなく殺されちゃうね」

この試合、稲山工業は僕らとの試合に備え、エースの長山を温存してきた。それでも僕たちにはやるべき仕事があった。バッテリー間のサインを盗むことだ。

球場を埋める高校野球ファンたちは、僕たちのその行為をどう受け止めるだろう。きっと例の常套句《じょうとうく》、「高校生らしくない」という言葉で非難するに違いない。だけど僕はそういった全ての行為、心理戦を含めて、野球というスポーツなのだと思う。勝つことの先にしか甲子園への道は開けていない。明るく健全なだけでは、その道は決して切り開けない。

だからといって、もちろんサインを盗むのは容易《たやす》くない。一段高いスタンドからとなればなおさらだ。僕らは一塁側の最上段から三塁側のポール際まで、時には双眼鏡を駆使し、時にはジッと凝視してなんとか見破ろうと試みたが、結局キャッチャーの股ぐらで出されるサインを窺い知ることはできなかった。

ある異変に気づいたのは日も傾きかけた五回を過ぎた頃だ。

「あっ」

ノブが最初に発見した。

「なんだよ? どうした」

「すごい。見えるんだよ。ほら、あそこ」

バックネットの真裏からノブはこっそりとキャッチャーの股下を指さした。「おお、すげぇ!」と、思わず僕も声を上げてしまった。たしかに、サインが丸見えなのだ。タネは太陽にあった。センター後方に西日が傾いてくれたおかげで、キャッチャーの指の動きが影となってグラウンドに映し出されているのである。僕らは無言で微笑み合い、データノートに指の動きとその球種を書き込み始めた。これで、明日の長山対策ができる。そんな想いから自然と漏れた笑みだった。

だが、それは束《つか》の間《ま》の喜びでしかなかった。僕たちの苦悩はここからが本番だった。

「なぁ、これって一体？」

地面に映るサインに気づいてからしばらくしてのことだ。どうしても解《げ》せない想いをぶつけてみると、ノブも「本当だね」と首を振る。

わからない。どうしても一致しない。何度試してみても、鈍《どん》くさそうな顔をした一年生キャッチャーの指の動きと、ピッチャーの投げ込む球種とがつながらない。

「例えば、今のこの指の動き、さっきアウトコースにカーブ投げたときの動きと全く同じだよな」

そんな僕をあざ笑うように、サウスポー投手からインコースにストレートが放たれる。

「ああ、もう！　何なんだよ、これ？　どうなってんだ？」

ノートに書き記す手を止め、僕は天を仰いだ。

「要するにキャッチャーのサインはダミーってこと？　ノーサインなの？」

「あの鈍くさそうなキャッチャーがノーサインで捕れるかよ。この左投げならともかく、長山のスライダーをノーサインで捕るなんて不可能に近いぞ」

夏に打席で見た長山のスライダーを思い出し、僕は「不可能だ」と言い直した。

「ピッチャーから一度もサインが出てないっていうのも、なんか不自然だよね」

たしかに、ピッチャーというのは我の強い奴が多いものだ。この傲慢そうな顔のピッチャーが、無条件に下級生キャッチャーのサインに従うなんて考えにくい。しかしサインどころか、キャッチャーのサインに首を振るくらいしか、稲山工業の左投手に動きらしい動きは見られない。

「あぁ、これもうダメだな。完全にお手上げだ」

「たしかに。スタンドからの偵察はここら辺が限界かもしれないね」

偵察隊としての意地を賭けた稲山工業との第一ラウンドは、僕たちの完敗だった。


一〇月二九日、土曜日。宇都宮清原《きよはら》球場。快晴。

今年一番と言えるほど突き抜けた青空だった。きれいに整備されたグラウンドも、その舞台として全く申し分ない。甲子園を賭けた大一番。しかも優勝候補同士の激突。土曜日ということも手伝って、スタンドには秋の大会としては異例の大観衆が詰めかけていた。

きっとこれが「甲子園」というものの持つプレッシャーなのだろう。スタジアムいっぱいに、何か得体のしれない緊張感が立ちこめている。だからといって僕たち選手も同じように緊張しているのかと言えば、決してそうでもなかった。当然、適度な緊張感はあるものの、その雰囲気に呑み込まれるような変な気負いは意外なほどない。

　ベンチ前に円陣を組み、Tは昨晩発表したオーダーをもう一度読み上げる。「一番シヨート、星野健太郎」の声を皮切りに、佐々木純平、春山球道と、次々と仲間の名前が呼び上げられていく。当然、僕の名前はない。でも、そんなの全く関係ない。代表して戦う九人に、今日だけは全てを託す。

　メンバーの名前を呼び終えると、Tは確認するように、全員の顔を見渡した。来年五〇歳になる男の顔が、ここにいる誰よりもギラついている。今日だけはなんのわだかまりもない。頼りになる、我らが大将だ。

「いいか。この世代は、俺が今まで手がけたどの代よりも期待し、お前らもそれによく応えてきてくれたと思っている。ここまで来たらな、この勢いで最後まで行くぞ。京浜史上最強の野球部は、こんなところで負けるわけにはいかないんだ！　いいな！」

『よっしゃー！』

　この瞬間、チームは完璧に一つになった。こういう瞬間をずっと求めて、僕は野球をやってきたのだ。左手を頭上に掲げた。そして純平とグラブをぶつけ合う。新チーム結成以来、ずっと続けてきた試合前の僕らの儀式。以来、このチームは一度も負けていない、二人だけの勝利の儀式。

「っしゃ、行こうかぁ！」

誰からともなく声が上がる。審判のかけ声とともに、両チームの選手が勢いよくホーム中央に整列する。最高の試合をしようと、敵味方関係なく目で会話する。

高揚感と緊張感がグチャグチャになって入り乱れる中、主審の右腕が高々と振り上げられた。

「プレイボール！」

さぁ、勝って甲子園へ！

みんなの想いが一つに込められた白球が、今、桜井の右腕から放たれた。


チームの雰囲気は最高だった。誰もがノリノリだと思っていた。が、たった一人その勢いに乗り遅れた奴がいる。よりによってピッチャーの桜井だ。

一回表、桜井はほとんどストライクが入らない。ただでさえ立ち上がりが悪いのに加え、甲子園へのプレッシャーが桜井をがんじがらめにしている。フォアボールとヒットで満塁。いきなりの大ピンチを迎え、早くも僕の出番がやってくる。

「タイムお願いします！」

審判にお辞儀をし、僕は颯爽《さっそう》とベンチから飛び出した。内野手たちも神妙な面持《おもも》ちでマウンドに集まってくる。

「おいおい、なんだよ。暗いな、ここ」

お前らさっきの勢いはどこにいったんだ。そう言ってやりたいのを堪《こら》えて、僕は明るく振る舞った。

「とにかくさ、塁にいる奴らもう全員返しちゃっていいってよ。今の俺たちなら三点くらい余裕だろって、Tが言ってるから」

僕はチラリとベンチのTに目をやった。本当はそんなの一言だって言ってない。僕がここに来た本当の理由は、桜井に「仲間を信じて、リラックスして投げろ」と伝えるためだった。名将・山田監督には心から申し訳ないが、正直「はぁ?」という気持ちでいっぱいだ。

かつて「リラックスしろ」と言われて、リラックスしたピッチャーがどこかの国にいたのだろうか。伝えるべきはそうじゃない。大事なのはそこにいる奴らの不安を取り除いてやることだ。

「三点くらいならやってもいいよ」

その言葉に、内野手の顔には安堵の色が広がった。しかし肝心のエース、桜井だけは、神経質そうにマウンドを足で掻きならすのをやめようとしなかった。

はぁ、空気の読めないエースだなぁ。

そんなことを思っていたら、案の定、桜井の状況は何一つ変わっていなかった。プレー再開後、相手四番打者への初球、桜井はかつて僕らが見たこともないような力のない棒球を投じたのだ。

「そんな球、俺でも打てるって！」

叫んだときには、白球は遥《はる》か彼方《かなた》へ。稲山工業の希望と僕らの絶望を乗せ、打球は清原球場の空に舞い上がった。値千金の満塁ホームランだった。

右手を頭上に掲げて、悠然とダイヤモンドを一周するバッターランナー。正直、ものすごくカッコいい。まるで甲子園が決定したかのようにお祭り騒ぎの『稲子』たち。正直、ものすごく羨ましい。

いや、それよりも目の前に突きつけられた現実だ。あの長山を相手に、四点のビハインドを背負ったということ。四点……。絶望的な数字だった。

Tに言われ、審判にピッチャーの交代を告げに行く。みんなの期待を一身に担った桜井は、結局最後までプレッシャーをはね返せないまま降板した。

桜井をリリーフした純平は急な登板にもかかわらず、なんとか要所、要所を締めていった。そんな気合いで投げる純平の好投もあり、京浜は勢いづく稲山工業を初回の四点だけで凌《しの》いでいく。

問題は打撃だった。初回の先頭バッターからなんと一〇者連続三振という快投を、相手長山に見せつけられてしまったのだ。特にミートが上手く、空振りさえ滅多にしない健太郎の二打席連続三振に、僕らの意気は完膚《かんぷ》なきまでに叩きのめされた。

　昨夜のミーティングで、Tは長山のスライダーを完全に捨てること、ストレートだけに狙い球を絞ることを全員に義務づけた。

　しかしこの長山、夏のオープン戦の頃より格段に成長している。狙っていれば打てる勢いのない真っ直ぐでは決してないし、スライダーが真っ直ぐとほとんど変わらない軌道でくるから質《たち》が悪い。結果、ストレートだと思って振りにいったバットはことごとく空を切る。

「はぁ、ダメだぁ。マジで打てない」

　なんとかボールに食らいつき、長山の連続三振を一一で止めた純平だったが、結果はボテボテのセカンドゴロ。

「まだダメか？」

　すがるような目で、純平は問いかけてくる。

「うん。キャッチャーの指の動きはここからいくらでも見れるんだけどね」

「やっぱりダミーか」

「ああ、それは間違いないと思う」

　試合前に「結局サインを見破ることはできなかった」とみんなには伝えていた。だけど僕は初回からキャッチャーの動きを注視してきたし、純平のように口には出さないものの、みんなも早く見破ってほしいと期待している。

とりあえず、これまでにわかったことを整理してみる。今日見ていて、やはりキャッチャーから出されるサインは九分九厘ダミーだと確信した。スタンドから見るのとは違い、ベンチからだとその指の動きはよく見える。むしろ、わざと僕らに見せつけていると思えるほどだ。それほどキャッチャーの指の動きはあけすけだった。

「やっぱりサインを出しているのは長山かもしれないな」

誰に語るでもなく、僕は一人つぶやいた。そしてこのつぶやきこそが、一つの到達点だった。

違和感を覚えたのは、長山がこの試合あまり投げていないカーブを投じたときだ。五回裏、ワンアウト。七番の一年生、柳沢敬《やなぎさわたかし》に対する二球目。長山の手からボールが離れる瞬間、僕は思わず口にしていた。

「またカーブだ」

投じられたのは案の定カーブだった。隣の純平が身を乗り出してくる。

「おい雅人、まさか……」

「俺、わかっちゃったかもしれない」

逸《はや》る気持ちを抑えるのに必死だった。目の前が明るくなるのを感じた。憎らしいほど余裕しゃくしゃくの笑みでサインを覗き込む長山。その表情が、偵察隊としての僕のプライドに火をつける。

てめぇのその高慢ちきな自尊心、今からズッタズタにしてやるからな。

そして迎えた、運命の第三球。長山はセットポジションから、悠然と足を振り上げた。

あの動きは……。ええと、そうだ……。

「ストレート」

長山から投じられたのは……ストレート！

完璧だ。

「おい、雅人ぉ！」

「謎は全て解けた」

気分はもう、金田一少年だった。

満面の笑みで抱きついてくる純平を払いのけ、僕はこの回は捨てようと考えた。たしかに、試合も終盤に差しかかろうとする大事な局面ではあったが、春山のヒットでとりあえずノーヒットは解消されたし、前半飛ばしすぎたのか、長山に疲れの色が見え始めてきたからだ。

このイニングで完全にサインを見破り、終盤、一気に畳みかけよう。僕はそう決め込んだ。

「ストレート」

「スライダー」

「スライダー」

「カーブ」

「スライダー」

「ストレート」

「すげー！　すげー！　おい雅人、お前すげーよ！　偉い！　天才だ！」

目をキラキラさせながら、純平は感嘆の声を上げる。

間違いない。百発百中だ。大きな確信を胸に秘め、そして僕らは六回の攻撃を迎えた。

イニング間の円陣で、僕は自分からTに呼びかけた。

「監督さん、ちょっといいですか」

何かを悟ってくれたのか、Tは小さくうなずいた。

「みんな、相手から見えないように俺を取り囲んでくれ」

そう言って、僕はみんなの陰になるようにしゃがみ込む。

「稲山のバッテリーサインを完全に見破った。信じてもらっていい。一〇〇パーセント間違いないから、この回から絶対に徹底してくれ」

少しの不安も抱かせないために、僕はわざと強い口調で語りかけた。

「ただ、サインを見破ったことがバレないように、スライダーとカーブに対してはわざとタイミングが合わないように空振りすること。ゲーム前に監督さんが言ったように、ストレートだけを徹底して狙っていこう」

全員が僕の話に聞き入っていた。

「いいか。サインを出していたのはキャッチャーじゃない。長山だった」

誰かの唾を飲み込む音が聞こえる。

「それも手の動きじゃなく、首の振り方で、球種をキャッチャーに伝えていたんだ」

みんなが自分に集中しているのを確認して、僕は一気に続けた。

「長山が『うん、うん』と縦に二回うなずいたときがストレート。首を斜めに傾けたときがカーブ。そして横に二回首を振ったときがスライダー。前の回に気づいてずっと確認してたけど、全部この組み合わせで合っていた。目の前で大胆にサインの交換をされてたことで、逆に気づかなかったんだ。この組み合わせで間違いない」

一気にまくし立てたところで、「マジかよ」という声がそこかしこから漏れた。僕はTの顔を正面から見つめる。

「間違いないのか？」

胸を張ってうなずいて、僕はもう一度みんなの顔を見回した。

「まだ点差は四点だ。絶対に追いつこうや！」

『よっしゃー！』

あの勢いが戻ってきた。さぁ、反撃開始だ。

バッターボックスの手前で、ここまで苦汁を舐め続けてきた健太郎が微笑みかけてきた。その目を見て、僕はおどけたように拳を突き出した。

「さぁ、いこうか！」

誰かが口にした言葉を、健太郎は無言で実践した。見とれるほど美しいスイングから放たれた打球は、高々とオレンジ色の空に舞い上がり、ゆっくりとライトスタンドに吸い込まれていく。

稲山工業のどんちゃん騒ぎが滑稽《こっけい》に思えてくる。さも当然といった顔でダイヤモンドを一周する健太郎の姿から、京浜史上最強と言わせたチームを引っ張る男のプライドが垣間《かいま》見える気がした。本当に頼りになる奴だ。

相手投手の球種がわかったところで、それがすぐに得点につながるかと言えば、もちろんそうとは言い切れない。しかしそんな要因以上に、サインを見破ったという行為そのものがチームに自信を取り戻させ、健太郎のホームランが決定づけた。

『運命の六回』と自分たちで命名するほど、この回の僕らには勢いがあった。結局、打者一巡の猛攻で七点を奪い、長山をノックアウトする。

寂しそうにマウンドから降りていく男の手から、「甲子園」の切符がこぼれ落ちた瞬間だった。

球場は西に傾いた太陽に赤々と照らされていた。八回の裏、京浜の攻撃。ワンアウト、ランナー二、三塁。得点は一〇対四。

願いが届いたように、ゆっくりとTの手が僕の肩に添えられた。

「ご褒美だ。行ってこい」

僕が出場する意味をよく知っている応援スタンドは、大騒ぎでバッターボックスへ送り出してくれる。

振り返ると、西日で真っ赤に染められたノブの姿があった。お互いの姿を確認し合い、僕の腹は決まる。

よっしゃ！　一丁やったるか！

マウンドには長山をリリーフしたサウスポー。思えば夏のオープン戦、稲山工業との対戦でサインを見落としたことによって、僕は試合から干されるようになった。打席に立つのは実にあの試合以来だ。

Tのサインを覗き込む。さぁ、あの日のリベンジだ。

ピッチャーは二度うなずいた。……ストレート。

ゆっくりと振り上げられた右足に合わせて、僕の心もどんどん昂《たか》ぶっていった。

いくぜ！
１、２、３！
ポコッ。

Ａだろうが、Ｄだろうが、もうサインは見落とさない。絶対に。

人生最高のスクイズバントは、コロコロと三塁線上を転がっていった。一一点目のランナーが頭からホームに滑り込んだところで、試合終了。七点差をつけての、コールド勝ち。

半狂乱になった仲間たちが一目散にベンチから飛び出してくる。健太郎を中心に、あっという間にもみくちゃの輪になった。満面の笑みで肩を抱き合う仲間たち。それは誰が誰を祝福するのでもなく、お互いの夢が叶《かな》ったことを、讃《たた》え合っているだけのように思えた。

両チームの選手が整列し、主審が高らかに試合終了をコールする。

「ゲーム！」

『ありがとうございましたっ！』

なかなか鳴りやまないサイレンの音が、幼い頃にテレビで見たたくさんの場面とシンクロしていく。一途《いちず》に憧れ、ただひたすら目指してきた場所。このサイレンの音が遠く西の空、甲子園にまで届いているような気がした。

大声で校歌を歌い上げると、僕は一直線にスタンドへと走り寄った。金網を隔てて、額をノブに押しつける。

「やった。やったぞ、ノブ。甲子園だ」

ガチャガチャと音を立てて軋《きし》む金網。声にならない声で、ノブもその言葉に呼応する。

「ああ、やった……。やったな、甲子園だ」

ずっと口に出せずにいた想いが、堰《せき》を切ったように爆発した。どこに隠れていたのか不思議なくらい、涙がボロボロと頬を伝った。

そして僕らは何度も、何度も「甲子園」という言葉を口にした。

二〇〇×年・夏

画面に映し出された準決勝戦が○対○のまま中盤にさしかかった頃、冷房を切ったホテル・フルメタル・ジャケットの一室にようやく暖かさが戻ってきた。

そのとき、不意に佐知子が起き上がる。忘れていた昨夜の一件が頭を過ぎり、思わずドキリとさせられた。

「おはよう」

先手必勝、というわけでもなかったが僕の方から声をかけた。

「うん、おはよう」

ボサボサの髪も、シーツで裸を隠す姿も、佐知子はどことなく艶っぽい。

「何見てるの？」

「ん、野球見てる」

「へぇ、珍しいね。雅くんも野球見たりするんだね。高校野球？」

「うん、他に見るのもなかったから」

そう言って僕はクローゼットからガウンを出して渡した。

「コーヒー飲む？」

「うん、いいよ。自分で入れる」

いつもと変わらぬ素振りでガウンを羽織る佐知子。どういう態度で接すればいいのか、僕の方は一晩たってもわからない。

「すごいね、暑い中みんな大変だ」

湯気の立つコーヒーカップを片手に、佐知子もソファに腰掛けた。視線の先には汗まみれの球児の姿。

「いいんじゃない。暑ければ暑いほど、本人たちは喜んでやってるはずだよ」

「ふーん、そんなもんなのかね」

興味なさげに佐知子はコーヒーをすすった。

「チャンネル替えようか」

「ううん、いい。このままで。それより、この京浜って高校さ……」

「うん、俺の母校」

「やっぱ、そうだよね」

昨日の話を避けたいのなら黙ってチャンネルを替えれば良かった。僕は敢《あ》えてその取っかかりを作ろうとしたのかもしれない。

スタンドで応援する京浜の補欠選手たちが映し出された。応援歌に合わせてどんちゃん騒ぎする彼らの姿は、監督の横で小さくなっているであろうグラウンドの選手なんかよりよほど輝いて見えた。

「この振り付けさ」

「ん、何？」

「こいつらのこの踊りね、まだ高校生のときの俺が作ったもんなの。信じられないかもしれないけど」

キョトンとした顔をして、佐知子は的外れなことを口にする。

「雅くんって、応援団だったんだっけ？」

今度は僕が呆気《あっけ》にとられる番だった。

「ううん。俺、野球部だった。言ったことなかったかもしれないけど」

しばらくの間、沈黙があった。直後に佐知子は「ホントに！」と仰々しい声を張り上げた。

「だって、京浜高校ってすごい野球強いんじゃないの？」

「うん、すごい強いって言われてるよね」

「甲子園とかしょっちゅう出てるんだよね？」

「うん、しょっちゅう出てるね」

「雅くんたちは？」

「俺らも出た」

「マジで？　だって、あの飲み会のとき、そんなこと一言も言ってなかったじゃん」

「あの飲み会って」

「高校のときの飲み会」

　他意はなさそうに佐知子は言った。

「うん、俺ら自分たちが野球部だって必死に隠してたからさ」

「なんで？」

「カッコ悪いって思ってたし」

「何が？」

「野球部であることが」

「何それ？」

「わからない。なんでだったんだろうね」

本当はよく覚えている。あの頃、高校生の間ではダンスやDJをやっている奴らが最高のステータスを誇っていた。一方で、泥臭い野球部員はどこか周りから引いた目で見られている気がした。だから、僕らは普通の高校生であろうとし続けた。

「ああ、それで飲み会のときみんな坊主だったんだね」

「みんな微妙に坊主ではなかったと思うんだけどね」

「どういう意味?」

「前髪ともみあげだけはみんな必死に主張してたと思うから」

「そういえばそうだったかも。っていうか、雅くん茶髪じゃなかった?」

「いや、さすがにそれはないと思うけど」

どこか腑《ふ》に落ちない様子で佐知子は続ける。

「ああ、でも、本当に意外だなぁ」

「なんで?」

「あの人たち結構遊んでるよって、あのとき私の友達が言ってたからさ」

「遊んでる野球部なんて世の中たくさんいるでしょ」

「そうなんだろうけどね。でも甲子園だよ。普通の人にはやっぱりそんなイメージないよ」

「夕日を背に、ひたむきに白球を追う球児たち。って感じ?」

「そんな感じ。私は女子校だったからよくわからないけど。でもテレビで見る野球部の子って、良く言えば純真で、悪く言えばもっとむさ苦しいものだと思ってたから」

しれっとした顔でひどいことを言うものだ。

「そういう目が、俺らに野球部であることを隠させたんだよ」

「はぁ、それにしても雅くんがまさか高校球児だったとはねぇ」

深くため息を漏らす佐知子を見て、このまま淡々と昔話をしていちゃいけないと思った。これは昨夜の続きの前フリなんだと覚悟を決めて、僕の方から切り出した。

「なぁ、佐知子さ」

「ん？」

「昨日の夜の話なんだけど」

佐知子の顔に苦そうな笑みがこぼれる。

「全く覚えてないんでしょ？」

「うん。ごめん」

「まぁ、いいよ。この何ヶ月、隠してるみたいで私も罪悪感あったし。ま、楽しくもあったんだけどね」

今度は意地悪そうに笑った。

「本当にごめんね」

「うん。もういいよ。私の方こそ黙ってたりしてごめんなさい」

僕は照れながら佐知子の胸に顔をうずめてみる。何も解決していないが、心につかえていたものが少しだけ取り除かれる気がした。

八回の裏、土壇場で京浜高校が二点を先制したとアナウンサーは伝えている。いいピッチャーだし、これで勝てるかもしれない。横目で見つつ、僕は話を続けた。

「あのさ、ひょっとしてそのときの飲み会の場所って」

「うん。メケメケだったよ」

「やっぱりそうか」

あの頃、飲み会があると僕らは決まってメケメケを使っていたからだ。

「昨日オーナーさんと話してたノブくんって人さ、目のぱっちりした、細身の人のことだよね？　すごく印象に残ってるよ。カワイイ顔してたし、飲み会に来てるのに『俺には彼女がいるから』なんて言ってたのも印象的だった」

「たしかに顔はカッコいい奴だったけどね」

筋違いもいいとこだが、少しノブに嫉妬する。

「ちなみにオーナーさんのことも覚えてたんだ」

「へぇ、そうなんだ」

「あの顔がおっかなくてさ、あの頃は全然いい印象がなかったよ」

渋味の利いたオーナーの顔が頭を過ぎった。オーナーは本当にあの顔で損をしている。九回表、ワンアウト。あと二つアウトを取れば、京浜高校の決勝進出が決まる。画面上に「名将」という解説つきで、山田正造の姿が映し出された。端《はた》から見ればあんな男ですら讃えられるのか。選手たちはその横で萎縮しまくっているはずなのに。世の中結果が全てなのだと改めて認識する。

しばらくの沈黙の後、腫れ物に触るように佐知子から切り出してきた。

「ところでさ、なんで他の友達とは長いこと会ったりしてないの？」

まぁ、当たり前の質問だと思った。普通に話をしていれば当然抱く疑問だろう。

「まだ野球続けてる奴とかもいるしさ、なかなか時間も合わないんだよね」

答えになっていないのはわかっている。でも、説明する気にもなれなかった。

何かを察してくれたように、佐知子も「ふーん、会えばいいのに」と言うだけで、それ以上深く踏み込んではこなかった。

会えばいい、か。そんな風に言われると、なんだかとても簡単なことのように思えてしまう。いつまでも意固地になっているのは、案外僕だけなのかもしれない。だけど、やっぱり簡単なことではない。でも……。

いつの間にか、部屋には夏の暑さが戻っていた。エアコンのリモコンを手に取り、僕は再びスイッチを入れた。

明日は日曜日だし、仕事も休みだ。一〇月には転勤も控えている。神奈川の地区予選を観るチャンスも、これで当分ないだろう。あいつらに会うか会わないかは、行ってから考えればいいことだ。

目をつぶり、僕は大きく息を吸い込んだ。

「佐知子、明日のデート、横浜にしようか？」

しばらくポカンとした佐知子だったが、すぐに言葉の意味を察してくれた。

「日焼け止め、いっぱい塗っていかなきゃね」

ゲームセットを告げるサイレンが鳴り響き、校歌がスタジアムいっぱいにこだまする。

懐かしい気持ちが芽生えたのは意外だった。

日曜日の神奈川県大会、決勝戦。明日も暑くなるはずだ。

不安を感じる気持ちと楽しみに思う気持ちが胸に入り乱れる中、アナウンサーが静かにこの日の放送を締めくくる。

「京浜高校が四年ぶりの夏の甲子園を賭け、明日の決勝戦に臨みます。それでは本日の放送を終了させていただきます。明日午後一時、ここ横浜スタジアムでお会いしましょう。ごきげんよう、さようなら」

九年前・冬

「あ、あ。ただいまマイクテスト中。マイクのテスト中。あ、あ」

……………。

（キン・コン・カン・コーン）

「おはようございます。今日は一二月二四日、土曜日。六時二〇分になりました。起床です。繰り返します。六時二〇分になりました。起床です」

寝ぼけた頭に鳴り響く『赤鼻のトナカイ』、フル・オーケストラの公式盤。入学して一年九ヶ月。去年のクリスマスに続いて、耳にするのはこれで二度目。

♪いつも泣いてた　トナカイさんは　今宵《こよい》こそはと　よろこびました

そう、今宵こそは俺が主役、のはず。

今日は年に一度のクリスマス会。

去年は踊った。女装して、ただひたすら踊っていた。

今年はどうだ？　指図する上はもういない。安直な笑いには、もう走らない。

ベッドから飛び起き、周りの奴らに声をかける。

「みんな、起きてる？　クリスマス・イブの始まりだぞ」


年に一度のクリスマス会、当日。だから練習は楽だろう。そう高を括《くく》っていた僕らがとことん甘かった。

「はぁぁぁ。今何本目よ？」

「六本目。あと四本」

もうダメだ。膝がガクガク笑っている。外はこんなに寒いのに、なにゆえ俺らはこんなに暑いんだ。

「ああ、気持ち悪ぃ。クリスマスなのに」

誰かがつぶやいた。心の底から同感だ。

今、僕たちは「テンポ走」をしている真っ最中だ。名前の由来は知らないが、ライトからレフトのフェンス際を二人一組でとにかく全力疾走する。レフトのポールまで駆け抜けたら、今度はジョギングでライトまで。休む間もなくそれを一〇本繰り返すという、最も嫌われているトレーニングの一つである。

さらにキツいのは、誰か一人でも設定タイム内に入れなければ、全員に一本追加されてしまうということだ。となれば、俄然《がぜん》足の遅い僕には分が悪い。足の速い奴らが軽く流している脇で、僕は死にものぐるいで走っている。

「なんか、これってスッゲー不公平」

そんな僕をあざ笑うように、コーチの友部が悠長に笛を吹く。

「ちっきしょー、七本目だ、コノヤロー！」

フライング気味にスタートした。要領よくなきゃやってられるか。

「よしっ、七本目」

ノブはしれっとスタートした。こいつも足だけは速かった。

秋の関東大会は、結局、僕たち京浜高校が稲山工業を破った勢いそのままに初優勝を果たした。準決勝が六対〇、決勝は九対一という最後まで圧倒的な強さを誇っての優勝だった。以来、Tは日々ご満悦の様子だ。

走っている最中、スピーカーからマライア・キャリーの『恋人たちのクリスマス』が流れてくる。監督室にいるTの表情が手に取るように目に浮かぶ。

「ちっくしょう、負けてたまるかぁ！」

叫びながら、僕はゴールに駆け込んだ。すると、ストップウォッチを持った友部の手が、ゆっくりとハンドマイクに伸びていった。

え、嘘？　嘘でしょ？

「えー、青野選手、青野選手。タイムオーバーです。おめでとうございます。アゲイン！」

途端に怒濤《どとう》のブーイングが聞こえてくる。

「青野選手、何か一言」

そう言った友部にマイクを渡された。冷たい視線が集中する。

「みんなー！　メーリークリスマース！」

知ったことか。奴らに大きく手を振ってやった。さらに大きくなったブーイングは、いつまでも鳴りやもうとしなかった。

結局、一日かけてやるものを半日に押し込めただけの練習を終えた後、僕たちはクリスマス会の会場設営に取りかかった。

思春期ど真ん中の高校球児がちまちまと折り紙を折る姿は滑稽だったが、ノブだけは慣れた手つきでどんどん会場を飾りつけていく。

「お前はホント何やらしても様になるよなぁ。野球以外は」

睨《にら》むノブから目をそらし、僕はそれとなく話を変えた。

「そういえばさ、千渚ちゃん怒ってなかった？」

「なんで？」

「いやぁ、この前千渚ちゃんからの電話俺が取って、『クリスマスは本当にみんな寮にいるんだよね？』って聞かれたんだよね。冗談っぽく言ってたけど」

「あいつ」

苦虫を嚙みつぶしたような顔で、ノブは「ちっ」と舌打ちする。

「なんで？　なんかあったの？」

「別に。ちょっとケンカしただけだよ。クリスマス、クリスマス言われてさ。ちょっとムカついた」

「でも、気持ちもわかるじゃん。やっぱりクリスマスくらい好きな人といたいもんだろ。特に女の子は」

「お前の口から女の子論を聞くとは思わなかったよ。だいたいお前の方はどうなんだよ。この前の合コンで知り合った女の子、なんだっけ、運命の人？　あれどうなったんだよ？」

「どの運命の人だっけ？」

「お前」

「ウソウソ。ただなぁ、いまいち運命じゃなかったんだよね。会う暇だってなかったし」

「月曜日でいいじゃん」

「月曜日は合コンするじゃん」

ノブは呆《あき》れたように小さく息をついた。

「お前さ、いい加減そういうのやめた方がいいと思うぞ」

毎週月曜日、僕らは「通院日」という名目で週に一度の休みをもらう。当然そんな貴重な日に病院に行く奴などいるはずもなく、大抵の場合、僕らは誰かの伝手《つて》を頼っては飲み会をしている。もちろん、その日にデートをすればいいのだろうが、やっぱり僕は合コンに繰り出す。決して新しい出会いを求めているわけではない。仲間たちと遊んでいたいだけなのだ。

ノブとそんなやりとりをしているところに、汗だくになった純平が食堂に駆け込んできた。見れば、胸に大きなクリスマス・ツリーを抱えている。

「拾ったー！　拾ったー！」

一瞬で盗んできたものだと悟ったが、純平の満面の笑みを見ていたら笑いがこみ上げてきた。

「純ぺーい！」

純平なら、きっとこの気持ちをわかってくれる。

「楽しきゃいいよな?」

親指を突き立てた。なぜかアントニオ猪木《いのき》の顔マネをして、純平も親指を突き出した。

「楽しきゃいいよ!」

カラオケマシンが搬入され、会の準備が整ったところで、ぞろぞろとみんな食堂に集まってきた。なんだかんだ言っても、純平のクリスマス・ツリーが一番存在感を示している。最後にやってきたTの「なんだ、これ?」という発言には肝を冷やしたが、なんとか追及されずにおさまった。

そして、静かに食堂の照明が落とされた。

「メーリークリスマース!」

ただ一人スポットライトを浴びて、今年も司会を務める僕の一声にみんな立ち上がって呼応する。

『メリークリスマース!』

案の定、三、四人「クリトリス」って言いやがった。まぁ、いいか。今夜だけは無礼講だ。

「今年も一年、お疲れさまでした! 思う存分、パーティーを楽しみましょう」

アメリカ人のような僕の挨拶が終わったところで、クリスマス会は幕を開けた。暗闇なのをいいことに、みんな好き勝手にクラッカーを打ち鳴らす。そのほとんどがTに向けられていた。

「お前らー、あんまりやりすぎるなよ！」

暗闇にTの言葉がこだまする。

甘い、甘い。パーティーはまだこれからが本番だ。何度も言うが、今夜だけは無礼講だ。

こういった場で全く空気の読めない純平が、案の定、『チャコの海岸物語』なんて歌っちゃったせいで、食堂の空気が滞ってしまった。この男は去年も山下達郎の『クリスマス・イブ』を熱唱して、ブーイングを受けた苦い経験がある。

しかし、たしかに懲りない男ではあるのだが、『♪こころか〜ら〜好きだよ〜T子〜』なんて心から楽しそうに歌う純平を見て、僕はトリで考えていた『仮面舞踏会』をここで投入することに決めた。

「ノブ、ノブ」

「ん？」

「お前、悪いんだけど最後にブルーハーツ歌って。なんでもいいから」

「やだよ、なんで俺なんだよ。しかもよく知らないし」

「いやいや。お前が歌うことに意味があるんだ。フォローするし。とにかく頼んだ」

渋るノブにトリを押しつけて、僕は十八番《おはこ》の『仮面舞踏会』をセットする。この曲が受けるのはわかっていた。実は去年のクリスマス会でも歌い、大いに盛り上げたのだ。しかも、今年は練習量が違う。当然、歌詞を見るなんて野暮はしない。モニターの電源を切ると、後輩の柳沢に食堂の照明も落とさせた。裸にガウンという格好。その下には、パンツを切って作ったTバック。

準備が整ったところで、イントロが流れ始める。瞬間、舞台は僕一人のものとなる。呆気に取られて口をポカンと開けるOB会長。指を差して笑う仲間たち。そして僕は勢いに任せて、顔を真っ赤にして笑いを堪えるTのテーブルの上に立つ。もちろん全てが段取り通り。前もって酒や食事はどけさせといた。

最後に派手にガウンを脱ぎ捨て、Tバック一丁になればこれで完成。曲が終わった瞬間、大歓声と拍手が僕を襲う。ついには笑いを堪えられなくなったTから「お前、やりすぎだ」とお褒めの言葉をもらい、OB会長をはじめとするゲスト陣からはおひねりが飛び交った。

わざとらしく肩で息をして、僕は言った。

「よっしゃ、勝った！」

みんなと握手をしながら席に着く僕をフォローして、同じく司会の柳沢がマイクを握る。

「いやぁ、僕ら一年は去年を知らないからあれですけど、青野さんにまさかこんな才能があったとは……。これでもう少し野球が上手かったら、余裕で尊敬できるんすけどね。それで。ええと、この次は……」

突然の『仮面舞踏会』に予定が狂い柳沢があたふたしていると、あちこちから「野風《のふう》増《ぞ》！」という声が飛び交った。

「ノフーゾ？　なんすか、それ？」

柳沢が知らないのも無理はない。大急ぎでガウンを羽織り、僕はステージに戻った。柳沢からマイクを奪い取り、Tの方を向く。

「監督さん、『野風増』って声が聞こえるんですけど」

わざと意地悪く言ってやった。

「いやいや、俺はいいよ」なんて渋ってみても、他の連中が放っておくはずがない。思惑通り、食堂中に山田コールが響き渡る。

『や・ま・だ！　や・ま・だ！』

その声に導かれるように、Tは重い腰を上げた。

「全く、本当にお前らは」

言葉とは裏腹に満更でもなさそうな笑みを浮かべて、Tはゆっくりとステージに登った。みんなの盛り上がりはいよいよピークに達した。

初めのうちは選手たちからのクラッカーや歓声に、目を細めるだけのTだった。が、マイクを握りしめた途端、その表情は一変する。当然、その変化に気づかない仲間たちであるはずもなく、あっという間に食堂を静寂が占める。

みんなの目を見渡して、Tはゆっくりと語り始めた。

「関東大会の準々決勝の試合前、俺がお前らに言ったことを覚えているか？　この代のチームに期待し、そしてお前らもそれに応えてきてくれたという話だ」

忘れるはずがない。あの稲山工業戦直前、ベンチ前に円陣を組んだときのことだ。

「毎年、毎年、俺はその代の子供たちを甲子園に連れていこうと、連れていってやりたいと本気で考えてやってきた。それは指導者として当然あるべき姿だと思うし、その気持ちを忘れたら監督として失格だとも思っている。それが、だ……。新チームになって、夏からいざお前らの指導をしてみると、俺の中に今までなかった全く新しい感情が芽生えた。こいつらが、お前らが、俺を甲子園に連れていってくれるんじゃないかと、初めてそういう気持ちを持ったんだ」

いつになく熱っぽいTに仲間たちが引き込まれていく。そんな選手一人一人の表情を確認するようにTの視線はグルリと一周し、僕のところでピタリと止まった。

ニヤリと笑って、僕は二度うなずく。ここでGOサインだ。

「だけどな、決して勘違いするな。そうは言っても所詮お前らなんかグズでノロマな亀だ。高校野球の堀《ほり》ちえみなんだよ。亀は亀らしく、休憩なんてしてないで一気に山を駆け上がれ！　いいか、何度も言うぞ。勘違いするな。どれだけ周りに乗せられようが、お前ら自身が自惚《うぬぼ》れようが、お前らは所詮ノロマな亀だ。絶対に忘れるんじゃねぇぞ」

ニヤリと笑うT本人に、腹を抱えて大笑いする僕。笑うのはこの二人だけだった。他のみんなは突然の展開に、というよりTの口から次々飛び出すワケのわからぬ言葉に、あんぐりと口を開いている。

笑い続ける僕の声に、ようやく何人かの奴らは悟ったようだ。そう、ここまで全て僕のシナリオ通りに事が進んでいるのである。

「だがな、俺はそんなグズでノロマな亀が大好きなんだよ。俺もお前らと同じ亀の教官……いや、京浜高校の風間杜夫《かざまもりお》として、お前らと一緒に歩いていくぞ。京浜高校は最強の亀軍団として、一歩一歩頂上を目指して歩いていくんだ。いいな！　子亀ども！」

ここまできたら、いい加減誰もが事の次第を理解していた。話の内容どうこうよりも、Tがこんなくだらない話をすることに意味がある。

Tの呼びかけに立ち上がり、みんな大声で呼応する。『よっしゃー』という声がそこかしこから聞こえてきた。「ノロマな亀」と言われて「よっしゃー」ってこともないだろうに。

それにしたってこのオヤジもたいした役者だ。話のメリハリ、押し引き、間……。どれをとっても完璧にやり遂げてくれた。後半の「亀の教官」や「風間杜夫」なんてくだりにいたっては全くのアドリブである。意を決して提案して良かった。そんな充足感に浸る間もなく、Tの大演説はいよいよクライマックスに突入する。

「今の俺がお前らにしてやれることなんてこれくらいしかない。親亀から、お前ら子亀へのメッセージだ。聞いてくれ……、野風増！」

演説が終わりそうなのを見計らって、柳沢がカラオケのスタートボタンをプッシュする。低く、伸びのある声が食堂中を支配した。

場の空気はついに最高潮に達した。

♪お前が20才《はたち》になったら　酒場でふたりで　飲みたいものだ
ぶっかき氷に　焼酎入れて　つまみはスルメか　エイのひれ
お前が20才になったら　思い出話で　飲みたいものだ
したたか飲んで　ダミ声上げて　お前の20才を　祝うのさ
いいか男は　生意気ぐらいが丁度いい
いいか男は　大きな夢を持て
野風増　野風増　男は夢を持て

うずうずして今にもフライングしそうな上級生に、楽しいんだけど何をしていいのかわからない下級生。そのコントラストが端から見ていて面白かった。

Tの歌は全員の心を掴んだまま、二番へと突入していく。この男、悔しいが歌もプロ並みに上手いのである。

♪お前が20才になったら　女の話で　飲みたいものだ
惚れてふられた　昔のことを　思い出しては　にが笑い
お前が20才になったら　男の遊びで　飲みたいものだ
はしごはしごで　明日を忘れ　お前の20才を　祝うのさ
いいか男は　生意気ぐらいが丁度いい
いいか男は　大きな夢を持て
野風増　野風増　男は夢を持て

まだよ、まだよ、まだよ。

誰かフライングしやしないかとハラハラしていたが、どうにかみんな堪えてくれた。

それはそうと監督さん、俺らが二〇歳になったら、本当に飲みに連れていってくださいよ。本当は今すぐにでもいいんだけど。俺たちが二〇歳になったとき、女の話で一杯飲みに行きましょう。

♪お前が20才になったら　旅に出るのも　いいじゃないか
旅立つ朝は　冷酒干して　お前の門出を　祝うのさ
いいか男は　生意気ぐらいが丁度いい
いいか男は　大きな夢を持てぇ……

みんなのすがるような目に応えて、僕は大きく手を振った。
「いっせぇー、のー！」

♪野風増　野風増　男はぁ……
♪『夢を持てぇ～！』
♪野風増　野風増　男はぁ……

そこにいた全員が両手を高く突き上げた。

♪『甲子園～！』

そして絶叫と拍手が乱れ飛ぶ。

最高の瞬間をTと共有できたことを、なぜか少しだけ誇らしく感じた。

いつまでも鳴りやもうとしない大歓声。満面の笑みを浮かべてハイタッチを繰り返す仲間たち。まるで大団円を迎えたような盛り上がりの中で、気まずいのはその後の大トリを任されたノブ一人。

「なぁ、おい。俺、この雰囲気でブルーハーツとか歌ってる場合じゃないんじゃないの？」

みんなの歓声でノブの言葉がよく聞き取れなかった。

「いや、そんなこと言ったってよ。知らねぇ。なんとかしてくれ」

「ああ、もう最悪だよ」

今にも泣き出しそうな顔をしながら、ノブは一から曲を調べ始めた。

すまない、ノブ……。良かれと思って託したトリがまさかこんな状況で回ってくるなんて。

乱雑に本をめくるノブの手が、あるページでピタリと止まった。

「……79－1214」

「えっ？」

「いいから入れろよ！　379－1214だ！」

ほとんどキレながら、ノブは乱暴に言い放った。

でも、それって……。

しかし、僕に反論する権利はない。言われるがまま、ノブが口にした番号を入力すると、案の定、たった今聞いたばかりの『野風増』のイントロが、再び食堂に響き渡った。

あたふたする僕に一瞥もくれず、ノブは抑え切れない怒りをぶつけるようにTを睨みつけ、そしてステージに上がった。

「やぶれかぶれだ」

多分、僕だけがその声を聞いた。

♪あんたが五〇になったら　野球の話で飲みたいものだ
殴られ蹴られた昔のことを　思い出してはにが笑い
あんたが五〇になったら　やっぱり野球で飲みたいものだ
バントバントで打つのを忘れた　あんたの五〇を祝うのさ
いいか山田は　理不尽ぐらいが丁度いい
いいか山田は　大きな夢を持てぇ

僕らはなんのフォローもしてやれなかった。というよりも、なんのフォローも必要なかったのだ。わざとらしい笑いも大袈裟な手拍子も必要ない。何せ、T本人が大笑いしているのだから。

♪山田～　山田ぁ　山田はぁ～　夢を持てぇ～！

ノブの男を賭けた一曲はいつしかみんなの気持ちを代弁する歌になり、そして大合唱へと変わっていった。

♪山田～　山田ぁ　山田とぉ～……

『甲子園～！』

こうして、二年連続で司会という大役を任された僕の仕事は終わった。二年続けてのMVPは阻止されたが、賞品のバットを嬉しそうに握るノブを見ていたら、自分のことのように嬉しかった。

純平も春山も健太郎も、Tも柳沢もOB会長も、みんな最高の笑みを浮かべている。

こんなにロマンチックじゃないクリスマスは二度とない。そりゃそうだ。世間の若者たちが愛を語らう聖なる夜に、僕らはみんなで『野風増』である。

でも、いいんだ。これからクリスマスを迎えるたびに、きっと僕たちはこの夜のことを思い出すだろう。仲間と歌った『野風増』を思い出すのだ。

「メリークリスマス」

誰かのつぶやきに、僕も小さく応える。

「うん。メリークリスマス」

この絆が永遠のように感じられた、クリスマス・イブの夜だった。


大晦日《おおみそか》。

例年、年末から年始にかけては一年で一番長い「仮出所」をもらうのだが、今年は年の最後まで練習しようと選手間のミーティングで決定した。

「こんな時期に練習したって上手くなんてならねぇよ！」

最後まで一人反対していた純平の言い分はもっともだ。だけど、甲子園を決めたこの年だからこそ、最後の日まで練習することに意味はある。白い息を吐きながらのノックは最高に楽しかった。僕が捕球するたびに、「上手くなったよなぁ」などという笑い声が飛び交った。軽口を叩き合えるこんな日の練習は何より楽しい。ノックを打つTの顔も明るかった。

結局、日が暮れるまで練習し、最後の食事を摂ったあとは、普段禁止されているテレビを見たりして思い思いに時を過ごした。みんな揃えば「紅白」もこんなに楽しいものなのか。消灯時間が近づいた頃、浮かれまくった純平がいつものメンバーに声をかける。

「どうせまだ眠くないだろ？　初詣《はつもうで》行こうぜ」

ひんやりと冷たい風が火照《ほて》った身体に心地よかった。寮のほど近く、貴永《きえい》神社という名の小さくうらぶれた神社に、他の参拝客の姿は見当たらない。健太郎に春山に純平。ノブ以外の誰もが当然のような顔でバッグからタバコを取り出すと、境内の石に腰掛けておいしそうに吸い始めた。

何を思うのか。しばらくみんなタバコの煙ばかりを吐き出していた。ボンヤリと空を眺めながら、最初に口を開いたのは、健太郎だ。

「なんだかさ、やっぱりこの一年って色んなことがあったよな」

「あったなぁ。夏は俺のサインミスで負けて……」

春山の言葉に応じたのは、純平。

「秋は俺が思い切りメンバーから干された」

「俺はキャプテンに任命されたし」

健太郎の言葉にはノブが応じる。

「雅人が童貞を捨てた」

があっ！

『マジでー！』

僕以外の全員が一斉に声を上げる。

「って、お前言うなよ」

「かっかっか。やっぱりそうだったか」

大仰《おおぎょう》に笑うのは、純平だった。

みんなが驚いたのは、何も僕が童貞を捨てたという事実に対してではない。僕が中学のときに経験したと吹いた大嘘が、今この瞬間に暴《あば》かれたからだ。

「まぁ、みんな余裕でわかってたんだけどな」

健太郎に言われるまでもなく、僕だってバレていることくらい知っていた。

「でも、その辺のプライドって結構大事だろ」

弁解しても、純平はねちっこく責めるのをやめない。

「まぁ、嘘はつくなってことだわな。で、どうだったよ？　初体験は？」

「そりゃ、まぁ余裕だったけどさ」

しどろもどろになった僕を見て、最後はみんなが吹き出した。

「ぎゃははは、また大嘘だ」

みんな揃って二本目のタバコに火をつけようとしていたときだった。貴永神社ではない、どこか遠くから除夜の鐘の音が聞こえてきた。冷たい風に運ばれてくる鐘の音が、心に染み入ってくる。

その音に耳を傾けながら、再び健太郎が口を開いた。

「でもさ、たしかに色んなことがあった一年だったけど、やっぱり今年を振り返ったら、甲子園だよな、俺たちは……」

誰もが小さくうなずいていた。

「俺さ、正直まだ信じられないんだよね。だって甲子園だぜ？　夢とか言うのダサくてイヤだけど、小さい頃からテレビとかで見てた甲子園だぞ？　信じられるか？」

健太郎の問いかけの後、ちょっとだけ沈黙があった。春山がそれを破る。

「まぁ、実際に夢だったもんな。少なくとも俺は今までの人生で夢だって胸張れるもんは甲子園しかない」

「俺も」

「俺も」

「あと何ヶ月かしたらさ、俺たちはあそこで野球をしてるんだよな」

そう続けた春山の言葉に、純平が応える。

「殿馬《とのま》とか岩鬼《いわき》が立った打席で打って、里中《さとなか》や坂田三吉《さかたさんきち》が立ったマウンドで投げるんだもんな。ちょっとスゲーよな」

その大真面目な顔に思わず吹き出してしまった。

「なんで全部ドカベンなんだよ」

僕の突っ込みにノブも乗っかる。

「しかも坂田三吉って」

「まぁなんにしても、俺たちはあと少しであそこで野球ができるわけだ。楽しみだな」

そう言ったところで、健太郎の身体がブルルッと震えた。

「おやおや、カッコいいですな、健太郎さん。武者震いですか？」

意地悪な僕の質問に、健太郎はムキになってやり返す。

「めちゃめちゃ寒いんだよ。俺、初詣いいや。そろそろ戻る」

「うん。俺はもう一服してから帰るよ」

残ろうとする僕にノブもつきあってくれて、三人を見送った。

「あんまり遅くなるなよ」

最後だけキャプテンらしい健太郎に、僕たちは笑顔で手を振った。

二人だけになった神社の境内には寂しさが漂った。

「まぁ、吸えよ」

千渚と約束したから、とずっとタバコを控えていたノブに一本差し向ける。気を遣ったのか、雰囲気がそうさせたのか、ノブも黙って受け取った。

鐘の音ばかりが耳をついた。

「なぁ、雅人さ」

タバコの煙をゆっくりと吐き出しながらノブは言った。

「甲子園の話だけど、俺、今メンバー入りたいって本気で思うんだ」

「俺なんて試合にだって出たいぜ」

「俺も。俺も試合に出たい。これまでずっとチームを支えることを考えてきたけど、やっぱり甲子園ってすごいよな。ここに来てすごく色気が出てきた」

「甲子園に限らず、それが普通なんじゃねぇの？　野球やってて試合に出たいって思わない奴なんていねぇよ。お前ちょっと欲なさすぎたもん」

「自分でもそう思うよ。別に俺はお前らみたいに、がむしゃらになることをカッコ悪いとかは思ってないんだけど、やっぱりどっかで一歩引いてんだよね。チームが勝つのが自分の喜びだと無理に思おうとしてるんだ。でも、もちろん勝つのは嬉しいけど、俺がここにいる意味ってやっぱりそれだけじゃない。最近になってそう思うようになったんだよね」

真顔で語るノブを茶化す気にはなれなかった。

「いいことじゃん。やっとお前が貪欲になってくれて嬉しいよ。とにかくさ、今はメンバーに入ることだけ考えてがんばろうや。全てはそれからだ」

そう言う僕を見て、ノブは小さくうなずいた。その表情に笑みは見られなかった。

春の甲子園が確定している年は、例年より早く本格的な実戦練習が始まる。年が明けてしばらくすれば、ベンチ入りメンバーを賭けた激しい凌ぎ合いが始まるのだ。

甲子園でベンチ入りできるメンバーは、関東大会からさらに四人削られる。二年生一八人、一年生二四人。タイプもセンスも生い立ちも異なった四二名の野球部員が、唯一共通して抱く夢の舞台。そこに立つことを許されるのはたった一六人しかいない。

時計の針は一一時五〇分を指していた。

何度目かの鐘の音がこれまでより大きく鳴り響いたとき、二本目のタバコに火をつけたノブがゆっくりと口を開いた。

「なぁ、除夜の鐘ってさ、全部で一〇八回鳴らされるって知ってた？」

「なんだよ、急に。でも、そんな話聞いたことあるな」

「一〇八ってな、人間の煩悩《ぼんのう》の数なんだって」

「煩悩って何よ？」

「煩悩って……、つまり人間を迷わせる欲望みたいなもの、かな」

「いや、ごめん。全然わからない」

「うん、例えば驕《おご》りたかぶる気持ちだったり、慢心して不遜な態度を取ってみせたりっていう、潜在的に人間の中にある見失いがちな部分っていうか、弱さみたいなもの」

「ふーん、つまり今の俺たちみたいなのだな」

「そう、まさに今の俺たちは煩悩を捨て切れてない状況にあると思うんだ」

噛み合っているのか、いないのか。冗談で言ったことがノブの言いたいことと重なってしまったり。結局ノブが何を言おうとしているのか僕にはわからなかった。

「で、その一〇八つある煩悩を戒めるために、除夜の鐘は全部で一〇八回鳴らされる。昔じいさんから聞かされたことがあるんだよね」

「ふーん、たしかにじいさんくさい話だもんな。でもさ、鐘を打ってる人たちは絶対にそんなこと考えて打ってないぜ。一〇八回なら一〇八回で、一〇八人の人たちがみんな好き勝手に自分の幸せを願って打ってるだけだと思うぞ」

「面白いこと言うじゃん」

笑いながらノブはバッグからボールを取り出し、僕によこした。

「野球のボールの縫い目の数も同じ、一〇八なんだ」

「縫い目って?」

「その赤い糸の数」

「マジで？　こんなのも決まってんだ？」

「決まってる。どんな安いボールでも、それこそプロが使うような公式球でも、全部同じ一〇八」

「へぇ、お前よくそんなことまで知ってるな。それもじいさん？」

「ううん、これは自前。感心した？」

「感心したっていうより呆れたよ。お前さ、もう野球部辞めてクイズ研究会入れよ。甲子園より高校生クイズ出た方が活躍できると思うぞ」

皮肉を言いながら、僕は縫い目を数えていった。そんな話を聞かされたら確かめずにはいられない。

「なぁノブさ、まさかこの縫い目の数もその煩悩だとかって言うんじゃねぇだろうな」

「はは、絶対に言うと思ったよ。でも、安心しろ。野球のボールはアメリカで生まれたものだからな。偶然だと思うぞ。でもさ、縫い目の数も煩悩だって考えたら面白いと思わない？」

「全然思わねぇよ。俺なんて煩悩の固まりみたいなもんじゃんか。毎日投げてるボールがそんな説教臭いもんだったら、俺たまんねぇよ」

「じゃあさ、一〇八個の願いが込められてのものだとしたら？」

「ん？　さっき俺が言ったみたいに？」

「そう。一〇八個の願いが込められて縫われたもんだとしたらどうよ？」

「それは、ちょっといいな。夢があんじゃん」

「そうだよな、夢があるよな」

そう言って、ノブは三本目のタバコに火をつけた。

揺れる煙をぼんやり見つめながら、ノブはクスリと笑う。

「ちなみに四苦八苦って言葉あるだろ?」

「おう、俺の座右の銘だ」

「『しくはっく』って数字を、ちょっと掛けたり足したりしてみな」

「しくはっく? 四×九は三六だろ、八×九が七二だから……、すんげー! 一〇八じゃん!」

驚く僕の顔を見て、ノブはしてやったりという表情を浮かべた。

「そう。つまり、ボールの縫い目には一〇八個の苦しみも込められてるっていうわけだ」

「はは。なんだか、打てなくなっちゃいそう」

「元々そんなに打ててないじゃん」

一〇八個の縫い目を数え終えたと同時に、時計の針が一二時ちょうどを指した。「よっこらしょっ」と大袈裟に立ち上がり、僕は深々とノブに頭を下げる。

「あけましておめでとうございます。ノブくんに一〇八個の幸せを」

「こちらこそおめでとうございます。雅人くんに一〇八個の煩悩を」

目が合って、吹き出したのはほとんど同時だった。

「よっしゃー、やるぞー！　今年は甲子園だー！」

「ハハ、まずはベンチ入りからだな」

「うるせー！　やるんだー！　甲子園だー！　甲子園だー！　煩悩甲子園だー！」

「あー、もう、うるせーよ」

「キャー。甲子園だぁー！」

見上げれば満天の星が僕らの上に広がっていた。身を切るような真冬の空に吐き出した煙がゆらゆらと揺れている。どこまでが白い息で、どこからが煙か、わからない。

長い長い冬の真っ只中に、今、僕たちの最も濃密な一年が幕を開けた。

二〇〇×年・夏

車中のデジタル時計は午前八時五〇分を示していた。

かなり早く家を出てきたつもりだったが、予定をすでに二〇分も過ぎている。ようやく標識に『鴻巣』の文字が見えてきて、少しだけホッとする。

駅前のコンビニで冷たいコーヒーを買い、空を見ると、改めて日差しの強さを感じた。

佐知子が現れたのはさらにその二〇分後。佐知子の方はこれで四〇分遅れだ。だけど今日は怒るつもりはないし、イライラもしない。

「おはよう」と、僕の方から声をかける。

「おはよう。あちーね。っていうか、ごめんね。遅れて」

バツが悪そうに佐知子は言った。愛車マーチの助手席に、佐知子の長い脚は窮屈そうだ。

「ねぇ、こんな中で野球なんかやらせちゃっていいの？　高校生、死んじゃわない？」

「普通死んじゃうよね」

「ね。何もしない私たちだってやばそうなのに。こりゃ高校生に青春を押しつけようとする大人たちのエゴだな」

その大仰な口ぶりに、思わず笑ってしまう。

「でも、それはそれで見てる人たちの論理なんだよ。やってる方は意外に暑さとか感じないし、暑くなきゃ逆に白けるもんだよ」

「そういえば昨日もそんなこと言ってたね。雅くんも高校生のときそうだった？」

「うーん。まぁ、俺もそうだったかなぁ」

「ふーん、そうか。なんか楽しみだなぁ」

今日は高校野球神奈川県大会、決勝の日。八年ぶりの横浜スタジアムを見て、僕は何を思うのだろう。かつての仲間たちもいるかもしれないし、佐知子とのこともまだ何も解決していない。でも、楽しみに思う気持ちは僕にもある。

心に期待も不安も入り乱れる中、アクセル音だけが軽快に鳴り響く。

鴻巣から横浜まで。長いドライブが始まろうとしている。

久喜《くき》インターから東北自動車道に入った頃、しばらく無言でエアコンにあたっていた佐知子が、「雅くん、そういえば初めてだったよね」と切り出してきた。

「何が？」

「迎えにきてくれたの。っていうか鴻巣まで来たの。どうなの？」

「どうなのって……、想像以上に田舎だったけど」

僕は質問の意味を取り違えたらしい。その答えを面倒くさそうに遮った佐知子は、

「どうして今日は迎えにきてくれたのって聞いてるの」と言い直した。

「いや、理由とかないけど。たまにはいいかなって」

曖昧なその答えに、佐知子は「うん、違う。絶対他に理由があるよ」と、決めつける口調で言った。たまに僕が見せる優しさに対して、なぜか佐知子には頭から勘ぐる癖がある。もう少し信用してくれたって良さそうなのに。

でも、たしかに今日は疑われても仕方なかった。伝えなければならないことが胸の内にあるからだ。いつ切り出すべきなのか。僕は、そのタイミングを見計らっていた。

車内のラジオは最新のヒットチャートを延々と垂れ流している。あの頃は飲み会のために必死に覚えた流行りの曲が、今じゃ全くわからない。

聴く曲、聴く曲がいい加減全部同じに聞こえてウンザリし始めた頃、その気持ちを察

したように、突然、懐かしいイントロが流れてきた。ラジオのＤＪがお決まりの馴《な》れ馴《な》れしい口調で曲紹介をする。そして、プリンセスプリンセスの『世界でいちばん熱い夏』が流れ出した。

「うわ、懐かしいなぁ」

思わずボリュームのつまみに手を伸ばすと、「本当、懐かしい」と佐知子も流れる曲に合わせて口ずさみ始めた。その楽しそうな横顔に、気分が乗った。

一路、横浜に向けて。マーチのアクセルを深く踏み込んだ。愛嬌のあるエンジン音を置き去りにして、ベンツとプジョーを立て続けに追い抜いてやった。

東北自動車道から川口《かわぐち》ジャンクション、箱崎《はこざき》を抜け、佐知子の希望で、僕らはレインボーブリッジを通るルートを選んだ。

ラジオはもう消しているが、佐知子は相変わらず何かしら口ずさんでいる。久しぶりのドライブに気を良くしているのか、こんな上機嫌は久々だ。

幸い思ったほど道も混んでいなかった。流れていく人工的な街並みを眺めながら、僕は告白の機会を窺った。

「なぁ、佐知子さ」

水を一口含み、覚悟を決める。

「佐知子、歌ってたよね?」

「何を?」

「『世界でいちばん熱い夏』。俺らが初めて会った、八年前の合コンの日」

「え?」

「俺さ、昨日あの後全部思い出したんだ。俺と佐知子がどうやって知り合って、どうやって別れたのか。今さらもいいとこなんだろうけど、ちゃんとその説明がしたいと思って」

一瞬、沈黙があった。だが佐知子もまた覚悟を決めたように、口を開いた。

「あのさ」

「うん」

「鬼気迫るとこ申し訳ないんだけど、私、絶対に歌ってないんですけど」

「何を?」

「『世界でいちばん熱い夏』。私たちが初めて会った、八年前の合コンのとき」

「マジで?」

「マジで。っていうか、真冬なんですけど。私たちが知り合ったのって」

「そうね」

「そうね、じゃないよ。何なのよ。あんな寒い日に世界で一番夏が熱い歌なんか歌ってたら、私バカみたいじゃん」

初めは冗談めいていた佐知子の怒りが、次第に真実味を帯びてくる。

「何、それ。何を思い出したって言うのよ」

ああ、やばい。なんか本気で間違えた。

「でも、ほら、ウーマン歌ったよね、ウーマン」

そりゃ、そうだ。これだけは鉄板だ。あの頃、誰かれ構わず歌ってもらっていたアン・ルイスの『WOMAN』の曲名に、佐知子の眉間がピクリと動く。

「中西圭三《なかにしけいぞう》？」

絶対わざとだ。

「歌ってない」

「歌ったじゃん！」

「歌ってない！」

必要以上に大きな声で佐知子は再び同じ言葉を口にした。

「誰と間違えてんのよ！」

その後、僕がどれだけ弁解しても佐知子は聞く耳を持たなかった。僕も下手に神経を逆なでしたくなかったが、このまま事をウヤムヤにしてしまえばいつもと何も変わらない。肝心の部分を聞き出せないのだけは、なんとしても避けなければ。

もう一度だけ覚悟を決めて、僕は言った。

「じゃあ佐知子さ、一つだけ聞いていい？　なんで八年前に一度ひどい思いをさせられた男と、今回またつきあおうと思えたのか。それだけ教えて」

その質問に、ようやく佐知子も目を向ける。

「じゃあ、その前に教えてよ。なんでずっと思い出せなかったことを急に思い出せたのか。それを先に教えて」

レインボーブリッジを抜けると、キラキラ光る東京湾が大きく視界に飛び込んできた。もう一度だけペットボトルに口をつけて、僕は昨夜あった出来事の全てを、佐知子に伝えた。


昨晩、結局八時過ぎまでフルメタル・ジャケットにいた僕と佐知子は、二八〇〇〇円などという法外な料金を払って、再び夜の渋谷に舞い戻った。

「なんか、こんなんだったら旅行とか行けたよね」

めっきり薄くなった財布を見ながら振ると、「でも、のんびりできたじゃん。少なくとも私には意味のある話ができたし」と、佐知子は笑った。

場所が変われば状況も変わる、という期待はあった。だけど、道玄坂の途中にあるファミレスに入っても、佐知子に変化は見られなかった。スッキリした表情を見せるだけだ。特に会話が弾むこともなく、結局明日は朝が早いからと言って、佐知子とはそこで別れた。

渋谷の駅に向かう途中、僕は携帯を取った。何気なくアドレス帳をスクロールしていくと、メケメケの項で指が止まる。その日の飲み会がメケメケだったという佐知子の言葉を思い出したからだ。でも、ここは自分一人で考えるべきと思い直し、僕は携帯を畳んだ。それがこれまで散々傷つけてきた佐知子への、贖罪《しょくざい》だという気持ちがどこかにあった。

改札をくぐり、満員電車に飛び乗る。その間も記憶の糸を辿《たど》ることに必死だった。たしか「運命の人」と呼んでいた人がいた。でも、違う。処女だったという思い出と結びつかない。すごく気の強い女の人がいた。いや、違う。彼女は根っから攻撃的な人だった。あれが佐知子なわけがない。じゃあ、誰？　誰だ？

そのとき、不意にホテルで聞いた佐知子の言葉が駆けめぐった。

「ノブくんって人さ、目のぱっちりした、細身の人のことだよね？　すごく印象に残ってるよ」

何かが胸を貫いた。そうだ、ノブがいた飲み会だ。ノブは大抵千渚ちゃんと一緒にいた。ノブと合コンに行ったことなどそうはない。

脳裏に一瞬、本当に一瞬だけ、あの頃の飲み会の場面が蘇った。場所はメケメケ。今はもう閉鎖されたロフトの上の席。そこで楽しそうに話をする誰かの後ろ姿。微《かす》かに切なさを伴ったその面影。

しかし、それ以上はっきりとした八年前の佐知子の姿が蘇ることはなかった。今さらながら遊びほうけていた高校時代を恨《うら》めしく思う。あと一つでいい、何か決定的なことが思い出せればあの頃の佐知子に辿り着ける気がするのに。

そんなことを思いながら、結局、家の前まで来てしまう。もう諦めるしかないのだろうかと暗い気持ちで扉を開けた。

待ち望んだ答えは、意外にも扉の向こうからもたらされた。

時計の針は一一時を回っていた。

いくら明日が日曜日だからといって、両親がこんな時間まで起きているはずがない。居間から漏れる明かりは気になったが、僕はいつもと同じように戸を開けた。と、同時に階段の上からけたたましい足音が近づいてくる。親父だった。

「か、香奈が……。香奈が！」

そう言って二階を指す親父の額からうっすらと血が流れている。状況を把握できないまま、僕は階段を駆け上がった。

香奈の部屋の前にはオフクロが立っていた。ただ悲壮感に溢れた親父とは対照的に、オフクロの方はどこかのんきそうだった。

「どうしたの！　何があった！」

親父に釣られ血相変えて駆け上がってきた息子を見て、オフクロはなぜか苦笑する。

「ちょっと、あなたまでそんな大袈裟にしないでよ」

「うん。いや、まだ何も聞いてないんだけど。どうしたの？」

「いやね、今日香奈が洋《よう》ちゃんとケンカしちゃったらしいのよ」

「洋ちゃんって、この前うちに来た？」

先日初めて対面したあか抜けない彼氏の顔が浮かんだ。

「え、それだけ？」

「そうよ。それなのにパパが大騒ぎするもんだから、香奈もひっこみつかなくなっちゃって大変だったんだから」

「え、じゃあ親父の傷はなんなの？」

「あれはパパが無理やり部屋に入っていったから、香奈がリモコン投げつけたんだって」

「はぁ？　なんだよ、それ。すこぶるどうでもいい話だな」

「そうよ、ほっときゃいいのにね」

そんなやりとりをしているところに、息急《いきせ》き切らせた親父が再び二階に上がってきた。

六〇の大台が見えてきた親父の息づかいは、完走したばかりのマラソン選手のように荒い。

「おい、大丈夫か。香奈は大丈夫なのか？」

相変わらず素《す》っ頓狂《とんきょう》な親父の言葉を、今度は僕も取り合おうとしなかった。

「それじゃ、私は寝ますからね」

「うん、おやすみ。俺も明日は早いから」

そして、オフクロは親父を連れて寝室へと入っていった。

さてと、どうしたものか。オフクロの言う通り、彼氏とケンカしたくらいで騒ぐ妹など放っておけばいいのだろうが、親父の乱れっぷりも尋常じゃなかった。その親父のために、たまには一肌脱ぐのも悪くないか。

必要以上に明るく振る舞い、僕は部屋の戸をノックした。

「俺だ、入るぞ」

返事のないまま中を覗くと、案の定、妹の荒れっぷりも尋常ではなかった。顔を枕に伏せたまま、足をバタバタさせている。室内はまるで一戦交えた荒野の酒場のようだった。

「入ってくるなぁ！」

無傷で入れてはくれたものの、香奈の泣き声はエスカレートしていく一方だ。こちらに顔を向けもせず何やら大声で喚《わめ》いている。

「お前とりあえず服くらい着替えれば？」

「もう、うるさいな。お願いだから出てってよ」

「いや、そうなんだけどさ。なんか親父に頼まれちゃったんだよね」

「もう、知らない、出てって。うざいな」

「うざいって、お前な……」

僕は「きもい」の次に「うざい」という言葉が嫌いだった。言うのはいい。だけど言われるのは絶対に許せない。それを知りつつ投げつけられた一言に、火がついた。

「お前、ケンカくらいでギャーギャー言ってんじゃねぇよ！　あの程度の男のために泣くなんてお前の方が安いじゃねぇか！　うぜぇよ！　バカ！　くそチビ！」

僕の放った暴言に、香奈の泣き声はピタリと止まった。そして突然起き上がったかと思うと、背を向けたまま目元をゴシゴシとこすり、枕元のティッシュの箱に手を伸ばした。

それからの香奈の動きは、全てがスローモーションのようだった。

まず、香奈は肩越しに僕を睨みつけた。

今日初めて見たその顔は、涙で化粧がはがれ落ち、まるでシャガールの描いた絵のように色んな色が混ざり合っている。それを見た瞬間、僕の胸は高鳴り始めた。

たしかに僕には見覚えがあった。ずっと昔、同じような顔でボロボロ泣いている子がいた。涙を流しながら、僕を睨みつける女の子がいた。

続いて香奈は握っていたティッシュの箱を振りかざし、「私の気持ちがわかるのか！」という言葉とともに、それを僕に投げつけた。

その言葉にも、行為にも、やはり覚えがあった。ずっと昔、涙をこぼしながら「あんたにその気持ちがわかるのか！」と、ティッシュ箱を投げつけてきた女の子がいた。

そして、ゆっくりとあの日のフラッシュバックが始まった。

落ちたメイク、混ざり合う色、シャガール？　飛んでくるティッシュ箱、気持ちがわかるのか、あのときの女の子、渋谷のラブホテルで。そうだ、見たことある……。

「シャガールだ」

頭の中で何かが瞬いた気がした。

そうか、あれが……、

「あれが、佐知子だったんだ」

派手な音を立てて、ティッシュの箱が額にぶつかった。

「シャガールって誰よ！」と、香奈の目から再び涙が溢れ出す。

僕は完全に思い出した。たしかに佐知子と会っていた。あれは、そう。八年前の正月だ。

でも……。
でも、全然違うじゃん！

八年前・冬

実家に帰ったのは元日の夜だった。みんなで親戚回りに出ていると聞いていたので、玄関から明かりが漏れているのは意外だった。

「ただいま」と叫ぶと、二階からドタドタと足音が聞こえてくる。その音で、香奈がいるのだとすぐにわかる。

「おかえり、お兄ちゃん。何よ、昨日帰るって言ってたじゃん！」

「ん、ああ。帰れなかった。それより一緒に行かなかったんだ？」

「行かなかった。どうせ行ってもつまらないし。っていうか、昨日お兄ちゃん帰るっていうからずっと待ってたんだからね」

「うん、ごめん。そんなことよりどうしたの？　その肌……と髪」

半年ぶりに会う妹は、真冬だというのにこんがりと小麦色に焼け、髪も見事に茶色くなっていた。

「ハワイでも行った？」

そんな嫌味にカチンときたのか、香奈も無理やり因縁をつけてくる。

「っていうか、お兄ちゃんだって真っ白じゃん。こないだ帰ってきたときは超黒かったのに。なんなの？　超真っ白じゃん」

「いやいや、人間夏には超黒くなるし、冬には超白くなるぞ」

「うるさいな。パパみたいなこと言わないでよ。それよりご飯まだなんでしょ。作ってあげる」

風呂から上がると、意外にも手の込んだ料理が並べられていた。まぁ、香奈も青春を満喫したい年頃ということなのだろう。焼けた肌に茶色い髪、そして「超」や「っていうか」といった言葉づかいに、なんとなく親戚の家に行きたくない気持ちも理解できた。

「で、その髪とかってどうすんの？　美容院とかでやってもらうわけ？」

「ううん、家でできるよ。それ用のが薬局とかで売ってるから」

「マジ？　じゃあ今日、俺のもできちゃう？」

「うん、できちゃう。けど、お兄ちゃんがやったらやばいっしょ？」

「大丈夫。五日まで練習休みだから。明後日《あさって》から遊びいくし」

明後日からの三日間、僕らは中目黒《なかめぐろ》にある春山の実家を拠点に「合コン合宿」を開くことになっている。当然、去年から始まったイベントではあるが、「正月の風物詩」などと言って、僕らはこの日を心待ちに苦しい練習に耐えてきた。その合コンに髪を茶色く染めて行ったりなどしたら……。仲間たちの羨ましがる顔が目に浮かぶ。

結局その夜、香奈は僕の髪をほんのり茶色く染め、眉毛までキレイに揃えてくれた。

「絶対ママたちには私がやったって言わないでよね」

口止めする妹を横目に、これで今回のコンパはもらったと僕は確信する。手に持った鏡に、初めて対面するあか抜けした男が映っていた。

翌朝目を覚ますと、すでにオフクロたちは戻ってきていた。慌てて頭にタオルを巻いて下に降りると、二人仲良くこたつでお茶をすすっていた。

「おかえり」

「あ、ただいま。ゆっくりじゃない。ご飯食べる?」

「うん、まだいいや。どうだった?」

「あんたの話でもちきりだったわよ。甲子園はバスをチャーターして応援に行こうって」

「はは、めんどくさいことになってんだね」

「そんなこと言いなさんな。みんなあんたに期待してくれてるんだから」

「期待されてもさ。お年玉は？」

「テーブルの上に置いてあるでしょ」

「俺からはないぞ。向こうで散々搾り取られてきたからな」

テーブルにはのし袋が積み重ねられていた。彼らにとって親族が甲子園に出るというのはそんなにたいしたことなのだろうか。ある程度の予感はあったが、これほどぶ厚いのし袋の束は想像もしていなかった。

おじさんからの手紙には「レギュラーになれなかったら全額返還しなさい」とある。どこまで冗談か知らないが、レギュラーなんて無理だ。とりあえずこの三万には手をつけないようにしておこう。おばあちゃんからのお年玉には「使う暇なんかないだろうけど」という手紙が添えられている。おばあちゃんは孫が軍隊に入っているとでも思っているのだろうか。使う暇などいくらでもある。

やけにプレッシャーのかかるそれらの手紙だけ机にしまって、次の日、僕はいそいそと家を出た。

正月らしいカラカラとした青空だった。パンパンに膨れた財布が僕の心を一層浮き立たせる。予定の時間よりだいぶ早く着いたにもかかわらず、ノブは駅で待っていた。

「おう、わるい。待った?」

「ううん、今着いたとこ。それよりなんだよ、その眉毛。シャキシャキじゃん」

「頭だってすごいぜ」

僕はニットキャップを脱いでみせた。

「はは。もはや野球部じゃないな」

僕らはそのまま春山の家へ向かわず、関内《かんない》にある野球用品店を目指すため、反対方向の電車に乗り込んだ。

秋の大会が終わった直後、僕ら二人は新しいグローブをオーダーしようと決めた。市販のグローブと違い、型から紐《ひも》の色まで自分で決めるオーダーグラブは高くつく。けれど僕らは思い入れのあるグローブを持って、甲子園に立つことを望んだ。

電車に揺られながら、改めてカタログを眺めていた。

「結局、お前メーカーどこにしたの?」

「俺、ミズノにしたよ」

「ミズノプロ?」

「ううん、ビューリーグ」

渋谷を歩いている同年代には絶対わからない会話だろう。

「雅人は?」

「俺、ワッペにした」

「ワールドペガサス？　渋いなぁ。色は？」

「これ」

そう言って僕はカタログを指さした。

「何これ？」

「何が？」

「だって、これ黒でしょ？」

ノブは怪訝な表情を浮かべた。高校野球では黒いグローブの使用が禁止されているからだ。もちろん、僕もそのワケのわからない規約の抜け道をきちんと用意している。

「よく見ろよ。ほら、ここ」

カタログの色番を指すと、案の定、ノブは不思議そうに首をかしげた。

「何、これ。スーパーダークブラウン？」

「そう、スーパーダークブラウン」

「要するに、黒なんでしょ？」

「ううん、ブラウン」

加えて、高校野球ではグローブ表面の刺繍《ししゅう》も禁止されている。そのため、選手はグローブの中、つまり手を入れる部分に名前や言葉を刺繍する者が多い。ちなみに僕は『甲子園は俺のために』。何かでっかいことを刻みたかった。

まだ三が日も過ぎてないからか、普段は人の往来の激しい駅前も今日は閑散としている。それでもスポーツ店のオヤジは扉を開けて待っていてくれた。「京浜の子が来てくれるなら、店くらい開けて待っとくよ」と年末に言ってくれていたのだ。

「あけましておめでとうございます」

見渡すと、どこかの野球部らしき奴らで結構にぎわっていた。みんなお年玉をもらって新しい用具を揃えようと来ているのだろう。

「あ、おめでとう。届いてるよ。ちょっと待っててね」

そう言ってオヤジは慌ただしく店の奥へと消えていく。

「ああ、やべぇ。緊張するぞ」

「こういうのってちょっとドキドキするよね」

イメージでしかなかったグローブが、現実の物として目の前に現れるのだ。世界に一つだけのグラブ。吉と出るのか、凶と出るのか。この緊張感はオーダーした者にしかわかるまい。

それまで店内をウロウロしていた他の野球部らしき客たちも、いつの間にかレジの周りに集まってきていた。みんなその目で僕たちのグローブを確かめようとしているのだ。自分のセンスがマニアたちに問われようとしている。

「ごめんねぇ、おまたせ」

猫なで声を上げながらオヤジが奥から戻ってきた。

「はい、これが三塁手用のワールドペガサスで、こっちがミズノの外野手用」

奪い取るようにグラブの入った袋を受け取ると、僕らは目を見てうなずき合う。震える手を抑えながら取り出せば、その瞬間『おおっ！』という歓声が店内に沸き起こった。

想像した以上に素晴らしい仕上がりだった。色は黒にほど近い、というか、黒と何が違うのかよくわからないダークブラウン。気になって中を覗けば、オーダーした文字には『！』というおまけまでついていた。

おほっ、いいじゃない。

えっ？　いや、いや……。

『李朝園は俺のために！』

「っていうか、おじさん！」

目を見開いて、グラブをオヤジに突きつける。「おじさんはないよぉ」と初めはえびす様のようだったその目が、大きくカッと見開かれた。

「なんじゃや、こりゃあっ！」

そして、僕は裏の別室に連れていかれた。肩を落としながら、「もちろん作り直しさせるよね？」と、オヤジは心から申し訳なさそうに尋ねてくる。そんなの言われるまでもない。僕の心は決まっていた。

「いえ、このままで結構です」

「な、なんで?」

今にも泣きそうな顔だった。

「だって、ちょっとカッコいいでしょ? 李朝園って刺繍入れて甲子園に行くなんて、そんな奴そうそういなそうだし」

「そうそうも何も、余裕で史上初だろうね」

安心したのか、オヤジはちょっと図に乗った。

「だから、いいんです。このままで」

「君ぃ……」

最後に安堵の笑みを見せたオヤジに、僕もニッコリ微笑み返す。

「だから、頼みますよ。しっかり値引いてくださいね」

李朝園以外は本当に素晴らしい出来栄えだったのだ。作り直してしまえば、全く同じ型にはもうならない。しかも、それがこんな値段で買えるなんて。

ほくそ笑みながらレジに戻れば、僕が徹底的にこだわった細部について、早速マニアたちが質問を浴びせてきた。

「渋いっすよね。サード用で縦とじなんて自分初めて見ましたよ」

そうそう、わかってやがる。この縦とじの渋さに気づくなんてお前もなかなかやるじゃないか。

「ブルーラベルのワッペのマークって、プロ仕様ですよね。渋いなぁ。高校野球で使ってる人、俺見たことないかも」

こいつもなかなか知っている。でも、甘いな。これは青野の「青」の象徴なんだ。

「この色、初めて見たなぁ。実は俺も狙ってたんですよ。でもやっぱ公式戦じゃ使えないかなって」

お前みたいな日和見主義者にこの色を使う権利はない。これは俺が勇気を代償に得た戦利品なんだ。っていうか、公式戦なんて出られませんし。

見ればノブもマニアたちから質問攻めに遭っている。中でも、マニアたちはノブの刺繍に注目したようだ。ノブのグラブには『一人はみんなのために』と記されていた。僕と対極の、落とし入れみたいな文句だが、ノブらしいなと微笑ましく思った。

そんなやりとりをしつつも、しばらくはしおらしくグラブを眺めるだけのマニアたちだった。が、あるものを発見した途端、にわかにザワザワと騒ぎ始めた。やばいと思ったのも束の間、時はすでに遅かった。

それは二人のグラブに共通して施された刺繍が原因だった。

「あの……、お二人は京浜の野球部の方なんですか？」

何度も言うように、高校野球ではグラブ表面の刺繍が固く禁止されている。だけど僕らは敢えて表の刺繍にこだわった。燦然《さんぜん》と輝く、銀色の糸で。

『京浜高校野球部　青野雅人　超参上』

「はい、京浜の野球部の者なんですよ」

マニアたちはその刺繍を発見して騒ぎ始めたのである。

その瞬間、マニアたちの間になぜか歓声と拍手が沸き起こった。

「すげー！　じゃあ二人は春の甲子園に出るってわけですよね！」

「いや、俺たちメンバーに入れるかもわからないから」

って、何なんだ、こいつら。

「それにしたってすごいっすよ！　京浜の野球部って言ったらやっぱ俺ら憧れますもん」

「いや、でも俺らなんて全然たいしたことないっすもん」

ああ、やばい。なんかめんどくせぇ。

「でも、そんな刺繍なんて入れちゃって甲子園平気なんですか？」

「いやいや、試合になんて出れないし」

万が一出られたとしてもガムテープ貼るし。

「ああっ！」

「あぁっ？」

なんだよ、今度は。

「李朝園ってなんなんですか！」

「あ、いや、それは……」

「ああ、それにしても楽しみだなぁ、青野さんたちのプレー」

って、おい！　李朝園は終わりか！

「俺、絶対甲子園行きますよ！　二人を応援しに行きます！」

「頼むからそんなことしないでね」

ウゼー！

「俺も行くぞ！　甲子園。俺なんてもう青野さんたちのファンですから」

「ははははは」

ウゼー！

極めつきはこれまで目を細めて静観していたオヤジの一言だ。

「よぉし、それじゃみんなでバスでもチャーターして青野くんたちの応援に行っちゃおうか！」

『おーっ！』

って、お前ら全員「おーっ！」じゃねぇ。超ウゼー！　もうダメだ、こんな所に長居はできない。勘定をさっさとすませ、僕らは逃げるように店を出た。マニアたちは最後まで僕らの気を滅入らせるような行動を取り続ける。

『京浜！　京浜！　京浜！』

もちろんチャッ、チャッ、チャッという手拍子もついていた。

「はぁ、しかし居心地悪かったなぁ。なんだったんだ？　さっきの」

帰りの車中、桜木町《さくらぎちょう》から東横《とうよこ》線に乗り換えて、僕らは鈍行で中目黒を目指した。ガラガラの電車の中、買ったばかりのグラブはもちろん左手にはめられている。

「まぁ、世間はあんな感じでうちの野球部を見てるんだろうね」

「それにしてもひどかったぞ。いつの間にか俺ら神のようにあやめられてたじゃねぇか」

「崇《あが》められて、だろ。殺《あや》められてどうする。まぁ、さすがにちょっと引いたけどね」

「ちょっとどころじゃねぇよ、引きまくりだっつーの。しかも、またバスをチャーターだしよ」

「ん、なんの話？」

「こっちの話！」

電車は鉄橋に差しかかろうとしていた。眼下を流れる多摩《たま》川がギラギラと西日を反射させている。視界に映る全ての光景が見事なまでのオレンジ色に染められていた。

その色に思わず魅せられて、僕は小さく息をついた。まだそれほど遠くないいくつかの場面が、不思議と懐かしい感情を伴って、脳裏を横切っていく。自分が渦中にいる高校野球を思うとき、決まってこのオレンジ色の景色が目に浮かぶ。

練習を終え仲間とグラウンド整備をしているときも、初めて背番号を手渡されたときもそうだった。いつも西日が僕らの一場面を演出する。甲子園を決めたあの日の関東大会もそう。試合を終え、スタンドにいるノブに駆け寄ったときも、同じように夕日が僕たちを染めていた。

「なぁ、ノブ。ボール持ってる？」

「絶対言うと思ってたよ」

僕らは次の駅で飛び降りた。今年初めてのキャッチボールも見事にオレンジ色に彩られた。春山たちとの約束も忘れ、オシャレした服にも構わず、河川敷で、僕らはボールを投げ続けた。

「なぁ、ノブさ。俺らなんて全然普通の高校生だよな？」

「余裕でそうでしょ。なんだよ、急に」

「なんか、もっとみんな普通に扱ってくれねぇかなってさ」

「ははは。キャンディーズみたいだな」

「どういう意味？」

「普通の女の子に戻りたいって言ったんだって。解散の日か何かに」

「あ、わかる。俺わかるぞ、その気持ち」

「大袈裟な。お前、キャンディーズはキャッチボールだってできなかったよ」

「いやぁ、それでもわかるんだよなぁ。キャンディーズ。ファンになりそうだ。いつかどっかでミーちゃんに会ったら俺絶対に言うんだ。お互い大変でしたねって」

「ミーちゃんって、お前……それはピンク・レディーだよ」

「似たようなもんなんだろ？」

「まぁ、似たようなもんか」

新品のグローブの匂いが嬉しくて、ついついボールを投げ続けてしまった。気づいたときには太陽はすっかり西の山に沈み、ボールもほとんど見えなくなっていた。

「おーい、そろそろあがろうかー！」

遠くからノブが叫んだ。

「よーし！　じゃあこれで最後！」

僕は渾身《こんしん》の力で最後の一球を投じる。

「おー、ナイスボール！」

グラブにボールが収まった瞬間、弾けるような真新しい革の音が聞こえてきた。

「よーし、終わりだ！　早く行こうぜ！　もうみんな待ってるぞ！」

「なんだよ、みんなって」

「いいから早く来い！　もうみんな待ってんだ」

「だからみんなって誰なんだよ！」

「うるせぇ、いいから早く来いや」

「なんだか知らねぇけど、お前すごい勝手！」

「うるせぇ、バァカ！　早く来い！」

　キャッチボールを終えた途端、川のせせらぎが耳をついた。その水面に、対岸の街明かりがうっすらと揺れている。

「楽しみだなぁ、ノブちゃんよ」

「何が？」

「甲子園も、遊びもさ」

「意味わかんないよ。気持ちわるい」

「俺ら今、青春ど真ん中って感じだよな」

「はぁ？」

「飛び出せ、青春！　太陽がくれた季節」

「何それ？」

「キャンディーズ？」

「全然違うよ」

「じゃあ、何？」

「青い三角定規」

「似たようなもんだろ？」

「全然違うよ！」

ノブの背中を叩きながら、なんだか笑いが止まらなかった。早く行こうという言葉とは裏腹に、僕らはゆっくり歩いて駅を目指した。


三〇分後、こんな調子で中目黒の春山の実家まで連れていったは良かったが、そこで全ての事情を説明すると、ノブは露骨に憮然《ぶぜん》とした。

「お前、渋谷でメシ食うだけって言ってたじゃん」

実はノブに合コンの件は一切伝えていなかったのだ。

「いや、だから別にメシ食うだけだぞ」

「コンパだなんて言ってなかったじゃん」

「だからなんでそんなにいきり立ってんだよ。別にコンパってほどのもんでもないんだから。なぁ、純平」

一人の力では手に負えなくなり、純平に助けを求める。

「そうだぞ、ノブ。俺らはただ見知らぬ女の人たちと楽しくお酒を飲んで、メシ食って。で、あわよくばその後女の子たちも食っちまおうとしてるだけで。いしししっ」

「ああ、もういいよ。とにかくさ、今年初めてみんなでこうして会ったわけだし、健太郎なんてわざわざ三重から来てんだぞ。三重からコンパしに来てんだぞ」

話が脱線した。健太郎にも睨まれる。

「とにかくさ、イヤだったら相手なんてしないでいいから、とりあえずメシだけでも食いに行こうぜ。な？　頼むよ、ノ……」

「他の奴らもみんな俺が来ること知ってたの？」

話を遮られてムッとした僕以外の全員がうなずいた。

「なんで？　俺が合コン嫌いなの知ってるじゃん」

「いやな、新年最初はこのメンバーで集まりたかったし、だけど今日の飲み会は前から決まってたし。だったら合コンやること内緒にして、ノブも呼んじゃおうって俺が言ったんだ。ごめんな」

キャプテンらしく健太郎が仕切る。しばらく考える素振りを見せていたノブも、最後は渋々納得した表情を浮かべた。

「言っとくけど、俺本当に女の人と喋《しゃべ》ったりしないからな」

「そりゃ、もう全然」

「春山、電話借りていい？」

「ああ。出てすぐ左のとこ」

ノブが出ていった途端、張りつめていた糸が一気にゆるんだ。

「なんでたかが合コン行くのに頭まで下げなきゃならないんだよ」

純平が大袈裟に頭を掻く。

「まぁ、仕方ないじゃん。彼女いるんだから」と諭すように健太郎が言うと、「だから、それが全くもって健全じゃないって言うんだよ。なんか、高校生らしくないっていうかさ」と純平は続けた。

「なんだよ。酒のんで、女の子と遊ぶのが高校生らしいのか？」

今度は春山が言う。

「っていうかよ、特定の女にばっか入れあげてちゃダメだと思うんだよね。酒とか女とかどうでもいいんだ。もっと仲間と遊ぶことの大切さっていうかさ。なんて言っていいかわからないけど、こういうのってノブ本人に対してもそうだけど、その彼女に対してもムカついてきちゃうんだよな」

よくもまぁ、そんな言いにくいことをベラベラと言えるもんだ。

「要するにお前はノブが取られちゃうのを嫉妬してるってわけだな。千渚ちゃんに対して」

　春山も負けじと言いにくいことを口にする。純平はやいのやいのと言い訳したが、結局は春山の言う通りなのだと思う。純平は仲間を取られるのが悔しいのだ。その相手が、たとえそいつの彼女だったとしても。

　たしかに僕にもそんな感情がある。それはノブだけに限らず、ここにいる誰かがもし仲間とのつながり以上に優先するものがあるなら、それは面白いことではない。絶対に誰にも悟られたくない、気持ちの悪い感情だとは思うけれど。

　それにしてもノブの千渚ちゃんに対する忠誠心も病的だ。なぜこれほど律儀に一人の女の子に忠義立てできるのか。羨ましい一面もたしかにある。でも、それ以上に僕にはやはり鬱陶しく感じられてしまう。仲間たちとの何かを邪魔されるような彼女なら、少なくとも今の僕には必要ない。

　電話を終え部屋に戻ったノブの顔には、気恥ずかしそうな表情が浮かんでいた。どうやら、上手く説明できたようだ。

「なんかごめん。行くからにはそれなりに参加するから。本当に、それなりにだけど」

　僕らが笑ってうなずくと、ノブの顔にもゆっくりと笑みが広がった。

　細い路地を抜け、定員オーバーのタクシーは山手《やまて》通りに合流した。過ぎ去っていく窓外のネオンを眺めていると、窮屈そうに僕の膝に座った健太郎が「そういえば去年もこの道で渋谷に向かったんだよな」とつぶやいた。

「よく覚えてるじゃん」

三重出身の健太郎は東京の地理に詳しくない。

「あの看板とか見覚えあったからさ。去年も三日から合コンやったんだっけ？」

「うん。去年も三日からやった。三日間ぶっ続けで。覚えてない？」

「うーん、もうどれがどの飲み会かイマイチ思い出せないんだよね」

健太郎は曖昧な笑みを浮かべる。

「俺はよく覚えてるぞ」

前に座った純平が、身を乗り出して割り込んだ。

「たしか春山の中学の先輩の元彼女のお兄さんみたいな、なんだかイヤに遠い人たちとやったんだよ」

「いくらなんでも、そこまで遠くねぇよ」

クスリとも笑わずに春山は答える。

「だいたいそれじゃコンパの相手がお兄さんじゃねぇか」

「いやいや、それくらい遠い人たちだったたってことよ。俺よく覚えてるもん。なんだかみんなやけに気の強い人ばっかでさ。雅人なんかしばらく、ティーンエージャーなのにインポテンツァーになったたって大騒ぎしてたじゃん」

「ああ、あったな。そんなこと」と、みんな思い出して笑い立てる。もちろん、僕もその日のことは忘れない。あの頃はまだみんな合コン慣れしてなくて、やる事なす事裏目に出た。合コンなんて名ばかりで、ただただ苦しいだけだった。

「そういえば、俺たちあの日に初めてオーナーと会ったんだよな」

健太郎の言葉に春山がうなずく。

「あれからもう一年も経つのか」

僕たちにとって、一年という言葉には特別な意味がある。今からさらに一年後には、僕らはもう引退しているのだ。野球部に所属していない自分たちなんて想像もできないけれど、この仲間たちとの関係だけはきっと変わらない。その自信だけはある。

去年のメンバーにノブを加え、今年は全員揃ってメケメケの戸を開けた。あの頃の僕らとは全く違う。人間として、男として、一回りも二回りも大きくなった自分たちがここにいる。

「うぃっす、オーナー。あけましておめでとう!」

オーナーとはこの一年ですっかり打ち解けた。去年の今頃は互いに敬語だったかと思うと、それだけでもう違和感があるくらいだ。

「悠長におめでたがってんじゃねぇよ! 女の子、ずっと待ってんだぞ! なんで俺が気を遣ってドリンクサービスしなきゃなんねぇんだよ！」

「あ、マジで？　悪いな。それより、どうよ？　カワイイ？」

「知るか！　てめぇの目で確かめろ！」

口を窄《すぼ》めるオーナーの肩を叩き、僕は先陣を切ってロフトにかかる階段を駆け上がった。

「遅れてすいません。ちょっと道が渋滞しちゃってて」

おどけた調子で言いながら、僕は上目遣いでこの日の狙いを定める。純平と春山が渋谷でナンパした埼玉の女子高生。なかなか粒揃いで、みな華やかだ……なんてことを思っていると、一人の女の子のところで目が留まった。

ズバーンと来た。黒髪のショートボブに花柄のワンピース、そして脚のラインに合った黒のパンツ。ちょこんと椅子に座る姿と、見上げる視線が可愛らしい。その小柄な身体は際立っていた。生まれてこの方、僕は小さい女の子が大好きなのだ。

「それじゃ、今日は遅れて本当にすいませんでした！　出会いを祝して乾杯！」

『乾杯！』

純平の仕切りで合コンはスタートした。次々と伸びてくるグラスと一通り乾杯した後、僕は最後にハートランドの瓶を隣に座った彼女に差し向けた。

「乾杯」

「あ、はい。どうも……乾杯です」

女の子もおずおずとラムコークのグラスを傾ける。

「本当にごめんね」

「何がですか？」

「いや、遅れちゃって」

「ああ、いえ。私たちもそんなに待ってないですし」

たしか同い年だと純平から聞いていた。

「敬語で話すのやめようよ。高二でしょ？　タメじゃん、俺ら」

「ああ、そうですよね。そうだよね。ごめん。あんまり慣れてなくて」

「身長何センチ？」

「え？」

「いや、服とかすげぇ似合ってるなって」

「ああ。でも、私は背の高い人に憧れる。毎日牛乳としらすだし」

「何それ？」

「とにかく身長伸ばしたくて」

ようやく目が合って、気恥ずかしそうに女の子は笑った。もう一歩近づきたいと、僕は笑顔の下で、例の言葉の機会を狙っていた。

「そういえば、まだ名前聞いてなかったよね？」

飲んでいたハートランドの瓶を置いて、僕は顔を覗き込む。

「俺は青野雅人。みんなからは『雅くん』って呼ばれてる」

徐々にできあがりつつあるいい雰囲気にいち早く気づき、純平が茶化すように割り込んだ。

「おい、誰も『雅くん』だなんて呼んでねぇぞ」

ああ、うるせぇ！　お前は俺の邪魔すんな！

「あ、彼のことは気にしないでいいからね。ちなみに彼は純平くんっていうんだけど、青森《あおもり》の出身だから、みんなから『ズンペイくん』って呼ばれてるの。ただ、ちょっとこがね……」

そう言って僕は人差し指で、自分の頭をコツコツ叩いた。弱いんだよね、と。女の子はケラケラと笑い声を上げた。純平もすかさず反論してくる。

「おい、俺は青森なんかじゃねぇぞ。湘南だ、湘南。知ってるか？　サーファーのたまり場だ」

そして彼女にウィンクを投げかける。

「女の子、以後、お見知り置きを」

間違いなく、この一年で一番女性の扱いが上手くなったのは純平だ。

「サーファーって……。お前、泳ぐのすらできねぇじゃねぇか」

「ああ、やだやだ。横浜でも海すらない片田舎は僻《ひが》みっぽいから困る」

「大磯《おおいそ》くんだりに言われたくねぇぞ。まだ横浜の片田舎のがマシだ」

「あらら、田舎だって認めちゃったよ。まぁ仕方ないよな。横浜の田舎に住むくらいなら青森の都会に住んでた方がいいもんな」

「まぁ、そうかもな。でも泳げない湘南人より、泳げる青森人の方が魅力的だけどな」

ふと隣に座る女の子の存在を忘れかけた。いけない、いけない。こうやって男同士で喋りすぎて、何度呆れられただろうか。

案の定、女の子は厳しい表情を浮かべている。

「あの、私、青森の出身なんですけど」

『マジで！』

ぴったり揃った二人の声に、女の子は吹き出した。

「ハハハ。お父さんの田舎なんですよね」

それで緊張は完全に解けたのだろう。彼女は、笑うととても可愛らしい顔をしていた。

「ところでさ、そろそろ名前聞いてもいいすかね？」

一段落ついたところで、再び僕から切り出してみる。女の子は「ああ、そういえば」とまた笑いながら、ようやく自分の名前を口にした。

「ええと、相馬です」

上目遣いで僕を見る。

「相馬佐知子」

佐知子……。佐知子か。

「なるほど、さっちゃんだな。佐知子。いい名前だね。親に感謝だね」

キザなセリフだといつも思う。それでもたぶん女の子は、この言葉にグッとくる。初めはキョトンとしていた佐知子も、すぐに言葉の意味を理解し、笑みを浮かべた。

いい雰囲気になってきた。そう思ったのも束の間、そこにまたもや邪魔者が入ってきた。今度は僕と一緒に雑誌の合コン特集を読んだ春山だ。

「ねぇ、さっちゃん。それ雅人のいつもの手だから引っかかっちゃダメだよ。その名前褒めるの、『ポパイ』のまんま受け売りだからね。ロマンチックとか思っちゃダメだよ」

てめぇらはなんで俺の邪魔ばかりしやがる！

どうやらノブ以外の誰もが佐知子を狙っているようだ。そんなこととは露知らず、佐知子はケラケラと笑い声を上げた。これがいつもの姿なのか、ふとしたことにもすぐ笑う。ラムコークで赤く染まった佐知子の頬が、なんだかとても愛らしかった。

メケメケを出た後、僕らは全員でセンター街のカラオケに向かった。毎度の二次会のパターンだ。カラオケ自体は一緒に歌う女の子が違うだけで、毎回ほとんど代わり映えしない。ただ一つだけ今日がいつもと違うとすれば、この場にノブがいることだ。

「ねぇ、ノブくん。歌ってる?」

一人の女が猫撫で声でノブに寄り添った。酔ったフリを装ってはいても、その甘ったれは計算ずくだとすぐわかる。

「一緒に『世界中の誰よりきっと』歌おうよ」

ノブは一切容赦しない。

「いや、いいや。俺、彼女いるから」

「は?」

「あ、ごめん。俺、彼女いるからデュエットとかしたくないんだ」

「あ、ああ……。そうなんだ、そうだよね」

千渚ちゃん以外の女は寄せつけまいとするノブの態度は頑《かたく》なだった。それにしても、よくもそんな言葉が吐けるものだと僕はつくづく感心する。たとえ彼女がいても、僕には絶対言えないセリフだろう。

かく言う僕は、ここでも隣同士になった佐知子にアン・ルイスの『WOMAN』をリクエストした。もちろん、この歌が好きという大前提はあるのだが、それと同時に、これは僕から仲間に向けたちょっとしたサインでもある。

僕たちは仲間内でそれぞれ「持ち歌」を有している。例えば健太郎ならそれが『未来予想図II』で、純平なら『淋しい熱帯魚』であるといった具合だ。その「持ち歌」を誰か特定の女の子に歌ってもらえば、それはすなわち仲間たちへのサインとなる。

「いいか、お前ら。俺は今日、佐知子だからな。お前たちは絶対にこの子にだけは手ぇ出すんじゃねぇぞ」と、今日に関してはこんな感じだ。

佐知子が『WOMAN』を歌うのを見て、仲間たちは渋々ながら納得の表情を浮かべた。とにかく、これだけは早い者勝ちなのだ。

時刻はまだ一〇時半を回ったばかり。カラオケはいよいよ宴もたけなわだったが、佐知子だけは浮かない顔で一人時計を気にしている。

「どうしたの？　時間、大丈夫？」

腕時計から顔を上げた佐知子は、気の重そうな表情を浮かべた。

「うん、ごめん。私、家遠いから。ギリギリかも」

「ああ、そうなんだ。でも、多分みんな朝までいるよ」

「うん。でも、ごめん。やっぱり今日は帰る」

誘っている、などとは微塵も思わなかったが、これはこれで二人きりになれるチャンスだと感じた。

「そうか。じゃ、送っていくよ。もう遅いし、駅までね」

「わかった、ありがとう」

佐知子があっさりその申し出を受け入れたのは意外だった。大体こういうときは「送っていく」「いや、必要ない」といった問答を繰り返すものだ。

ともあれ、晴れて二人きりになるチャンスは授かった。

「それじゃみんな、ごめんね。私はそろそろ帰ります」

「それじゃみんな、ごめんな。俺は送ってまいります」

盛大に佐知子を見送りつつも、ノブを除く仲間たちの僕に向ける目は鋭かった。その嫉妬に満ちた視線に僕が優越感を覚えたのは、言うまでもない。


で、その二時間後。僕らは意外にもホテルのベッドの上にいた。

少なくとも僕には意外に感じられた。たしかに雰囲気は良かったが、佐知子という女の子から、その日のうちにホテルに行くような匂いは少しも感じられなかったからだ。

佐知子にとってもこの状況は意外なものなのだろうか。今にして思えば、意を決するような覚悟が佐知子の表情に見え隠れしていた気もする。佐知子はどこかの段階から、今日がその日、と覚悟していたのではないだろうか。

結局、終電に間に合わなかった佐知子を、僕は「断られて当然」と半ば思いながらホテルに誘った。それが男の義務などと思ったはずもなく、どちらかといえば「旅の恥はかき捨て」という心境だった。下手したら二度と会うこともないんだから。心の中で言い聞かせながら、僕は佐知子に切り出した。

「ホテル、行く？」

マゴマゴと戸惑いの態度を見せた佐知子に、僕は「まぁ、行かないよな」と内心ちょっとした安堵感を覚えていた。しかし、佐知子は厳しい表情を浮かべながら、小さくうなずいた。

童貞喪失以来の御用達、ホテル・フルメタル・ジャケットまでの道のりが果てしなく長く感じられた。冗談を言っても佐知子はまるで上の空。先ほどまでの明るい笑顔もすでに一切見られない。いつの間にかその表情は、たとえるなら僕らの試合前と同じような、険しく、張りつめたものに変わっていた。

部屋に入れば少しは落ち着くという僕の期待も、全く的外れだった。佐知子の悲壮感は高まる一方だ。僕の胸も次第に高揚していく。明かりさえつけさせてもらえず、一緒にシャワーを浴びるのも許されない。何よりも二人の間に、会話らしい会話がほとんどない。僕と佐知子の間で、何かが少しずつ違っていた。

シャワーを出て、腰にタオルをあてがっただけの格好で、僕はベッドの佐知子に近づいた。布団をかぶっていても、小刻みに身体が震えているのがわかる。僕はそっとその布団をはぎ取り、佐知子に顔を近づけた。しかし、佐知子は僕の顔に手をかざし、「その前にちょっと聞いてほしい」と大きく目を見開いた。

「うん、何？」

「こんなこと言うの違うのかもしれないんだけどね」

「うん」

佐知子の顔からみるみる力強さが消えていく。

「私ね、初めてなんだ」

「ああ、うん、そうなんだ」

平静を装う態度とは裏腹に、心は怯《ひる》んだ。

「だからね……」

「うん」

ああ、処女か、という気持ちは正直ある。荷が重い。よく言われる理由も一つだ。でも、それ以上に女性にしかない神聖さを突きつけられるような気がして、生々しさを見せられる気がして、僕はダメだった。

でも……。

「こんなこと言いたくないんだけど、私をやるだけみたいに思われたくないの。捧《ささ》げるみたいな古くさいこと言いたくないんだけど……」

思わず言葉が漏れた。

「ちょっと、待って。俺が言う」

「え、ああ、うん」

このとき、うっすらと佐知子の目が滲んで見えた。少しだけ色んな思いが頭を過ぎったが、僕は佐知子に目を向けた。

「ええと……。こんなバカみたいな格好で言うのも変だけど、ごめん。ちゃんとつきあおう、俺ら」

佐知子は少しも態度を変えなかった。だけど、立て続けに並べた「別にやりたいから言ってるわけじゃないからね」という言葉に、佐知子は少しだけ微笑んだ。

「いや、そんな安心されても」

「だって、私、こんな状況でずるいかなって思ったから」

「だったらこんな状況で言わなきゃいいのに」

「だって、ここに来るまでの思い入れが、私と君とで全然違うんだもん」

「だからってさ……」

その瞬間、佐知子の目から今度は涙が溢れ出た。そして涙を流しながら僕をキッと睨みつけた。

「だって、だって……。とにかく私はここに来るまで、ここに来た後も、とにかく本当に怖かったんだ。それが、あんたにその気持ちがわかるのか！」

そう言って、佐知子は抱えていた枕を思い切り僕に投げつけた。突然の言葉づかい、涙、大声に、僕は思いきり虚を衝《つ》かれた。一瞬にしてこぼれ落ちた涙が、メイクをはぎ落としていく。その顔は見事というか無惨というか、まるで理解不能のシャガールの絵のように、赤だの黒だの色んな色が入り乱れた。それを見た瞬間、なんだか知らないが、僕の頭には愛だの恋だの色んな言葉が溢れかえった。

「笑うな！」

崩れたメイクを笑われていると思ったのか。どうにも堪えられなくなって腹を抱えて笑う僕に、佐知子は今度は枕元のティッシュ箱をぶつけてくる。当然、僕は佐知子の崩れたメイクなどに笑ったはずもなく、ここに来るまでの決意のほどを知り、たまらなくなったのだ。

そんな僕からティッシュの箱を奪い取っては、佐知子は必死に顔を拭った。しかし佐知子が涙とメイクを拭くたびに、その顔は、シャガールのそれにまた一歩近づいていくのだった。

僕はゆっくりと佐知子の肩を抱き寄せた。

「やだ。顔洗う。メイクしたい」

そう拒む佐知子に、無理やり唇を押しつけた。その瞬間、身体中から生気が抜けたように、佐知子も身を預けてきた。親指で涙を拭う。そのことが合図となり、僕たちは一つに折り重なった。

優しく、優しく……。頭の中で、ずっと連呼していた。いかせろ、がんばれ……。いつも頭の中を占拠する想いと全く違う、新しい感情が、僕を支配した。

初めての女性に対する想いにも劇的な変化が訪れた。世界中の男たちから、佐知子の初夜を託された気持ちになった。セックスに嫌悪感を持たれないように。とにかく優しく、優しく。

佐知子もそんな気持ちに応えてくれたのか、必死に僕を受け入れようとしてくれた。一つのものを完成させるように、僕たちは相手のことを思いやった。セックスに関して、今日一つだけ、僕は大人になれたような気がする。

事を終えてしばらくしても、佐知子は小さく肩で息をついていた。

「大丈夫？　痛くなかった？」

つぶっていた目をうっすらと開き、佐知子は大きく首を振った。

「うん、意外と平気だった」

それはそれで傷つく話だ。

「っていうか、なんで？　俺でいいの？」

「うん、君のその鼻が好きなの」

「は？」

「あのね、雅人くんね」

「はい」

「これからの連絡先なんだけど」

ああ、もう今後の話をしているんだ。女の子ってこういうところが逞しい。

「うちね、お父さん、めちゃくちゃ厳しい人なんだよ。こんな時間にこんな所で言うのもあれなんだけど」

「ああ、わかった。じゃ、俺の連絡先教えるよ」

佐知子の言葉を全部聞くことなく、僕はそそくさとメモを探した。地震、雷、火事、親父。その親父っていうのが、彼女の親父を指してのものなら、僕はそれが一番怖い。

「はい。じゃあ、これ。呼び出してくれればちゃんとつながるから」

後から思えば、たしかにこのとき、佐知子は怪訝そうな表情を浮かべた。しかし、僕は完璧にそれを見落としていた。大事そうに電話番号の書かれた紙をしまう佐知子に、この子とならきっと上手くやっていけると、僕は一人幸せを噛みしめていた。

「ありがとう。電話するね」

「うん、待ってる」

僕たちはもう一度唇を重ね合わせた。少なくともこのときの僕は、小さな身体を震わせる佐知子の全てが愛おしかった。

五日間の仮出所を終え、寮に戻った夜だった。

「失礼します。河野《こうの》です、こんばんは。青野さんにご報告があって参りました」

いつも電話番をさせている『トーテムポール』というあだ名の後輩が、僕らの幹部部屋を訪ねてきた。深々と礼をした後、トーテムポールは僕に駆け寄り、目の前で跪《ひざまず》く。

いつもながらの光景、体育会系。僕らも後輩のときはよく先輩の部屋に呼び出されては、こうして正座をしたものだ。

「だから正座なんかしないでいいって。立てよ」

しかし、僕らが上級生になったのと同時に、この悪しき習慣は即廃止にした。寮長として、僕が残した数少ない実績の一つだ。

「はい。失礼します」

そう言って河野は勢いよく立ち上がった。そのどこか憎めない一挙手一投足を、健太郎やノブとともに、僕も初めはニヤニヤしながら眺めていた。

「で、何?」

「はい！　実は先ほど黒電話の方にお電話がありました」

佐知子だ、と一瞬で理解した。だが電話がきている報告だけなら、マイクで僕を呼び出すはずだ。こうして部屋に来たということは、他に理由があるのだろう。

「うん、で？」

「はい。最初、自分はいつもの通り『はい、警察です！』と出ましたところ、電話の女性は『間違えました、すいません』と言ってすぐにお切りになられました」

これも悪しき習慣の一つだろう。僕らは黒電話にかかってくると、いつもふざけて「警察です」とか「はい、珍々亭《ちんちんてい》」などと言って応答する。親やTからかかってくる赤電話とは異なり、黒電話には誰かの彼女からしかかかってこない。

「だから、どうしたんだよ。結論から言え、結論から」

苛立《いらだ》ち始めた先輩の言葉に、トーテムポールの背中がピンと伸びた。

「はい。結論から申しあげますと、その直後にもう一度電話がありました。で、電話の女性が『そちらは青野さんのお宅ではございませんか？』と尋ねてくるので、自分は『はい、こちらは青野さんのお宅ではございません』と答えました」

汗をダラダラかきながら、河野は一向に要領の得ないことばかり並べ立てる。

「だからどうしたんだよ。結論を言えよ、結論を！」

「はい。結論といたしましては、以上です！」

「はぁ？」

「それで電話は切られてしまいました。自分としましては、その後に『こちらは青野さんのお宅ではございませんが、この寮に青野さんという方はいらっしゃいます』と言うつもりだったのですが、そこに辿り着くまでに女の方に電話を切られてしまいました！」

こいつは何を言っているのか……。マジマジとトーテムポールの顔を覗き込む。自分の犯した罪の重さを感じているのかいないのか。赤く染まる頬も、泳ぐ目も、なんだかいちいちムカついた。

「正座しろよ」

「はい？」

「てめぇは今すぐ正座しろ！」

「はい！　失礼します！」

そう言って河野は再び僕の足元に跪くと、かぶっていた帽子を脱ぎ捨て、刈ったばかりであろうイガグリ頭を差し向けた。

正座の伝統と並んで、もう一つ、僕たちが廃止した忌《い》まわしき伝統がある。それはおそらくどこの野球部にも存在するであろう、上から下に対する暴力だ。

僕たちも先輩たちからよく殴られた。いや、殴られたなどという次元じゃない。僕たちはよく半殺しの目に遭わされた。健太郎たちはおそらく野球が上手いという嫉妬から、僕は確実に生意気だという理由から。素振り用のバットにつける錘《おもり》で顔面を強打されたこともあれば、髪の毛をひっ掴まれ、失神するまで机の角に打ちつけられたこともある。

そのどちらのときも薄れていく意識の中で、か細く聞こえた声があった。

「おい！　もう、やめとけよ！　マジでこいつ死んじまうぞ！」

他の先輩の声なのだろうか。そんなとき、僕にも決まって叫ぶ心の声があった。

「はっはっは。もういっそ殺してくれよ。そうすりゃ、きっと楽になる」

甲子園を語るときの代名詞、血と涙。誰がこんなイメージを植えつけたのか知らないが、僕らがボコボコにされた全ての行為が甲子園という場所のためだとするなら、ずいぶんと皮肉な話じゃないか。

「このトーテムポール野郎。トゥリャー！」

パコッ。河野の頭は見事に空っぽな音をさらけ出した。これが僕が後輩に下した、最初で、おそらく最後の鉄拳制裁だ。

間抜けなスリッパの音を聞いて、春山も健太郎も、ノブも大声で笑い立てた。そして、僕もやっぱり笑った。ついでにトーテムポールも笑っていた。

「ういっす！　ありがとうございます！」

殴られておきながら、なおも律儀に礼を言う。なんと美しい日本の光景か。

「もう、帰っていいよ」

「ういっす。ありがとうございました！　失礼します！」

河野は小走りで部屋を出ていった。

「雅人、いいのかよ？」

事情を知っている春山が気の毒そうに尋ねてくる。

「他の女の子の電話番号とかなら俺わかるぞ。きっともう向こうからはかけてこないだろ」

「うん」

だけど、僕の気持ちも決まっていた。

「でも、もう、いいや。多分神様とかそんなのが、お前は彼女なんか作らずにまだまだ精進しろ、みたいなこと言ってんだろ」

気の毒そうな顔はどこへやら。あっという間に、仲間の顔に僕を小バカにする表情が広がった。

「合コンに？」

「野球にだ！」

来週も、再来週も合コンはある。メイクのとれた佐知子の顔を思い出すと胃の辺りがキリキリするが、僕はまたここにいる仲間と遊びに行けることに喜びさえ感じている。

僕はまだ一人の女の子を愛するには幼すぎるのだ。寮という不思議なコミュニティーにいる以上、仲間より優先できるものなど他にない。流されやすい僕のことだ。佐知子のこともどうせすぐに忘れるのだろう。毎日必死に野球をやって、これからも続く仲間たちとの生活の中で、今回のことも思い出の一頁くらいになればそれでいい。

「お前はやっぱりカッコいいよなぁ、ノブちゃんよ」

目まぐるしいスピードで日々の出来事が青く昇華されていくのを感じる。全ての場面を青春の一頁に置き換えていく作業を、きっと今、僕たちは歯を食いしばってしている最中なのだ。

「なんで俺なんだよ？　関係ないじゃん」

一人おどけたような表情を浮かべるノブとは対照的に、仲間たちは言葉の意味を理解した。

明日からまた練習が始まる。そしてまた一歩、甲子園が近づいてくる。

二〇〇×年・夏

愛車マーチは首都高速湾岸線を順調に走っていた。

川崎の工業地帯を抜け、ベイブリッジに差しかかった辺りで、再び大きく開けて海が目に飛び込んでくる。鴻巣をスタートし、東京を横切って、ようやく横浜らしい瀟洒《しょうしゃ》な建物が見えてきた。

隣に座る佐知子は口を真一文字に結んだまま、ぼんやりと、窓越しに流れる景色を眺めていた。ただじっと押し黙り、僕の話に耳を傾けている。

昨晩の一件から始まった僕の告白。僕は全てを思い出すにいたった経緯から、あの夜にフルメタル・ジャケットで抱いた気持ち、トーテムポールが犯したミス、そしてそのときに生じた気持ちの変化まで、包み隠さず佐知子に伝えた。

隠そうと思えば隠せることはたくさんあったし、偽れることもいっぱいあった。だけど、そうしたくなかった。ずるいと承知した上で、全てをありのまま話し、佐知子に判断を委ねたかった。

全てを話し終えると、佐知子は大きく肩で息をつき、そして一言「シャガールって」とつぶやいた。僕は言葉の真意がわからないまま、ただ「ごめん」と謝ることしかできなかった。

相変わらず、佐知子の目は窓の外を向いたままだ。僕には一瞥もくれない。その心中を推し量れないでいると、佐知子はゆっくりと口を開いた。

「香奈ちゃん、そんなひどい顔してたんだ？」

ここは大事な場面だぞ、と頭の中で警鐘が鳴った。質問の意図がわからないだけに細心の注意が必要だと理解できた。

でも、今日はいいんだ。ありのままを話せばいい。

「うん、ひどかった」

「シャガールみたいだった？」

「うん、シャガールみたいだった」

佐知子は顔色を変えず、淡々と言葉を紡いでいく。

「で、あのときの私も同じようにひどい顔をしてたんだ？」

「うん、そうだね。ひどい顔してたと思う」

「香奈ちゃんよりも？」

「正直、全然」

佐知子は大きく息をついてから、このとき初めて僕の方に目を向けた。そして額の絆《ばん》創膏《そうこう》をチラリと見て、唐突に笑い始めた。

「ちょっと待ってよ。なんで？　謝ってるんじゃなかったの？　なんでそんなひどいことばっか言ってんのよ」

言葉とは裏腹におかしそうに笑う佐知子。だけど、僕に一緒になって笑うことは許されない。

「ホントにごめん」

「いや、ごめんじゃなくてさ。ああ、でも、そうなんだね。どうあれ、本当に思い出しちゃったんだね」

「うん。ただ、なんて言うか、別にひどいことを言いたかったわけじゃなくて、俺は今までずっと当たり障りのないことばっか言ってごまかしてきたとこがあったから。でも、今日はそういうのイヤだったし、きちんと正直に全部話したかった。だから……」

「まぁ、もういいよ」と、佐知子は話を途中で遮って再び窓の外に目をやった。

再び静寂が訪れた。佐知子が何を思うのかわからない。時々何かを確認するように小さくうなずきながら、視線は外に据えたままだ。

今までで一番長く感じられたその沈黙が続いた後、佐知子は静かに口を開いた。

「ねぇ、八年前のあのとき、私がどんな気持ちでホテルについて行ったかわかる？」

「え？　ああ。うん、ごめん」

「ごめんじゃなくてさ。どんな気持ちで電話待ってたかわかる？」

「ごめん……」

「嘘の番号教えられたと思ったときの気持ちわかる？」

「ごめん」

「三ヶ月前の飲み会のとき、君がいてどんな気持ちだったかわかる？」

ごめん……。

「何も言い出せないまま、つきあい始めちゃった私の気持ちわかる？」

ごめん。

「ねぇ」

最後のその声だけ、少しだけかすれていた。

「こんなにずっと隠し事してた私と、これからも普通につきあっていける？」

「でも、それは」

「いいの。答えて」

「うん……」

小さく息を吸ってから、素直な気持ちを僕は言った。

「俺はこれからもきちんとつきあっていきたい、です」

それを聞いた佐知子は何度もうなずきながら、最後に「思い出してくれたのは、ありがとう」とささやくようにつぶやいた。

僕たちの間にあったぎこちない空気は少しだけ解消された。だけど、まだ終わりじゃない。話は半分しか済んじゃいない。

「俺からも聞いていい？」

小さくうなずく佐知子を見て、言った。

「佐知子さ、髪型が変わったのも服装が変わったのも、たとえ性格が違ってたとしても理解できる。八年ってやっぱり長い時間だもん。でもさ……」

佐知子が僕に目を向けるのを感じた。

「ちょっと身長伸びすぎじゃね？」

くすりとも笑わず佐知子は答えた。

「牛乳としらす、一日も欠かさなかったからね」

そして続ける。

「二〇歳を前にあんなに膝を痛めるなんて夢にも思ってなかったよ」

笑っていいのか、いけないのか。佐知子のテンションがつかめないまま、しばらく沈黙が続いた。

「とはいっても伸びすぎじゃね？」

「うるさいな。他に言うことないの」

「じゃあ、うん。佐知子の方は？」

「ん？」

「佐知子はなんでそうやってひどい思いさせられた男と、またつきあおうと思えたの？」

「ああ、私の方は別にたいした理由じゃないんだけどさ」

そう前置きして、佐知子は言った。

「あの日、二人で鶴岡八幡宮に行った日ね、私は雅くんにお別れを言うつもりでいたの。きちんと昔あったことの話をして、その上で、やっぱりつきあえないって言おうと思ってた」

あの日の佐知子の表情が蘇り、一気に頭に血が上った。

「なんだよ。じゃあ、あのとき言ってた『話したいこと』って……」

「そう。なのに雅くん壮絶な勘違いしてるから」

このときばかりは、自分の壮絶なバカさ加減に呆れた。できることならあの日に戻って、自分自身を殴りたい。と同時に、自分が佐知子をどれだけ傷つけていたのかと改めて思い知らされた。

「本当にごめん」

そのときの気持ちを思い出したのか、佐知子の顔に一瞬暗い影が差す。怯みそうにもなったが、自然と言葉が口をついて出た。

「でも、じゃあどうして？」

「うん」と言ったまま、一度小首をかしげる佐知子。

「あのときの雅くんがすごく真剣そうに見えたのが一つかな。今の気持ちには嘘はないんだろうって思っちゃったんだよね。一瞬、八年前のこと忘れさせられたし、何よりも嫌いとは思えなかった。あと、やっぱり君いい鼻してるんだよね」

そう言って、佐知子は小さく笑った。

「それとね、あの日、鶴岡八幡宮の境内で亀見たの、覚えてる？」

一瞬虚を衝かれたが、同時に「鶴は千年、亀は万年」という言葉を思い出した。

「あ、ああ、覚えてる」

「私ね、前にも言ったことあると思うけど、本当に亀好きなの。どこかで亀を見るとその後絶対にいいことあるし、自分でも飼ってたしね。で、あの日もやっぱり見ちゃったわけさ」

「亀を?」

「うん、亀を。最初は、どうしよう、どうしようって本気で思ってた。それでやっと覚悟が決まって、さぁ全部言おうと思ったら、今度はあの衝撃の告白でしょ。まいったなぁと思っていたら、目に入ったのはやっぱり亀でさ。大変だったんだから」

楽しそうな口調と内容のギャップが大きすぎる。

「じゃ、じゃあ、何よ? 俺はあそこで悠長に泳いでた亀に救われたってわけか?」

しどろもどろになってぶつけた質問に、佐知子は考える素振りを見せてから言った。

「雅くんが現状を幸せだと感じているなら、そういうことになるのかもね」

「なんだよ、それ。ちょっと待てよ」

一拍置いて、叫ぶように言ってやった。

「亀様々じゃないですか。俺現状、すっげー幸せ!」

チラリと佐知子に目をやった。腹の底から笑いがこみ上げてきた。佐知子も楽しそうに笑っている。それは久しぶりに見る、きちんと感情のこもった、いつもの佐知子の笑顔だった。

車は順調に流れていた。

「なぁ、佐知子さ」

目的地『石川町《いしかわちょう》』の文字が見えてきて、僕はアクセルを吹かした。

「大好きだよ」

「ありがとう」

「あとさ」

「うん？」

「愛してるよ」

佐知子に対して「愛してる」という言葉を使ったのはおそらくこれが初めてだ。ずっと嘘臭く感じて、軽薄に感じていて、これまで使ったことはなかった。佐知子もそれに気づいているのだろう。どこか嬉しそうな表情を浮かべている。

……なんてことをしたり顔で思っていたら、突然目の前に火花が散った。佐知子が思い切り僕の後頭部をはたいたのだ。危うくハンドルを切りそうになっていると、佐知子は「急に調子乗りすぎ！」と笑いながら言い放った。

これで許されたとは思わない。傷つけたことに変わりはない。でも初めて佐知子に力一杯殴られて、僕は心のどこかで安心していた。だから、めげずにまた言った。

「やっぱり愛してるよ。背、高いのも大好き」

「うーん、じゃあ、ありがとう」

時刻は一一時を少し回ったばかり。いくら相当数の集客を誇る夏の神奈川県大会の決勝とはいえ、この時間なら席くらい確保できそうだ。

長かった高速道路の旅をようやく終え、車は横浜の市街地へゆっくりと下りていった。

関内の街中に入っても道はまださほど混んでいなかった。

「俺さ、ホント言うとすごい不安だったんだ。思い出したことを伝えたら、何か二人の間が変わっちゃうんじゃないかって」

「それは私のセリフだよ。雅くんの話聞いてるとき、ずっと怖かったんだから」

そう言って、佐知子は小さく笑った。

「なぁ、佐知子さ」

「ん？」

「お前、本気で一緒についてくる？　徳……」

その瞬間、佐知子の顔がパッと華やいだ。

「あっ！　あれ？　あれが横浜スタジアム？」

「って、お前。最後まで聞けよ」

「あ、ごめん。なんだっけ？」

「ううん。もう、いいよ。ああ、ホントに着いちゃったな、スタジアム」

市街地に突然その姿を現す横浜スタジアム。外観はさながら巨大な宇宙船のようだ。

しかし、小さい頃はあんなに興奮した球場を前にして、僕の心は急に沈んだ。

「この中にあいつらがいるかもと思うと、やっぱり気が重いよ」

「ふふふ、会えるといいね」

屈託なく笑う佐知子。何もわかってないのか、わかっていてわざと言っているのか。だけど、その笑顔に背中を押された気がした。

「よし、と。じゃあ行きますか」

「うん、行こう！」

互いの手を握りしめ、僕たちは一塁側のゲートをくぐり抜ける。薄暗闇の通路を抜ければ、次の瞬間には容赦なく激しい日差しが僕たちに降り注いだ。そのあまりのまぶしさに、目が眩《くら》みそうになる。

海でもなく、山でもない。高校野球という時期を経験した者にとって、これが本物の夏の景色。スタンドに充満する汗の匂い、耳をつんざくブラスバンドの応援合戦、スタジアムを揺らすほどの歓声のうねり。久しぶりに見る全ての光景に、足がすくむ。

「すごい」

一言だけこぼして、佐知子もあとは呆然とするばかりだった。

さすがにすぐに応援スタンドに行く気にはなれず、とりあえず僕らはバックネット後方の席に腰を下ろした。グラウンドでは試合前のノックが行われている。八年ぶりに目の当たりにするTの後ろ姿。ノックバットを振るその背中は、あの頃より一回り小さく感じられた。

「ねぇ、雅くん」

日焼けを気にして顔にハンカチをあてがう佐知子だが、その声は興奮して上ずったままだ。

「甲子園ってさ、やっぱりもっとすごい所なの？」

佐知子の目を見て、僕は力強くうなずいた。

「間違いなく、もっとすごい所だったよ」

グラウンドで躍動するダークグレーのユニフォームに、あの日の僕たちの姿が重なった。耳に残って離れないあのサイレンの音が、鼓膜の裏側でありありと蘇る。

自分に言い聞かせるように、僕はもう一度つぶやいた。

「そう、本当にすごい所だったんだ、甲子園は」

八年前・春

「あ、あ。マイクテスト。マイクテスト。あ、あ」

……はぁ……マジで？　……もう朝か。

（キン・コン・カン・コーン）

……ノブと話し終えたのが四時過ぎで、それからベッドに入って、しばらく眠れなかったわけだから。ダメだ、一時間も寝ていない。

「おはようございます。今日は二月四日、土曜日。六時二〇分になりました。起床です。六時二〇分になりました。起床です」

センバツ出場校発表から三日が過ぎた。二月四日。言われなくてもわかってる、運命の朝だ。頭がボーッとする、腰が重い、身体がだるい。

今日で全てが決まるんだ。

イヤだ、起きたくない。起きたくない。起きたくない……。


寮前の駐車場に集まってくる仲間たちの様子は、一見いつもと変わらなかった。いつも通り目をこすり、厚着をし、挨拶を交わしている。だが、明らかに雰囲気は違う。真っ赤に充血させながら、誰かを射抜くようなたくさんの目。今日ばかりは、全ての奴らが敵に見える。

もう一つ、いつもと違う光景があった。普段は朝の体操に現れないTが先に来て僕らを待っていたのだ。体操を終えるとTは僕たちを呼び止めた。いつもより小さい円ができあがる。誰もが、その言葉を聞き逃すまいとしている。

「おはよう」

『おはようございます』

「どうだ？　昨日はよく眠れたか？」

Tの視線が選手を一周して、僕のところで止まった。

「どうだ、青野。お前はよく眠れたか？」

「正直言うと、あまり寝れませんでした」

「寝られませんでした、だろ。言葉は正確に使え」

「はい、すいません。寝られませんでした」

朝から妙な因縁をつけつつも、Tは納得したようにうなずいた。

「多分、みんなあまり眠れてないだろうから、今日は全員、一日オフにする。身体を休めるのもいいし、個人練習をするのもいい。各自工夫して使え。夕食は七時から。病院に行く奴もそれまでに戻るように」

そこまで言って、Tはもう一度全員の顔を見渡した。

「夕食後、ミーティングルームで甲子園のメンバー発表を行う。以上だ」

『はい!』

わかっていたこととはいえ「甲子園」「メンバー発表」という言葉に、眠気の全てが吹っ飛んだ。

『ありがとうございました!』

深々とTに頭を下げ、僕たちは高揚したまま朝の掃除に取り掛かる。

朝の掃除は各部屋に担当が割り振られ、一週間ごとに回されていく。今週、僕ら幹部部屋の持ち回りは、寮の外周だった。いつもだったら、キャプテンの健太郎に副キャプテンの春山、そしてマネージャーのノブと、仲良しグループのように連れだって掃除をするのだが、今日ばかりは一緒にいる相手を選びたい。

「おい、ノブ。参道に行こうぜ」

ノブの肩を叩き、僕たちは寮から離れた貴永神社へと向かった。

「どうよ、お前はよく眠れたか？」

先ほど見た他の連中に比べ、ノブの態度はどこか淡々として見えた。

「眠れたも何も、さっきまでお前と喋ってたんだから、たいして寝れてるわけないじゃん」

「いや、そうだけどさ。なんだよ、えらく落ち着いちゃってるんだな」

「今さらジタバタしても仕方がないからな。もう今日くらいドシッと構えとこうと思って」

そう言って一度は口を閉ざしたノブだったが、すぐに言葉をつけ足した。

「……と、思ってたんだけど、ダメだ。見てよ、この手」

差し出されたノブの手のひらは、見事にブルブルと震えている。

「何それ？　寒いんじゃないの？」

「それもあるけど」

「びびってる？」

負けを認めるように、ノブはうなずいた。

「まぁ、仕方ねぇんじゃねぇの？　だってさ、ほら」

そう言って僕も両手をノブの前に広げた。負けず劣らず、僕の手もブルブルと震えているのだ。

「はは、なんかダサいな、俺たち」

「ああ、ダセぇ。ダセぇよな。でもさ、ダサいついでにもう一回、どうよ？」

僕はポケットに忍ばせておいたメモ帳をノブに覗かせる。

「お前、本当にそれ好きだな」と嫌味っぽく言うものの、ノブもまんざらでもなさそうな顔をした。神社に向けて、僕たちの歩調は自然と速くなっていった。

貴永神社の境内は真冬の装いを呈していた。軒からは小さなつららが垂れ落ち、いたる所に霜が降りている。外はまだ薄暗い。寮から微かに聞こえてくる『栄冠は君に輝く』の「雲は湧き　光溢れて……」というフレーズが、いつも以上に白々しく感じられる。

大晦日の夜以来、僕たちはたびたびこの神社を訪れるようになっていた。「ひゃくはち神社」などと勝手に命名し、週に一度はお賽銭《さいせん》を入れに来ているのだ。この二ヶ月、律儀にお参りを続けた成果が今夜ついに出ようとしている。

「で、また一からやるの？」

軒下に腰を下ろすと、ノブは両手に息を吹きかけながら尋ねてきた。

「せっかくだから一からやろう」

メモ帳を取り出し、僕はペンを走らせる。

「それじゃ、最初からやるか。とりあえず秋関東のレギュラー九人は確定だろ」

「ああ、悔しいけどそれは確定だな」

そして、僕は昨秋の関東大会のレギュラーの名をノートに書き記した。もちろん、その中には春山球道、星野健太郎、佐々木純平と、仲間たちの名前も含まれている。

「甲子園メンバーを予想する」というこの生産性のない作業を、この冬、僕たちは何度繰り返してきただろうか。何度やっても結果は同じはずなのに。実は昨晩もこの作業で寝るのが遅くなったのだ。

「それにピッチャーの控えがあと二人加わるだろ」

「二人も必要ねぇよ。一人は純平で賄《まかな》えるじゃん」

「だから何度それ話し合ってきたんだよ。実際の試合であと二人も絶対にいらないけど、Tのことだから予備として絶対に入れてくるって」

「なんかもったいねぇよな。なら声出せる奴多めに入れた方がよっぽどいいと思うんだけどな」

ともあれ控え投手二人の名前がノートに加わり、これで一一個の枠が埋まった。甲子園でベンチ入りできるのは一六人。残る座席はあと五つ。

「あとはキャッチャー、内野、外野の控えが一人ずつは加わるだろ」

夜は明けてきたというのに、ノブの吐く息は相変わらず真っ白だ。

「そこに俺たちは入っていけるのか？」

「いや、やっぱりこの枠は色んなスペシャリストが入ると思うよ。だから代打要員の西《にし》川《かわ》と、あとは走れる竹田《たけだ》とか掛井《かけい》が入ってくるんじゃないかな」

なんでそんなに冷静でいられるのだろうと、僕はまじまじとノブを見た。ノブはそんな視線に目もくれずさらりと言葉を重ねていく。

「やっぱり俺たちが狙えるとしたら、ここしかないな」

そう言って、ノブは背番号「15」「16」の部分を、ペン先でコツコツと叩いた。

「残る枠は二つか。ここまでであと何人残ってる？」

「四二人から一四人を差し引くわけだから、二八人。でも怪我人《けがにん》とか、明らかに実力の劣る一年坊とかいるから、実際は一五、六人で残り二つの枠を争うって感じかな」

「一五、六人で二枠かぁ。やっぱり厳しいよなぁ」

大袈裟に空を仰ぐ僕を見て、ノブは小さく笑った。

「でも雅人さ、お前はやっぱり入ると思うよ。声出せる奴とかベンチ明るくする奴って、やっぱりこのチームに必要だもん。怒られ役もな」

決してお世辞の言い合いをしたいわけではなかったが、僕は僕で、今回ノブのベンチ入りの可能性は高いと考えていた。

「俺も今回のお前はかなりチャンスだと思ってるよ。この冬、お前が努力しているところをTが見る機会多かったし、マネージャーとして黙々と働いてたのとかって、Tは評価してくれるだろ。あいつ基本的にはイヤな奴だけど、そういうところはちゃんとしてくれるからな」

「結局、二人とも実力じゃメンバーに入れないっていうんだから情けないよね」

「いいんだよ、プロじゃないんだから、俺たちは。最悪、監督にカラダ売ってでもメンバーに入った者勝ちだ。それより俺はベンチ入りの最大のライバルがお前になりそうで怖《こえ》えよ」

「そうだね、最後まで名前呼ばれなかったら、俺たちの争いになるかもしれないもんな」

「できれば、二人でベンチ入りしたいよな」

「うん。二人でベンチ入りできれば、それは最高の結果だよね」

「あっ！　でもさ」

突然僕が発した大声に、ノブは目を丸くした。

「なんだよ、急に」

「俺やっぱTにカラダ売るのは、ちょっとイヤだわ」

一瞬の間があったが、ノブはすぐに吹き出した。

「そんなのイヤに決まってんじゃん。いちいち言うなよ。Tのでっかいのが浮かんじゃって、そっちの方が気持ち悪いよ」

今日という日を迎えて、僕たちはどこか吹っ切れた部分があった。いつも必ずしんみり終わるメンバー予想が、今日だけは前向きに、笑顔で終わることができたのだから。どれだけ泣こうが、喚こうが、十数時間後には答えが出てしまう。「どんな結果になっても恨みっこなし」という青臭い誓いを立てて、僕らは固い握手を交わした。

そして最後にもう一度。悪あがきとばかりに、僕らは神殿に手を合わせる。わずかながらのお金を投じて。この冬ずっとお願いしてきたこと。

甲子園のメンバーに入れますように——。

心で唱えること、一〇八回。

目を開けた頃には、夜は完全に明け切っていた。真冬の朝焼けは燃えるように美しく、空気は凛《りん》と澄んでいた。

殺伐としただけの夕食を終え、ミーティングルームに駆けつけると、その場面を演出するように蛍光灯が数本切れていた。

薄暗く、底冷えもしている。Tは教卓の上に大き目の茶封筒と一六枚の背番号をズラッと並べ、僕たちが来るのを待ち構えていた。部屋の暗さも相まって、うつむき加減のその表情はよく見えない。

　全員がTを取り囲むように座り、最後に来た友部が戸を閉めたところで、Tはゆっくりと顔を上げた。

「それでは、これから選抜甲子園大会のメンバー発表を行う」

　おいおい、いきなりかよ！　という心の叫びに応えるようにTは続けた。

「だが、その前に一つだけ言っておく。今から俺が呼ぶ一六人は、あくまで今の時点で最高と思う選手構成だ。当然、その中には選手同士の兼ね合いもあるし、バランスといった面もある。今ここで名前を呼ばれなかったからといって悲観する必要はない。メンバーから外れた奴らにも、まだ春の県大会も夏の選手権予選も残されているんだ。ここで腐るのではなく、さらに努力してほしい。そしてメンバーに選ばれた一六人。そいつらは言うまでもなく、ここにいるみんなの代表であると自覚してくれ。全員の力で優勝を勝ち取るという気持ちを忘れた奴は、今からでも容赦なく切っていく」

　メンバーとしての僕に語られているのか、メンバー外としての僕に語られているのか、わからないだけに怖かった。

　言い終えて、Tは再び下を向く。言い残しはないかと確認しているのか、うつむきながら何度も小さくうなずいた。

　最後に大きく息を吐いて、もう一度、Tは僕らに目を向けた。

「それでは、これから選抜甲子園大会のメンバー発表を行う！」

ここにいる全員が抱いた「夢の舞台」に立てる権利。その発表がいよいよ始まろうとしている。

「まずは一番」

大きく唾を飲み込む音が聞こえた。

「二年生、桜井省吾《しょうご》！」

「はいっ！」

大声で返事を発し、桜井は小さくガッツポーズした。相変わらず周りに気を配れない奴ではあるが、それ以上に、僕は桜井ほどの選手ですら背番号をもらってこんなに喜ぶことに驚いた。それほど甲子園に対する思い入れは強かったのだろう。

「おめでとう」

そう言って友部から「1」の背番号を手渡された桜井の顔が、子供のようにクシャクシャと綻《ほころ》んだ。

そんな桜井を皮切りに、その後も続々と仲間の名前が呼び上げられていった。二番・正村茂光《まさむらしげみつ》、三番・斉藤健、四番・酒井一雄《かずお》……。朴訥《ぼくとつ》とした正村の顔は綻び、巨漢斉藤の顔は喜びに溢れ、野球の虫、酒井の顔は安堵に満ちた。

こいつらは選ばれて当然などというのは、僕やノブのような当落線上にいる人間の思い込みだった。背番号を手にした瞬間の仲間たちの喜ぶ姿に、僕は心から「おめでとう」と言ってやりたかった。

「ええと、次は……五番だな」

Tは確かめるように紙に目を落とす。ここは春山だ。春山で間違いない。

「五番、二年生、春山球道！」

よしっ！

春山は小さく目をつぶってから返事をした。

「はい」

立ち上がる瞬間、春山はチラリと僕に目を向けてきた。僕の方から親指でサインを送ると、春山は大きくうなずき、このとき初めて笑みを浮かべた。

「おめでとう」

そう言う友部の目を見据えて、春山は深く頭を下げた。

「ありがとうございます」

「続いて、六番」

みんなの目が今度は一斉に隣の健太郎に注がれる。

「六番は二年生、星野健太郎！」

「は、はい」

誰もが順当だと思った。しかし、当の健太郎は腰が抜けたようにふらふらと立ち上がる。僕は支えようとその肩に手を添えた。

「おめでとう。お前は後で友部のところに行ってくれ。今後の日程を伝える」

「はい」

背番号を渡す友部とTに春山よりさらに深く頭を下げると、ようやくいつものよく通る声が響き渡った。

「ありがとうございました！」

続けて発表された外野手三人も、僕とノブが予想していた通りの名前が呼び上げられていった。レフトとセンターのレギュラー番号「7」「8」は、二人の二年生、近藤海《こんどうかい》と柳沢敬の手に、ライトの「9」の背番号は佐々木純平の手にそれぞれ受け渡される。近藤と柳沢の後輩二人は先輩たちを気遣ったのか、むやみに喜びを表そうとしなかったが、純平は名前を呼ばれるや否や、返事より先に「よっしゃー！」と叫び、逆にみんなの笑いを誘った。やっていることは桜井なんかより全然ひどいのだが、純平の人柄がそう感じさせなかった。

「お前、あんまり図に乗るなよ。まぁ、おめでとう」

「うぃっす、がんばります！」

こうして、九人のレギュラーに背番号が手渡された。おそらく甲子園でもスタメン出場するであろう九人の仲間たち。各々胸に期するものはあっただろうが、ここまでは予想の範囲内で進んでいる。波乱があるとすればここからだ。

「引き続き、補欠選手」

一度ゆるんだ空気を引き締めるように、Tはわざと強めの口調で言った。再び、ミーティングルームを緊張が襲う。

「一〇番、二年生、岡島孝之《おかじまたかゆき》」

「一一番、二年生、堂島光彦《どうじまみつひこ》」

今朝予想した通り、やはりTはここで二人の控え投手を入れてきた。実際の試合で使い勝手がいいのは来年のエース候補、一年生の脇《わき》だろうが、Tは二人の二年生投手を入れた。これは僕にとっては好材料だ。同じ程度の実力差なら、二年生を入れるという裏づけに思われた。

だが、状況を楽観視するのは早かった。順当に事が進んだのはここまでだった。

「続いて、一二番」

予想がことごとく的中するものだから、当然ここは二年生の代打要員、西川の名前が呼ばれるものと思っていた。

しかし、Tの用心深さは僕らの予想を超えていく。誰もが予期せぬ名前が、次の瞬間、その口から発せられた。

「一二番は、一年生……」

一年生……？

「脇孝太郎《こうたろう》！」

脇？

部屋が一瞬、水を打ったように静まり返る。三人目……。そう思った瞬間、部屋がドッとどよめいた。

「三人目！」

そう、Tはたった一六個しかない甲子園の登録枠に、三人もの控え投手を入れてきたのだ。これにエースの桜井と純平を加えれば、五人の投手がベンチ入りすることになる。ある程度は予想していたが、どれだけ慎重なら気が済むのか。

ともあれ、予期しなかった控え投手の出現により、枠が一つ埋まってしまった。残る椅子はあと四つ。もう一つの猶予も残されない。Tは一三番目の選手の名前を呼び上げる。

「一三番」

僕が名前を呼ばれるとすれば、ファーストの控えを示すここか、サードの控えを示す一五番しかない。そのうちの一つ、一三番。

頼む、頼む、頼む……。

「二年生」

頼む！

「山花大輔《やまはなだいすけ》！」

山花の名前が呼び上げられて、目の前が真っ白になった。正直言えば、ここが一番のチャンスと思っていた。秋の大会もベンチ入りするほとんどの試合でこの番号をつけていたからだ。

ダメか？　肩がブルブルと震え、目頭が熱くなった。期待していた「13」の番号から漏れて、僕は自分でも想像していなかった激しい落胆に襲われた。

これで机上の背番号はあと三枚。たった三枚しか残されていない。Tはあくまでも淡々とした表情で、発表を続けていく。

「一四番」

なんとなく「小柄な内野手」というイメージのこの数字を僕やノブがつけることは想像しにくかった。そして案の定、他の選手の名前がTの口から発せられる。

「二年生、秋保雄二《あきほゆうじ》」

「はいっ！」

秋保が立ち上がろうとした瞬間、不意に射貫《いぬ》くような視線を背中に感じた。吸い寄せられるように振り返れば、そこに乾いた目で僕を見るノブの顔があった。

ついにここまで来ちゃったな。そんな想いを込めるように、ノブはうなずいた。その悟ったような表情に、僕も首を振って応えてみせた。

そして僕は大きく息を吸い、祈るように目をつぶった。昂ぶる神経を落ち着かせようとして、初めて手足が震えているのに気がついた。胃から何かが込み上げようとしていた。口の中がカラカラに乾き、吐く息が臭いのが自分でもわかった。瞼がフルフルと震えていた。

神経が鋭敏に研ぎ澄まされていく中、唐突に、野球に纏《まつ》わる様々な場面が脳裏を駆け巡った。新しいグローブの革の匂い。親父とやったキャッチボール。初めて打席に立ったときの高揚感。負けて号泣した中学の市大会……。他にもたくさんの場面が頭をかすめ、ゆっくり消えていった。大袈裟かもしれないが、それは野球というスポーツにどっぷりと浸かってきた人生の縮図、走馬灯のようにも感じられた。

心は不思議と落ち着いていった。どんな結果でも受け入れろ、その瞬間を焼きつけろ。脳裏を過ぎった全ての場面が、この瞬間の、甲子園のためだけのものだから。

覚悟を決めて、僕は大きく目を見開いた。僕に残された最後のチャンス、背番号「15」。

純平や春山の視線は感じたが、今はただ一点、Tの顔だけに。凝視するその口が、ゆっくりと開かれていった。

「一五番」

頼む、頼む、頼む、頼む、頼む、頼む、頼む……、
二年生、二年生、二年生、二年生、二年生、二年生……。

「二年生」

頼む、頼む、頼む、頼む、頼む、頼む、頼む……、
青野、青野、青野、青野、青野、青野、青野、青野……。

「二年生……」

頼む！

「青野雅人！」

カチッという音を立てて、願いと声が重なった。心臓の辺りをふわっと風が吹き抜けた。

「は……、は……」

やばい、声が出ない。

「おい、雅人。お前だよ」

健太郎に肘で突《つっ》かれる。春山と純平が嬉しそうに顔を見合わせている。振り向けば、ノブも嬉しそうに微笑んでくれている。

「はい……」

か細い声しか出てこなかった。抜けたように力の入らない足腰を奮い立たせて、なんとか立ち上がろうとした瞬間、不意に僕を呼び止めるTの声が聞こえた。

「おい。お前、何を泣いてるんだ？」

自分でも気づいていなかった。いつの間にか、最高に情けない涙が頬を伝っていた。桜井のガッツポーズも、純平の雄叫《おたけ》びも、この涙の前には霞《かす》んで見える。泣くなら一人のときに泣けや。いつもの僕なら、絶対にそう思う。

「おめでとう。良かったな」

友部から差し出された背番号を前に、僕はつくづく安堵した。

「ありがとうございます。がんばります」

向きを変え、Tにも頭を下げた。

「ありがとうございました！」

席に戻るとき、僕を除いた四一人全員の顔を見渡せた。そのうちの、少なくとも純平と春山、健太郎の三人だけは祝福するように満面の笑みを湛《たた》えてくれた。

そして、もう一人。やっぱりノブも祝福してくれた。ただ他の連中と違うのは、ノブの目頭だけが微かに滲んでいたことだ。僕たちが甲子園の背番号をもらう意味。その想いはノブとの間にしか共有できない。

これでようやく半分だけ、願いの半分は達成できた。そのノブに目配せし、元いた場所に腰を下ろす。僕は再び祈るように目をつぶる。いよいよ最後の一人、一六番目の選手の名前が読み上げられる。

冬の間、ノブとずっと話し合ってきたことが頭を過ぎった。

「絶対に二人で甲子園のベンチに入ろうな」

その想いが結実しようとする瞬間だ。もう一度だけ覚悟を決めて、僕は大きく目を見開いた。選手全員の視線を浴びて、Tの口がゆっくりと開かれていった。

「それでは最後、一六番」

頼む、頼む、頼む、頼む、頼む、頼む、頼む、頼む、頼む、頼む……。

「二年生」

頼む、頼む、頼む、頼む、頼む、頼む、頼む、頼む、頼む、頼む……。

「二年生……」

頼む！

紙に目を落としていたTの顔が一人の男に向けられた。名前を呼ばれて、その男は勢い勇んで立ち上がった。

「二年生、掛井治《おさむ》！」

「はいっ！」

瞬間、少なくとも春のセンバツ大会においては、一緒に甲子園の土を踏もうという僕らが抱いた夢は叶わないものとなった。

　掛井が席に戻るのを見計らって、Tは久しぶりにその顔を全員に向けた。

「甲子園に限らず、大会のメンバーを決める作業というのは、監督をやっていて一番辛い仕事だ。自分が決めたメンバーに言い訳はしないが、この日のために誰よりも練習してきた奴がいるのを知っている。最初に言ったことの繰り返しになるが、メンバーから外れたからといって、絶対に腐ってほしくない」

　なんとなく、ノブに向けられた言葉のような気がした。

「そして、名前を呼ばれた一六人の選手。これも最初に言ったのと同じだが、少しでも自惚れるような選手が現れたら、そいつらは容赦なく切っていく。たとえベンチ入りが一五人になろうと、一四人になろうと、そんな奴はベンチに入れさせない。それだけは肝に銘じておけ」

　いつも以上に意思の強さを感じさせる口調だった。なんとなく、僕に向けられた言葉のような気がした。

「甲子園はここにいる全員の力がなければ優勝など勝ち取れないところだ。レギュラーだけでも、メンバーだけでもなく、四二人全員で優勝を目指すぞ。いいな。それを忘れるな」

　そこまで言って、Tはもう一度選手全員の顔を見渡した。

「俺からは以上だ。何か質問はあるか？」

いつ、いかなるミーティングでも、Tは決まって最後にこの問いかけをする。何か質問はあるか？　それに対する僕たちもいつも決まって無反応だ。

だけど、今日は違った。横並びの選手の頭上にさっと一本手が伸びる。健太郎だった。

「質問ではないのですが、一つだけよろしいですか？」

うなずくTを一瞥し、健太郎は立ち上がる。

「今、監督さんが言ったように、俺もこの大会だけはみんなの力で優勝するという想いを強く持って試合に臨みたい。だから、誰に対しても力を貸してくれみたいなことは言わないつもりだ。あくまでもみんな横一線、目標のために全力を尽くそう。甲子園で優勝すること。メンバー発表が終わった今、俺たちが望む目標はそこにしかないはずだ」

一息にまくし立てる健太郎の言葉に、ミーティングルームのボルテージが一気に高まるのがわかった。この一年で健太郎の持つリーダーシップはより磨きがかかったような気がする。

そんな健太郎の言葉を皮切りに、仲間たちは思い思いに甲子園への意気込みを口にし始めた。だけど僕は乗り遅れた。一人だけ傍観者だった。熱く語るTや健太郎に悪いと思ってみても、どうしても目の前のやりとりが茶番に思えた。そんな簡単に割り切れるもんでもねぇだろと、心の中で毒づく自分がいた。

そんなひねくれた心中を見透かしたように、もう一人、背後からTに呼びかける者がいた。

「監督さん、自分もいいですか?」

ざわめきを打ち消すような張りのある声。振り向くまでもなく、ノブの声だとすぐにわかった。

Tは確かめるように目を細めたが、やはり無言でうなずいた。僕以外の全員の視線を浴びたノブは、一つ一つゆっくり言葉を紡いでいった。

「今の今まで、俺もメンバーに入りたい、甲子園の土を踏みたいと真剣に思っていた一人だ。健太郎が言うことはもちろん正論だし、理解もできる。だけど、だからといって、今この瞬間から気持ちを入れ替えてチームは横一線ですと言われても、少なくとも今日の俺はそんな簡単に割り切れない」

健太郎の言葉で一斉に熱を帯びた室内の空気が、今度は急激に冷えていく。息巻く仲間たちに水を差すノブの本音。だけど、ノブはきちんと建前も用意していた。それは自らを発憤させるための、自分に向けた言葉だったのかもしれない。

「だから、せめて今日だけはメンバー外としての俺の意見を言わせてほしい。メンバーに入った奴らに対する、これは要望だ」

そして大きく息を吐く音が聞こえた。

「頼むから、甲子園で優勝してくれ。優勝して、このメンバーが最高のものだったということを俺に証明してくれ。じゃなきゃ、俺はメンバーから外れたことを悔やむだろうし、自分が入っていればという想いを捨て切れない。だから、頼むから、この一六人のメンバーで優勝して、俺を納得させてほしい。このチームにいたことを、俺に自慢させてほしいんだ」

水を打ったように静まりかえっていた室内が、次の瞬間には、ものすごい熱気に包まれた。ノブの放った言葉が呼び水となり、後は誰かが発言しては、違う誰かが発言する、その繰り返しだった。たしかにそこにはメンバーもメンバー外もない、一人一人の甲子園への純粋な想いだけが込められているように思えた。

だけど、やっぱり僕はダメだった。自分の気持ちを押し殺して発言したノブの心情を思えば、どうしても乗ることはできなかった。

みんなの発言が一段落したところでTは手を打ちながら立ち上がった。

「もうないな？　では、以上でメンバー発表ミーティングを終了する。それから、西川とノブ。お前らはちょっと監督室に来てくれ。個別に話しておきたいことがある」

そう言うと、Tは友部と連れだってミーティングルームを後にした。室内の空気が緩和する。メンバー発表の直後は喜怒哀楽、様々な感情に色分けされていた仲間たちの顔が、もうすでに甲子園に向けての高揚感一色になっていた。

った。

「ノブ……」

僕はこのとき初めて振り返り、後ろに座るノブを見た。ノブは不思議とカラッとした笑みを浮かべながら、「とりあえず行ってくるよ」という言葉を残し、部屋から出ていった。

仲間たちが部屋に戻っても、僕はまだ立ち上がることができなかった。番号をもらった喜びと、ノブとの想いを叶えられなかったやりきれなさ。相容れない想いが胸に混沌《こんとん》と渦巻いていた。

どれくらい時間が過ぎただろう。もういい加減部屋に戻らなければと重い腰を上げたとき、ミーティングルームの戸がカラカラと開けられた。ひょっこりとノブが顔を見せる。

「まだいたんだ?」

ちらりと時計に目をやるともう一一時を回っていた。今まで監督室にいたのなら、優に一時間以上、ノブはTと話をしていたことになる。

「とりあえず電話行くだろ?」

話したいことはたくさんあったが、ひとまずノブを気遣った。泰平寮では一〇時半以降の電話が固く禁止されている。この時間まで監督室にいたということは、ノブもまだ誰にも電話していないはずだ。

「うん、悪いな」

　一度部屋に財布を取りに戻り、僕らは裏手口からこっそり寮を抜け出した。寮から一番近い公衆電話は横浜中部病院の地下駐車場にある。近くとはいっても、歩けば一五分くらいの距離だ。病院の地下というシチュエーションもあり、怖すぎて夜中に一人では絶対に行けない。

　病院の駐車場の空気は外よりもさらに一段ひんやりと冷たかった。虫一匹の気配すら感じさせない張りつめた空間に、一つに重なった足音だけが反響する。うっすらと灯る照明が壁に映る二人の影もまた一つに重ねた。

「なぁ、雅人さ」

　長く続いた沈黙を破り、ノブが静かに口を開く。

「うん?」

「本当にごめんな」

「うん……」

　敢えて「何が?」とは聞かなかった。もし自分のせいで二人の願いを叶えられなかったと思うなら、やっぱり僕も謝るだろうと思ったからだ。

「まぁ、仕方ねぇよ。それにまだ終わりじゃないしな。夏があるんだ。やっぱ夏だろ、高校野球は」

「うん、俺はそのつもりでもう一度勝負する。だからお前は絶対がんばってくれよな。応援してるから。さっきのミーティングでさ、自分でも嘘臭いなぁって思ったけど、優勝してほしいっていうとこだけは間違いなく本物だからさ」

「やっぱり嘘臭いって思ってたんだ？」

「そりゃ、そうだろ。いくらなんでも素《す》であんな熱い言葉は吐けないって。ああでも言わなきゃ悔やしかったからさ。必死だったよ」

「いいよ。今日くらい素直に落ち込んどけよ」

「いやいや、充分落ち込んでるって。ただそれを人前じゃ見せないだけだ。そこがお前との違いだな」

大会のメンバー発表があるこんな日は、決まってこの駐車場で誰かと鉢合わせする。だが時間が遅いせいか、ようやく辿り着いた公衆電話に今日は先客はいなかった。

「どうする？」

いつもだったら奪い合いになる一台きりの公衆電話だ。

「いいよ、先にかけな」

珍しく優先させてくれたノブの言葉に素直に甘えて、僕はカードを差し込んだ。

『青野でございます』

しばらくのコール音の後、いつもと変わらぬ口ぶりでオフクロが電話に出る。

「あ、俺だけど。親父は？　寝ちゃった？」

『ううん、起きてるけど、どうしたのよ？　こんな遅くに』

どうせヤキモキさせるだけだと思い、オフクロには今日がメンバー発表だと伝えていなかった。

『なんか珍しくお父さんも遅くまで起きてるし。変だなぁと思ってたら今度はあなたから電話かかってくるし。何よ？　何かあったんでしょ？』

「うん。まぁ、いいから代わってよ」

『何よ。気持ち悪いわね。ちょっと待っててね』

そう言うと、オフクロは受話器から漏れ聞こえるほどの大声で親父を呼んだ。果たしてそれほど大きな家だったか、親父の耳が遠くなったか。

そんなやりとりが丸聞こえのノブは、ふと見ると、楽しそうに笑っていた。母子家庭で育ったノブは僕の家庭が羨ましいといつも口にする。

『もしもし』

しばらくしてぶっきらぼうな親父の声が聞こえてきた。眠そうな素振りを装ってはいるが、気が気じゃなかったはずだと簡単に想像できる。

「俺だけど」

わざともったいつけるような言い方をしてみても、親父は平静を装うのをやめようとしない。

『おう、どうした？　こんな遅くに』

「どうしたって、じゃあなんであんたはこんな遅くまで起きてるって言うんだよ。いや、さっき甲子園のメンバー発表があったんだけどさ」

『ああ、そうか。今日だったか。うん、どうだった？』

なんか、スッゲーむかつく。

「うん、入ってたよ」

『そうか。それは、そうだな。良かったな』

「うん。ありがとう」

『そうか、そうか。それは良かった。ええと、なんだ？　それだけか？』

それだけか、って……。何なんだ、このクソ親父。ボケちまったか？　もうダメだ。埒が明かない。会話ができない。

「もういいや、オフクロに代わって」

すると親父はそれじゃとも言わずにオフクロを呼んだ。あの飄々《ひょうひょう》とした親父のことだ。素直に喜びを爆発させはしないだろうが、おめでとうの一言くらい言ってほしかった。長年の夢が叶ったことを誰より知る親父だからこそ、祝いの言葉くらいかけてもらいたかった。

再びオフクロが電話口に出るまでなぜか時間がかかった。不審そうに目を開くノブに、僕も首を振って応えてみせる。

『ちょっと、もしもし？　お兄ちゃん？』

慌てた素振りで電話に出たのは、なぜかオフクロではなく香奈だった。

「もしもしじゃねぇよ。何なんだよ、あの親父。酔っぱらってんのか？」

親父に対するイライラをそのまま香奈に当てつける。

『酔ってるも何も、今日は一滴も飲んでないみたいだよ。それよりどうしたの？　なんかあった？』

「いや、今日甲子園のメンバー発表があったんだけどさ」

『キャー、どうだった？』

香奈はおばさんのような金切り声を上げて、僕の耳をつんざいた。

「うん、入ってたよ」

『うわぁ、良かったぁ。良かったね。おめでとう、お兄ちゃん』

「うん、ありがとう」

『そっか、それでパパあんな風になっちゃったんだ』

「あんな風って、何が？」

『パパね、一人で泣いちゃってる』

「はぁ?」

『もう泣いてるなんてもんじゃないよ。号泣だよ、号泣。私、パパがあんな風になったの初めて見たよ。電話置いたと思ったら急にこたつに伏せちゃってさ。なんかあったんじゃないかって心配したんだから』

初めはあっけにとられたが、親父の姿が唐突に頭を過ぎり、思わず吹き出してしまった。どうやら泣くのを堪えたせいで、当の息子との電話もあのざまだったというわけらしい。

相変わらず惚《ほう》けた親父だと思う。だけど、一人大泣きする親父の姿を想像したら、今度は僕の鼻の奥がつんと熱くなった。

「そうか。で、オフクロは?」

『パパの背中撫でてる』

「わかった。じゃあ、よろしく伝えといて」

『うん。お兄ちゃん、がんばってね。みんな応援してるから』

「ん、了解。がんばります」

僕はゆっくりと受話器を置いた。一度大きく息を吐いてから振り向くと、ノブは地面を蹴りながら小さく揺れている。

「悪い。長くなっちまった」

「いいよ。相変わらず面白い家族だよな」

きっと褒め言葉なのだろうが、色んな想いが絡まって、僕の方はノブにどんな顔を見せたらいいかわからなかった。

「もう、いいの？」

「ああ、ごめん。これ使えよ」

ノブは僕が差し出したカードを無言で受け取ると、少し迷う素振りを見せて、ゆっくりとプッシュしていった。口ぶりから、最初の相手がオフクロさんだとわかった。ノブは飄々と結果だけをオフクロさんに伝えていった。微かに漏れ聞こえる向こうの声も、また淡々としたものだ。互いが少しも感情的にならず、干渉しようともしない。我が家とは真逆の家族の接し方だが、母子二人で生きてきた絆の強さが感じられた。

「もう一人かけていい？　気が重いんだけど」

一度フックに受話器を置いたノブが躊躇《ためら》いがちに尋ねてくる。千渚ちゃんなのだろう。僕は黙ったままその場を去り、電話から少し離れたベンチに腰を下ろした。

一人になるとなんとなく手持ちぶさたになり、僕は持ってきたタバコに火をつけた。暗闇に炎の輪が浮かび上がる。それが意外と綺麗《きれい》で、せめて甲子園が終わるまでは、と頭の中で前置きしつつ、僕は「タバコやめちゃおうかなぁ」と独りごちた。

たまに聞こえてくるノブの話し声以外、辺りは完全な静寂に包まれていた。真空のように尖《とが》った寒さが僕の身を包んでいる。

しかし突然の嗚咽《おえつ》によって、その静けさは切り裂かれた。

「本当にごめん」

さほど大きいわけでもないその声が契機だった。直後に、激しい泣き声が耳に飛び込んでくる。何かが崩れるような、何かが溢れ出すような。間違いなく、ノブの泣き声だった。

僕は不意に立ち上がり、吸っていたタバコを地面に叩きつけた。思わず耳を塞ぎたくなる衝動に駆られた。聞きたくない。抗《あらが》おうと思ってみても、為《な》す術《すべ》なく、泣き声は耳に入ってくる。

心のどこかではそんな予感があった。仲間にも、僕にも、オフクロさんにも心の内を見せなかったノブが、唯一拠り所とするのは千渚ちゃんだった。

ノブの性格を思えば、そんな千渚ちゃんにだからこそ、虚勢を張りたいと思っていたに違いない。気が重い。ノブはたしかにそう言った。ノブは千渚ちゃんとの話の中で何かが決壊してしまうことを、きっと知っていたのだ。

僕たちはもう想いを共有することの重さを知っている。「本当にごめん」千渚ちゃんに向けられた言葉はノブの想いそのままだ。幼い頃に抱いた甲子園の土を踏みたいという夢は、すでにノブ一人の手を離れ、いつしか多くの人と共有する想いに変わっていた。

僕は無意識にポケットからタバコを取り出すと、それをクチャクチャにして草木の植え込みに放り投げ、その場を離れた。もうこれ以上、ノブの泣き声を聞いていたくなかった。

知らず知らずのうちに歩調はどんどん速まっていった。それでも密閉された地下の壁に跳ね返され、ノブの泣き声は幾重もの層になってこだました。逃げても、逃げても、逃げても、逃げても……。泣き声は僕の背中を追いかけてきた。

それを振り払おうとついには駆け足になっても、最後まで、僕はその泣き声の網から脱《ぬ》け出すことはできなかった。


一人戻った深夜の寮はひっそりと静まり返っていた。さすがにみんなここ数日の疲れが出たのだろう。うわ言交じりの寝息が聞こえるだけで、他には物音一つ聞こえてこない。

僕はそのまま布団にもぐり込んだ。すると枕元にメモが置かれているのに気がついた。

『せっかく待ってたのによ！』純平たちがメンバー入りした僕を祝おうと待っていてくれたらしい。ありがたいと思う気持ちが半分、鬱陶しいという想いがもう半分を占める。

昨日も一時間しか寝ていない。僕だって疲れ果てているはずなのに、昂ぶって簡単に眠れそうにない。それでも僕は頑なに目をつぶり続けた。そうすることで、少なくともこの長かった一日の終わりを実感することはできた。

ノブが部屋に戻ってきたのはそれから三〇分ほど経ってのことだ。ノブは無言のまま二段ベッドの上によじ登ると、大きく一度ため息をつき、布団に横たわった。梯子《はしご》が軋むたび、ベッドが揺れるたび、ようやく薄れつつあった僕の神経は呼び戻されていった。しかし、頭上に微かな気配を感じさせる以外、ノブが何か行動を起こすことはなかった。

どれほどの時間が過ぎたのだろう。

「なぁ、雅人。起きてる?」

再び訪れた静寂はその声によって唐突に切り裂かれた。

「うん」

寝ているフリをしていれば良かったと、返事をしてすぐに後悔した。今日はもうダメなのだ。何を言われてもうまく応えられる自信がない。

「ごめんな。こんなことばっか言うの、もうホントに今日で最後にするから。だからさ、絶対にがんばってきてくれよ、甲子園。今回だけお前に託すから。託すみたいな言葉、お前が嫌いっていうのよくわかってるけど。明日から、俺はまた次を目指すから」

僕は返事をしなかった。ノブもそれを求めなかった。

そしてノブはゆっくりと寝返りを打ちながら、今日一日を締めくくるように、最後の言葉をつぶやいた。

「それじゃ、おやすみ。また明日」

ひゃくはち神社に二人の想いを託したのが遠い昔のことのように思える。入部して、他のどんな日よりも長く感じられたこの一日。今日だけでどれほどの涙を流したのか。だけど「もうホントに今日で最後にするから」というノブの言葉は、最高の言い訳になってしまった。もう今日で最後にしよう。頭の中で何度も反芻《はんすう》しながら、僕はこの日最後の涙を流した。

しばらくしてノブの寝息が聞こえてきた頃、ようやく少しずつ僕の中にもメンバー入りした喜びが滲み出てきた。

恋い焦《こ》がれた番号をもらった喜びと、幼い頃からの夢が叶った実感。考えてみれば、今日は僕にとって人生最良の日であるはずだ。泣いてばかりいられるか。それはそうだ、これは俺自身の高校野球なんだから。

そんなことをうつらうつらと考えていたら、最後はあっけないほど簡単に眠りに落ちた。

センバツ出場が決定し、メンバー発表も終わった。しかしそれからの一ヶ月、僕たちはプロ野球や社会人野球には絶対にありえない、高校野球にしか存在しえない種類の苦しみを味わった。さぁいよいよ甲子園と息巻く僕らに水を差すように始まった、期末テストだ。

文武両道の大風呂敷を広げるだけあって、京浜高校ではこの期間、教員を伴ったクラブ活動が一切禁止される。甲子園を間近に控えているからといって野球部も例外ではなく、否応なく僕たちは試験期間に突入していった。

いつものテスト前なら「努力せずに成績の悪い奴は許さない」と口うるさく言うTではあるが、今回ばかりは「赤点だけは取らない範囲で、身体はなまらせるな」などとバツが悪そうに宣《のたま》った。もちろん、Tに言われるまでもない。「教員を伴った」という抜け道を最大限利用し、個人練習の時間は今までのものとは比にならない。

そんな調子なものだから、肝心のテスト結果は散々なものだった。

「青野雅人！」

日本史の答案を返すときの担任の引きつった顔を、僕は忘れないだろう。

「お前、大丈夫なのか？」

「何がっすか？」

「何がっすかじゃないよ。ほら」

そう言って渡された答案を見た瞬間、僕の頭は猛烈なスピードで真っ白になっていく。

きゅ……、きゅ……、

「九点?」

素っ頓狂な声を上げてしまった。担任は哀れむようにうなずいた。正直、今回の日本史にはそれなりの自信があった。いや、逆だ。日本史にしか自信がなかったほどなのだ。そんなことをビクビクと考えていたら、案の定、この日返された五つの答案のうちなんと三つに、真っ赤な字で「赤」と記されていたのだった。

「終わった」

全ての点数を足してもまだ赤点から脱け出せない三枚の答案を並べ、僕は机に突っ伏した。「赤点だけは取らない範囲で」。Tの言葉が蘇える。「容赦なく切っていく」。Tの言葉がこだまする。メンバーから外される最悪の事態を想像すれば、僕は立ち上がることさえできなかった。

しかし、そんな僕の最大の窮地を救ってくれたのは、他ならぬ仲間たちだった。入学から二年、数々の苦境をともにしてきた仲間たちだったが、今回ほどその存在を心強く感じたことはない。

寮に戻るとすぐ目に飛び込んできた陰鬱な顔の数々。

「け、健太郎?　お前?」

健太郎は悟ったようにうなずいた。

「超ヤベーよ」

そして広げられた二枚のテスト用紙。名前の横、しっかりと主張するような「赤」の文字。

おっひょー、マジか！

「春山？」

「まいった。初めて取っちまった」

春山が広げたのは古文の解答用紙。二九点。惜しかった。でも、赤点は赤点だ。

「え、ノブ？　まさかお前も？」

「いや、俺は」

ノブは一人興味なさげに言い放つ。今回に限り、お前なんか大嫌いだ！

「純平は？」

「俺、五の五」

純平は誇らしげに言った。……って、五の五っ！

見れば、たしかに純平が手にした答案は五枚が五枚とも大幅に三〇点を下回っていた。一七点、一五点、一〇点、八点、〇点！　ああ、なるほど。こいつは本当にバカだったんだ。そんなことを思うと同時に、僕は純平が誇らしげに見える理由もなんとなくわかった。

「純平」

「ん？」

「俺、お前大好きぞ！」

思わず純平に抱きついた。「いや。ぞ、とか言われても」と困惑する純平にお構いなしで、額に頬を擦りつける。その輪に健太郎と春山も加わり、僕らは互いの傷を癒し合った。こいつらがいるなら赤点なんて怖くないと、おかしな連帯感が生じた。ノブは一人、冷淡な目で僕たちを見つめ、「こりゃ、出番あるな」と肩をグルグル回し始めた。

その一週間後。合宿地・焼津《やいづ》へ向かう新横浜駅のプラットフォーム。ここにいるのは友部とノブを除けば選手が一〇人。つまり、最終的にメンバー一六人中なんと一〇人が今回のテストで赤点を取ったというわけだ。

これだけいればTなんか怖くない。そう高を括って訪れた監督室で、みんなまとめてタコ殴りにされたこと。それだけ殴っておきながら「お前ら一体どうするつもりだ！」と声高に叫んだヒステリックなTの声。全てが鮮明に蘇る。

「この数日ってなんか色んなことがあった気するよな」

僕たちは死にものぐるいで追試を受けた。その結果、一週間もボールを握れなかった。合宿に向かうのも三日遅れた。

「別にお前らがちゃんと勉強しとけば良かっただけじゃん」

そんな僕たちにつきあわされ、三日遅れで焼津に発つことになったノブが冷たく言い放つ。

「ああ、早く野球がやりたいよ」

焦《じ》らすように、急かすように、日一日と暖かくなっていく。甲子園まであと二週間足らずだ。僕らの切実な想いを弄《もてあそ》ぶかのように、静岡《しずおか》へ向かうこだま号はゆっくりとホームに入ってきた。

微かに感じた風の匂いは、もう春のものだった。

焼津市営球場で行われた四泊の甲子園直前合宿。追試組が合流してすぐに開かれたミーティングで、Tは選手に向けこう言った。

「このテスト期間で、お前らの身体はかなりなまっているはずだ。あと二週間、遊んでいる暇はない。相当の荒療治になると覚悟しておけ」

Tは自分が吐いた言葉に責任を持つかのように、ハードな練習スケジュールを僕たちに突きつけた。もちろん、僕たちにも異論があるはずなく、忠実にそれらのメニューをこなしていった。

そんな地獄の焼津合宿も四日目を迎えた夜、いつもの仲間が旅館の僕の部屋に集結した。

「どこが来るよ?」

目の前に並べられた『センバツ甲子園の展望』という雑誌を眺めながら、まずは純平が口火を切る。

「とりあえず東とは当たらないんだよな？」

僕の言葉には春山が反応した。

「当たらない。とりあえず初戦だけは東と西で分けられる」

連日の猛練習でクタクタになっているくせに、僕らは必死に甲子園での対戦相手と試合日程を予想していた。相変わらず実りのない作業だと知りながら。

「ちなみにそれはどこからを西って区切るんだ？」

「わからない。多分、静岡とか名古屋《なごや》とかその辺だと思うけど」

「大阪《おおさか》は？」

「それは余裕で西だろ。っていうか、大阪なんて西の代名詞みたいなもんじゃん」

僕と春山がやりとりしているところに、ノブが割って入った。

「じゃあ一回戦でいきなり山藤《やまふじ》ってこともありうるわけだな」

ノブが口にしたこの高校の名を知らない野球ファンはモグリだ。

山藤学園。多くのプロ選手を輩出してきた実績もさることながら、かつての山藤はまさに無敵の強さを誇っていた。全国制覇の回数は春夏合わせて一一回。しかし、その数字以上に、特に僕らの世代にとって山藤は強烈な印象を伴って胸に焼きついている。幼心に山藤野球の全てが憧れだった。

悔しいが、その憧れは高校野球の渦中にいる今も払拭《ふっしょく》できないままでいる。左胸に誇らしげに『山藤』と記された純白のユニフォームは、特別な想いを引き連れて、僕たちの目に飛び込んでくる。

当然、甲子園は各地区を勝ち抜いた強豪校だけが集まる場だ。だけど、僕らは山藤ばかりを意識していた。僕たちが神奈川、関東と一度も負けずに勝ち進んでいったのと同様に、山藤は大阪、近畿《きんき》という激戦区を、これも一つも取りこぼさず勝ち抜いた。

『東の横綱・京浜高校と西の横綱・山藤学園。両者の戦いは今大会最大の注目カードとなるだろう』

まだ対戦が決まったわけでもないのに、雑誌にはそんな記事があった。山藤が同じように僕たちをライバル視しているかは知らないが、たしかに僕たちの方は山藤の存在をビンビンに意識している。

「まぁ、決勝まで行けばいつかは当たるんだしよ。びびってても仕方ねぇよ」

純平が気を取り直すように明るく振る舞った。春山も同意する。

「たしかにな。それより今の俺たちには日程の方が問題だ。俺たちはまだ本調子にほど遠い。少しでも遅めの日を引いて、調整できる時間を稼ぎたいよな」

それを受けて、みんなの視線が一斉に健太郎に注がれた。

「ま、とにかくいいクジを引いてきてくれや。健太郎さん」

明日、Tと健太郎は一旦焼津を離れ、組み合わせ抽選会のため大阪に向かうのだ。

最後にボソッとつぶやいたノブの一言で、この日の僕たちの話し合いは静かに幕を閉じた。

「でもなぁ、健太郎のクジ運っていつも最高に悲惨だからなぁ」


翌日の練習は案の定、ほとんど身が入らなかった。張り切っているのは、Tの代役でノックバットを振る友部のみ。

「ああ、まだかなぁ。そろそろだと思うんだけど」

ノックの最中も逸る気持ちがついつい態度に出てしまう。今日何度も繰り返してきた動き。ちらりとバックネット裏に目をやった。するとまさに今、ノブが電話を取っている真っ最中ではないか。

「やべぇ！　来たぞ、春山！」

「嘘だろっ？　うわっ、マジじゃん！」

立ち上がりながらゆっくり受話器を置いたノブ。その手が今度はアナウンス用のマイクへ伸びていく。

『友部さん、監督さんからお電話です。繰り返します。監督さんからお電話です』

この瞬間、グラウンドにいる全員の動きがピタリと止まった。

友部が本部に入った途端、仲間たちは猛然とマウンドの上に集まった。電話の役目を終え、ノブも本部から駆け寄ってくる。「どうだった？」と尋ねてみたが、「わからない」とノブは首を横に振った。

たかだか五分くらいのものだったと思う。だけど、やたら長く感じた電話をようやく終え、友部は静かに受話器を置いた。急かす僕たちをわざと苛立たせるように、次に友部は悠長にマイクのスイッチを探し始める。

「あいつ何がしてぇんだよ。こっち来て話しすりゃ済むことじゃねぇか」

「目立ちたいんだろ？　記者とかいっぱい来てるしさ」

純平と春山が掛け合いで愚痴る。

「ああ。もう、なんでもいいよ。早くしてくれ」

最後に嘆いた僕の言葉が通じたように、ようやく友部はマイクのスイッチを見つけ出した。

『ええ、ただ今大阪にいる監督から電話があり、日程と対戦相手、その他諸々の報告を受けました。単刀直入に発表したいと思います』

もうすでに単刀直入じゃねぇんだよ！　という言葉をグッと堪えて、僕たちは唾を飲み込んだ。

『それでは、まず日程から』

よっしゃ、行こうか！

『まず一回戦は……初日』

初日っ！

『第一試合』

開幕戦っ！

「だぁ。もう、いきなりかよ」

「ふざけんな、あのクソ坊主」

僕たちは何より遅い日程を望んでいた。結果は真逆の開幕戦。瞬時に健太郎を非難する言葉が飛び交ったが、雰囲気は意外に悪くない。所詮はみんな目立ちたがりというわけだ。

『ええと、続いて対戦相手』

やっぱりこっちの方が重要だろ。対戦相手。

『大阪の山藤学園』

……………！

友部があまりにもあっけなく言ったせいで、僕たちは完全にリアクションを取り損ねた。先にどよめいたのは記者たちだ。その声を聞き、胸の中でモヤモヤとしたものが稲妻のように脳裏に駆け上がる。いよいよ健太郎への怒りが爆発した。

「マジでふざけんな！　あのジョン・ボンジョビ！」

「マジでふざけんな！　あのジョン・ボンジョビ！」

ちらりと胸毛の生えた健太郎を中傷する言葉。こんなに長いセリフが示し合わせたように純平と重なった。

「ミラクルだ」

目を丸くしながらつぶやいた柳沢の一言に、マウンド上に笑いの渦が巻き起こる。

『ええと、最後にもう一つ』

ワイワイ騒ぐ僕たちを窺うように切り出す友部。ってか、まだ何かあるのかよ。

『お前らの追試』

ギャッ、追試！

『さっき学校から監督に報告があったそうで』

球場が一瞬シンと静まり返る。

『おめでとう。お前らみんな進級だそうだ』

言葉の意味を噛みしめる。と、喜びが内から内から溢れ出てくる。

よ……、よ……、

『よっしゃー！』

今日初めての喜ぶべき報せを受け、僕たちはマウンド上で飛び跳ねた。追試と関係ない奴らまではしゃいでいる。記者たちがそんな僕たちに向けてフラッシュを浴びせかけた。何を撮っているのかと不思議に思う気持ちはあったが、留年を免れた喜びがそんな疑問を打ち消した。

カメラのフラッシュに踊らされ、僕たちは何度も何度もハイタッチを繰り返した。焼津球場の青空の下、組み合わせのことなどあっという間に忘れ、僕たちは進級ダンスを踊っていた。

翌日の新聞に、案の定、引きつった笑顔で山藤のキャプテンと握手をする健太郎の写真が掲載されていた。その下に申し訳程度に小さく写し出された僕たちの写真もあった。そこにはこんな見出し。

『対戦相手が決まり、喜びを爆発させる京浜ナイン』

んなバカな……。

「これってずいぶん山藤に失礼な話じゃね？」

一緒に新聞を眺めていた純平に振る。

「なぁ。これじゃ、まるで山藤と対戦することを喜んでるみたいだもんな」

純平も納得がいかないように首をひねった。

「いわゆるねつ造だな」

「ああ、ねつ造だ」

ともあれ、こうして僕たちの甲子園での日程は出揃った。

大会初日。開会式直後の第一試合。対戦相手は優勝候補筆頭の山藤学園で、進級は決定、と。

楽しくなってきた。急にチームが勢いづくのを感じた。どうせいつかやらなきゃならない相手なら最初に叩きつぶせばいいだけだ。僕たちの胸にはそんな男くさい感情が芽生えていた。

「いよいよだな」

力強くつぶやいた純平の言葉に、僕も力いっぱいうなずき返す。

「ああ、いよいよだ！」

幼い頃から一途に憧れ続けた大会、甲子園が、いよいよ始まろうとしていた。

『〈京浜高校（私立・神奈川）　6年ぶり／6回目出場〉

チーム成績　36勝0敗

チーム打率　0・415

チーム防御率　0・91

新チーム結成以来、オープン戦を含めていまだ負け知らず。突出した選手はいないが、一番から九番まで打線に切れ目はなく、エース桜井を中心に伝統の守備にも定評がある。神奈川、関東両大会の覇者。東の横綱』

『〈山藤学園（私立・大阪）　2年連続／12回目出場〉
チーム成績　37勝0敗
チーム打率　0・419
チーム防御率　0・87
準優勝した昨夏の甲子園からレギュラー7人を引き継いだタレント集団。エースの三田《みた》、四番の伊集院《いじゅういん》を中心に攻守において死角はない。大阪、近畿大会優勝校。西の横綱との呼び声高い』

大雨の中行われた開会式から、すでに二時間が過ぎようとしていた。

雨は変わらず降り続いているが、少しずつ雲は薄くなっている。昼頃には日も差し、気温も高くなるだろうと大会関係者は言っていた。絶対にできる。試合開始は大幅に遅れているが、僕たちの集中は微塵も途切れていなかった。

甲子園練習から今日までの三日間、どれだけ意識すまいと思ってみても、僕たちの頭から「山藤」の二文字が消えることはなかった。直近のオープン戦の模様が撮られた山藤のビデオは、それほどの衝撃をもたらすものだったのだ。相手は僕たちが関東大会で激戦を繰り広げた栃木の稲山工業。仮想・京浜として組まれた試合であるのは間違いない。

「これ、ひょっとして山藤負けるんじゃないの?」

結果を知る前に春山が口にしたセリフだ。たしかにそう思わせるほど、稲山工業のエース、長山の調子は素晴らしかった。ストレートは走りまくり、スライダーも相変わらず切れている。しかし、山藤学園の主砲、伊集院はそのスライダーをいとも簡単にライトスタンドに叩き込んだ。

伊集院光《ひかる》という立派なんだか、ふざけているんだかわからない名前のこの選手。

「ぜってぇデブだよ!」という純平の声もむなしく、画面上に現れた伊集院は風格すら漂わせていた。この試合の一本を含め、高校通算六〇本。甲子園でもすでに五本のホームランを打っているという化け物だ。

三田というエースピッチャーにも目を見張るものがあった。ストレート、変化球ともに一級品。小さい身体をものともしない馬力と、コントロールの良さはマスコミの絶賛の的だった。

決戦をいよいよ今日に控え、今朝のスポーツ紙はこれでもかと僕たちの一戦を煽っていた。『いきなり事実上の決勝戦』、『東西横綱対決』に『両雄激突』。中には『阪神・巨人代理戦争』などというものまで。『山藤、やや有利か？』という見出しを見たときのTの表情を、僕は生涯忘れない。

雲の切れ間から、ゆっくりと日が降りてきた。先陣を切って、まずTが立ち上がる。

「準備はいいな。今日は戦だ！　絶対に勝つぞ！」

そのハートに一気に火がついたらしい。

『っしゃー、コノヤロー！　ギッタギタにぶっつぶしてやる！』と、僕らの方はもうとっくに煮えたぎっていた。

グラウンドに出たときには、雨は完全に上がっていた。強い日が降り注ぎ、気温もグングン上がっている。みんな揃って半袖のアンダーシャツを着込み、臨戦態勢は整った。最高の相手と、最高の天気の下、最高のスタジアムで野球ができる。これ以上ないシチュエーションに身震いする中、試合開始を告げるサイレンの音が、高らかに甲子園の空に響き渡った。

山藤学園の先攻で始まったこの試合。ただでさえギンギンに燃える僕たちの中に、さらに輪をかけて熱くなっている男が二人いた。山藤の三田と伊集院を意識しまくった、エースの桜井と四番打者の斉藤健だ。

特に桜井のピッチングは凄《すさ》まじかった。いつも波に乗り切れない初回からストレートとフォークで押していき、伊集院を含め、五番打者までを全て三振。タイミングの合い出した六番打者に一〇球近く粘られたものの、その打者も三振に仕留め、なんと一、二回の山藤の攻撃を全て三振に切って取ってしまったのだ。

しかし、山藤先発の三田も評判通りの素晴らしいピッチングを見せ、前半は互いに一《いち》分《ぶ》の隙も見せないまま、ジリジリとした展開で進んでいった。

試合が動いたのは三回だ。相変わらず真っ直ぐもフォークも切れまくりの桜井だったが、突如として山藤の下位打線につかまり始める。まず七番打者にストレートをレフト線に痛打されると、小柄な八番打者にも狙われたようにフォークをヒットされた。

序盤と違いがあるわけじゃない。むしろ球の勢いは増しているほどなのに。それほど山藤の下位打線は強力なのか。オープン戦のビデオを見る限り、決してそうとは思えない。

それより何より、まるで球種を見切られているような打たれ方が気になった。三塁コーチャーからサインが出ている気配はない。ベンチから指示が出ているとも思えない。

「おい、青野。なんかわかるか？」

Ｔも苛立ったように尋ねてくる。僕は無言のまま首を振った。桜井の投球フォームは何度もビデオでチェックしているが、球種による投げ方の違いなんてあるわけない。キャッチャーの正村にだってそれらしいクセは見当たらない。

だとすれば、球種がバレているようなこのイヤな感じはなんなのか。結局その綻びを見つけられないまま、この回、僕たちは山藤に二点を先制された。

次の回も山藤打線は相変わらず桜井の球を決め打ちしてかかってきた。ストレート、カーブ、フォーク、球種に限らず何か一つに狙いを定め、確実にその球を捉えていく。痛打されても運良く野手の正面に打球が飛び、なんとかツーアウトを取るまでは良かったが、四番の伊集院にはやはり通用しなかった。

桜井の投じた渾身の内角低めへのストレート。今年一番と言えるほどのすごいボールを、伊集院は余裕の表情で強振する。突き抜けるような打球音を置き去りにして、ボールは一直線にライトスタンドに舞い上がった。

「強すぎる……」

きれいな放物線を描く打球を見上げながら、僕はそのままベンチの背にもたれかかった。このとき、ある一点で打球と太陽が重なった。目が眩みそうになり思わず下を向く。瞬間、身体中の血が駆け巡った。

慌ててマウンドの桜井に目をやった。そして、見つけた。一つだけ、いつもの桜井と違うところがある。いや、だけど……。でも、まさか……。振り払おうとしても後から後から湧いて出る疑念。以前、そんな話をどこかで聞いた記憶がある。

なんとかこの回を伊集院のホームランの一点で凌いできた桜井を、僕は慌ててベンチ裏に呼び出した。仲間の目も一斉に僕たち二人に注がれる。

「お前らはいいから前向いとけよ」

確たる自信はまだなかった。

気温は上昇の一途を辿っている。したたる汗を拭いながら、「なんか見破られてるよね」と、桜井は自信なさげにつぶやいた。僕は小さくうなずいて桜井にボールを手渡した。

「ちょっとストレートの握りで振りかぶってみてくれるか」

キョトンとしながらも、言われるまま振りかぶる桜井。

「次、カーブの握りで」

桜井は同じように振りかぶる。

「フォークは？」

桜井は最後まで何も言わず、フォークの握りで振りかぶった。

「うん、オーケー。もういいよ」

たしかに違いがないわけじゃない。でも、マジか？　本当にそんな細かいことでいいのかよ？

「何かわかった？」

桜井はすがるように尋ねてくる。

「まだ確証があるわけじゃないんだ。本当はあんまりいじりたくないんだけど」

言いながらも、僕がすがれるのはもうこれしかなかった。覚悟を決めて僕は桜井に進言した。

「お前、次の回から長袖のアンダーシャツを着て投げてくれ」

「どういう意味？」

「いや、本当にまだそれでいいのかわからないんだ。ただ、ちょっと気になってな。とにかく、お前は今日間違いなく調子いいんだし、自信を持って投げればいいよ。何か他にクセがあるなら、それを見つけるのは俺たちの仕事なんだから」

そういう僕の目をしばらく見つめた後、桜井はやはり無言のまま、バッグから長袖のアンダーシャツを取り出した。祈るような気持ちで、僕は桜井が着替えるのを見届けた。

自信は本当に持てなかった。しかし次の回、長袖を着た桜井がマウンドに上がろうとしたとき、僕は自分の考えが正しかったのだと確信した。

山藤ベンチから手首の辺りをこするような仕草と、苦い笑みが一斉に溢れ出たのだ。僕が得た確信を裏づけるように、桜井はあっけなくこの回を三人で打ち取った。

次の回のミーティングで僕はTから長袖の理由を求められた。輪の中心にしゃがみ込み、みんなの目を見渡した。

「向こうは桜井の球種を見破っていた。それもフォームやサインからじゃない。多分、手首の腱《けん》の出具合から球種を推測していたんだ」

言葉で説明するのもままならないので、僕はボールを持って実践した。

「まずストレートのときが、こう」

僕はストレートの握り方をみんなに見せる。その基本、軽く縫い目に指を添えるような握り方。この握りでは手首の腱は浮き出てこない。

「次、これがフォークのとき」

そう言って、僕は人差し指と中指の間に深くボールを挟み込んだ。すると今度は手首の腱がはっきりと浮き出てきた。筋肉質の桜井なら尚更《なおさら》だ。

「桜井が普段から長袖のアンダーを着ていてくれたのが良かったんだ。いつもと何が違うのかって思ったとき、違うのは桜井じゃなくて、この暑さなんじゃないかと思った。向こうの六番に一〇球くらい粘られただろ？　多分、そのとき気づかれたんだと思う。俺もさっき確認したとき、少なくともストレートとフォークにはしっかりした違いがあるって思ったから」

稲山工業戦でサインを見破ったときのような興奮はなかった。ただ、そんなハイレベルな相手と戦っていることに背筋がゾクッとした。一八メートル先にいるピッチャーの腱から球種を見抜いてしまうチームと、今こうして相まみえている。そのことに改めて身が引き締まる思いがした。

その後、桜井は完璧に立ち直った。いや、立ち直るという表現はこの場合正しくない。もともと調子は良かったのだ。山藤の高度な野球に動揺することなく、桜井はその後を〇点に抑えていった。

問題は打撃だった。五回を終えた時点でヒットは斉藤の二本だけ。クレバーで馬力のある三田のピッチングに僕らは翻弄され続けた。だが、意外なほど焦りもなかった。たしかに三田は素晴らしいピッチャーに違いないが、僕らだって並みのチームじゃないはずだ。稲山工業との試合がそうだった。特に僕たちは後半に巻き返す力を持っている。このまま終わるとは思えない。

そう信じて迎えた七回裏の攻撃。一番から始まった好打順。この回、ついに疲れを見せ始めた三田を京浜打線が捉えた。

まず先頭の純平がヒットで出ると、二番健太郎のバントをサードがエラー。動揺した三田から春山がフォアボールを選び、なんとノーアウト満塁というビッグチャンスで、打席に立つのはこの試合唯一気を吐いている四番の斉藤健。

三点を追う終盤の七回だ。当たっている斉藤が打席とはいえ、いつものTならまず一点、スクイズだって充分考えられる。

だが、Tはスクイズどころか一切のジェスチャーを斉藤に見せなかった。不敵な笑みを浮かべ、両腕をズンと前で組む。山藤の主砲を意識しまくった我らが四番に、Tは一切の迷いを捨て全てを託した。

「これで奮い立たなきゃ男じゃねぇだろ」

そう言いながら、僕はベンチで手を合わせた。のんびり屋の斉藤の顔がキッと引き締まるのがベンチからでも見て取れた。

そして、初球。三田の投じた難しいカーブを、斉藤は片膝を付きながら思いきりフルスイングする。打球は二塁手の頭上を越え、そのまま音を立てて右中間ど真ん中を割っていった。

純平、健太郎に続いて、一塁ランナーの春山も一気にホームを駆け抜ける。まず同点。打った斉藤も三塁へ。タイミングはアウトだったが、中継した内野手がもたついた。慌てて投げられたボールは斉藤の右肩をかすめ、転々とファールゾーンへ転がっていく。

「逆転だ！」

ベンチはさらに色めき立った。それを見た斉藤も一気に逆転のホームを目指す。だが、そこはさすがに山藤。フォローに入っていた三田から素晴らしいボールが本塁に返ってくる。

ミットを掻いくぐろうと回り込む斉藤。阻止しようとブロックするキャッチャー。

判定は……。

「アウトッ！」

審判の甲高いジャッジがダイヤモンドに響き渡った。

「だぁーっ」と頭を抱えたのは一瞬のこと、それでも同点には追いついた。いの一番にベンチ前に飛び出し、僕は仲間を出迎えた。純平とはハイタッチ、健太郎とはガッツポーズ、そして春山とは抱き合って喜んだ。

だが、ふと気づいた。肝心の主役が戻ってこない。慌ててホームに目をやれば、そこにおびただしい量の血を顔面から流す斉藤が倒れている。ブロックしたキャッチャーのスパイクに顔を打ちつけたらしい。

ただごとじゃないと思い、僕はヘルメットケースの上の救急箱に手を伸ばした。しかし、そのとき怒鳴るようなTの声が京浜ベンチに響き渡った。

「お前が行くな！　他の奴に行かせろ！」

なんのことかわからず、呆然とTの顔を振り返る。すると、その鋭い目はただ一人、僕だけに向けられていた。

まさか……。いや、まさか！

「ファーストを守れる奴が他に誰がいる。早く準備しろ！」

その瞬間、ブチッという音を立てて、目の前に真っ白な世界が広がった。

斉藤は担架でそのまま病院に運ばれていった。いよいよ逃げ場がなくなった。あんなに出たかった試合なのに、今はこんなに出たくない。俺の本職は伝令だ！　心の中でそう拒んでも、ファーストのサインを知る者は他にいない。

そうしてついた八回の守り。一度だけあった守備機会。風に押し戻されていったファールフライを僕はあっけなく落球する。甲子園特有の浜風か、それとも脳内に吹いた突風か。打球はゆらゆらと揺れていた。

運良く他に守備機会のないままベンチに戻り、僕はなんとか心を落ち着かせようと空を仰いだ。すると、目に入った。

『四　青野　ファースト』

いや、勘弁してくれ……。その名を刻む甲子園の電光掲示板。斉藤の代わりに入っているのだ。四番も、ファーストも当然だ。だけど、余裕で泣きたくなった。よりによってこんな重要な試合に出場してしまっている自分の引きの強さに、僕は心底ゲンナリした。

引きの強さはさらに加速していった。最終回、三対三のまま迎えた、九回裏。ツーアウトながらランナー二、三塁。一点入ればサヨナラという絶好の場面を仲間たちが演出し、打席に入るのはなんと、僕。

抑揚のない独特なイントネーションで「四番、ファースト、青野くん」と球場中にアナウンスされる。もちろんこれが甲子園での初打席。いつも通りのプレーをしようと腹式呼吸を試みるが、どっちが吸っててどっちが吐いてるのかすらわからない。酸欠寸前だ。

審判に急かされ慌てて打席に入れば、今度はお椀《わん》の底に立つような妙な感覚に襲われた。フェンスが遠い、外野が遠い。そんなの序の口だ。たかだか一八メートル先のピッチャーすらいやに遠くに見えている。

なぁ、よく見ろよ。ちょっと打ちそうな構えだろ？　心の中で三田に問いかけた。敬遠してくれよ、そうすりゃちょうど満塁だ。

だが、今この瞬間においてはノミよりも小さい心臓の男を、百戦錬磨の山藤バッテリーが見逃してくれるはずがない。あっという間にツーストライクに追い込まれる。やばい、やばい、後がない。自分で自分を追い詰める。振らなきゃ、振らなきゃ。強迫観念すらみみっちい。

打席を外して、もう一度入り直そうとした。そのとき、ベンチから僕を呼び止める声が聞こえた。

「タイム！　タイム！」

慌てたようにベンチから飛び出してきたのは健太郎だった。健太郎は全速力で駆け寄ってくると、思いっ切り僕のケツを蹴飛ばした。

「やだっ、痛いっ！」

驚いてその顔を覗き込めば、健太郎は「なんだよ、その喋り方！」と言って大笑いした。

「おい、雅人さんよ！　てめぇはこの冬どんだけバット振ってきたんだよ！　もう少し自分を信じろや！」

「はい……」

「意外に誰も期待してねぇよ。まぁ、好きに打ってこい。悔いは残すな。いいな？　じゃあ、これ」

そう言って健太郎はお守りを二つ僕に手渡した。その一つには見覚えがある。

「これって……」

「うん、俺のやつ。今までずっと俺を守ってきてくれたやつなんだ。お前に託す」

「健太郎」

いや、嬉しいのは山々なんだ。気持ちは絶対に無駄にしない。でもさ、お前この前「これ、由美《ゆみ》ちゃんの下の毛が入ってるんだぜ！」って散々自慢してたよな。そんなもんここで渡すなよ。打てるもんも打てなくなるよ。

もう一つのお守りには見覚えがない。純白の生地にポツポツと赤い斑点がついている。

「これは？」

「うん、そっちはさっき係の人が持ってきてくれたんだ。お前にがんばれって、斉藤、最期にそう言ってたらしいぜ」

いや、最期ってなんだよ。縁起でもねぇ。

「まぁ、なんでもいいからとにかく振ってこい。そしてあわよくば打ってこい。ここで打ったらおいしいぜ。ヒーローだ」

ヒーローだ。健太郎の最後の言葉が耳に残った。入学以来、ずっと補欠だったこの僕が野球でヒーローに？　色気が出た。不思議なことに、足の震えが消えていた。

打席に入る前、集中しようともう一度だけ周りを見渡した。試合前にあったスタンドの空席は一切なくなっている。立ち見の客もいるほどだ。電光掲示板に燦然と輝く「青野」の文字。二塁ランナーの春山は僕に拳を突き出した。三塁ランナーの純平は『淋しい熱帯魚』を踊っていた。

このとき、唐突に魔物のことが頭をかすめた。甲子園に潜むという魔物だ。魔物が動くとすればこの場面しかないだろう。腹は決まった。親父よ、ノブよ、まぁ見とけ！

よし、決めた。ストレート一本だ。1、2、3で振ってやる。

全ての雑念を掻き捨てる。三田の足が上がる。胸の鼓動がグワングワンと高鳴っていく。さぁ、世界の果てまで飛んでけや！　1、2、3だ、コノヤロー！

瞬間、僕は魔物の姿をはっきり捉えた。そして心から感謝した。三球勝負。三田が投じたのは真ん中高めのストレート。マジで来た！　来やがった！　ヤマはものの見事に的中した。

迷わず僕は振りにいった。渾身の一撃。しっかりと振り抜いた打球は三田の足元を抜けセンターへ。そして純平がサヨナラのホームを駆け抜ける。……というイメージだけは完璧だった。完璧な読み、完璧なスイング。それでも魔物は、野球の神は、やはり僕を甘やかしてはくれなかった。バットはものの見事に空を切った。

「ストライクッ！　バッターアウトッ！」

甲高い審判の声で我に返る。甲子園に広がった悲鳴と歓声、怒号と絶叫。この日一番の盛り上がりに立ち会えたことを、その主役であることを、果たして僕は感謝すべきなのか。

僕の甲子園デビューはこうして疾風《しっぷう》のごとく過ぎ去っていった。

三対三変わらず。京浜高校と山藤学園の一戦は、このまま延長戦へと突入した。

雨で開始が遅れたことと、延長戦。まだ第一試合だというのに、試合開始から三時間が過ぎた頃から、甲子園の三塁側がうっすらと赤く色づき始めた。

一〇、一一、一二回……。一三、一四、一五回……。

延長に入ってからは互いにチャンスはなく、両チームのエース、桜井と三田の投げ合いが続いた。その後二度回ってきた僕の打席も、緊張はさすがに解けていたが、連続三振。こっちだって物心ついたときからバットを握っているというのに。格の違いを見せつけられている気分だった。

決して集中力を失ったわけではなかったが、回が進むたびに僕たちの勝ちへの執着は失われていくようだった。もちろん、負けたいわけではない。ただ、もっと試合をしていたいだけだ。今この瞬間を、この場所で、この相手ともっと野球をしていたい。勝ち負けを超えたものなんてあるはずないと信じていたのに、多分僕たちはそんな心境の中にいる。

高校野球の規定で、延長は一八回までと決まっている。試合終了まであと3イニング。再試合もあるかなという気持ちも芽生えていたが、融通の利かない野球の神様は、どうやらそれを弱気と受け取ってしまったらしい。延長一六回、ついに試合は動いた。

この回の山藤の攻撃は四番の伊集院から始まった。僕たちはこれまで噂《うわさ》ばかり先行した偽物の「プロ注目選手」を山ほど見てきた。だが、伊集院と三田は間違いなく本物だ。表情や立ち居振る舞いから野球への愛がほとばしる。タバコなんか吸ってる俺たちみたいのが勝っちゃいけないのかなと、そんなことすら思わされた。表現方法が違うだけで、愛する気持ちに変わりはないのに。

カウントノースリー。疲れがピークに達した桜井の四球目を伊集院はジャストミートする。入るなと祈る京浜ファンと、入れと願う山藤ファンの視線を一身に浴びたボールは、ガシャンという凄まじい音を立てて外野フェンスにぶつかった。

次の打者が送ってワンアウト三塁になったところで、ベンチから控えの選手が飛び出してくる。守る僕たちもマウンド上に集まり、Tの指示を伝え聞いた。スクイズという考えは一致した。問題はどこで仕掛けてくるのかだ。Tはわざとフォアボールを二つ与え、満塁にするよう命じてきた。満塁策。異存はない。満塁にした上でTからのウエストボールのサインを待つと確認し合って、マウンドの輪はそれぞれのポジションに散らばった。

ワンアウト、満塁。絶体絶命の大ピンチ。初球、桜井は雄叫びを上げながらストレートを投げ込む。ワンストライク。二球目もTからウエストのサインは出なかった。これでツーストライク。絶対的な優位に立つ。

僕はホッと肩で息をついていた。だが、安堵したのも束の間、直後にベンチのTからウエストのサインが送られてきた。Tの勘が働いたのか、それとも何かの動きを察知したのか。

半信半疑のまま迎えた、運命の第三球。桜井の足が上がると同時に、三塁ランナーの伊集院が猛然とスタートを切った。直後、バッターもバントの構えに入る。マジで来た！　でも勝った！　一瞬のうちに色んな想いが交錯した。しかし、キャッチャーの正村が立ち上がった瞬間、伊集院は慌ててサードベースに駆け戻り、バッターもバットを引っ込めてしまった。

「スクイズはどんなボールでも当てなければならない」、「ランナーはバッターを信じてとにかくホームを目指さなければならない」。少年野球の頃から何度も聞かされてきた基本中の基本だ。

だが、現に伊集院は三塁に戻り、バッターはバットを引っ込めた。ツーストライクであることを考えれば、ダミーであるはずがない。それはそうだ。もし桜井がストライクを投げ込んでいたら、そのまま三振になってしまうのだから。

目の前で行われたプレーに、京浜の選手は誰もが目を疑った。まさか……。いや、だけど……。二つの想いが交わった。まさかあのプレーを？　いや、山藤ならありうるのでは？　そんな疑念が交錯した。

もしこれがサインプレーであるとするなら、実は僕たちがこの冬ずっと練習してきたことでもあるのだ。万一スクイズを見抜かれた場合の対応として、キャッチャーが立ち上がったら、ランナーは一目散に三塁に駆け戻る。バッターはバットを引っ込める。そんな高度なサインプレーを、僕たちはこの甲子園のために冬の間ずっと練習してきたのだった。

今、僕らは目の前でそのプレーをやられた。まさか、まさかと思っていたが、次の四球目も、五球目も山藤は京浜のウエストのサインを掻いくぐった。この時点で、僕たちは山藤がこのプレーを習得しているのだと確信した。結局、僕たちが物にできなかったこのプレーを。

カウント2─3。桜井の足が上がると同時に伊集院は四度目のスタートを切る。押し出しは許されない。投球は当然ストライク。この時点で勝負は決まった。バッターはバントの構えに入り、今度はきっちりと転がした。伊集院が悠然とホームを駆け抜け、三対四。七回から守られてきた均衡はついに打ち破られた。延長一六回、山藤が一点を勝ち越した瞬間だった。

その裏の攻撃につく前、僕たちは今日一六回目の円陣を組んだ。

Tを中心にグルリと仲間たちの顔が見渡せる。心なしか誰もがうっすらと日焼けしているように見える。僕らの肌を焦がした太陽は、西の空に傾きかけている。

Tは小さく目を伏せて言った。

「お前ら、まさかこのまま負けようとなんて思ってねぇだろうな」

仲間たちの顔に柔らかい笑みが広がっていく。

「頼むぞ。俺は少しでも長くここでお前らと野球をしたいんだ。このチームで優勝できなかったら、俺は絶対に後悔する。そしてお前らを恨み続ける。勝つぞ。絶対に勝つからな」

言葉とは裏腹に、Tの表情にも柔和な笑みが浮かんでいた。

一六回裏、京浜の攻撃。先頭の純平がまず「らしさ」を発揮する。ボテボテのショートゴロに、純平は猛然と頭から一塁へすべり込んだ。しかし、アウト。純平はしばらく立ち上がらなかった。

続く健太郎も一〇球近くファールで粘ったが、最後は三振。ツーアウト。この瞬間、甲子園がシンと静まり返った。天を仰げば、そこにはキレイなあかね空が広がっていた。赤く染まるその空を目にしたとき、僕はなんとなくこの試合の終わりを実感した。

春山が追い込まれていくのを、僕はネクストバッターズサークルから静かな気持ちで見つめていた。三球目、三田のストレートに春山のバットが空を切る。三振、ゲームセット。

ゆっくりとベンチから飛び出してくる山藤の選手たち。大歓声の三塁側アルプススタンド。安心したように息をつく三田。そして、その三田をねぎらいに行く伊集院。

僕は不思議とのんびりした気持ちで一つ一つの光景を眺めていた。涙なんて出てこなかった。小さい頃、日が暮れてそれ以上野球ができなくなってしまったときのような、そんな感覚に近かった。ただなんとなく物悲しい気持ちでいっぱいだった。

最後の挨拶に整列すると、審判は僕たちをねぎらってくれた。

「長い間審判を務めてきて、こんないいゲームはそうそうありませんでした。ナイスゲームでした！」

その声は最後まで甲高い。

「それでは。ゲームセット！」

『ありがとうございました！』

言い終えた後、僕らは敵味方入り乱れて互いの健闘を讃え合った。いい試合だったなと、また夏にやろうなと。お互いの肩を叩き合った。

僕の前にいたのは三田だった。ミーハーな心が疼いた。

「三田、ありがとう。スゲー楽しかったよ」

そう言って差し出した僕の右手を三田も力強く握り返す。三田はなかなかいい奴だった。

「うん、ありがとう。次は夏。またやろうな、青木」

名前は間違えられたけど。

ベンチ前に整列し、山藤の校歌を聴いた。みんな晴れ晴れとした顔をしている。そして、僕たちはTを先頭に一塁側のアルプス席に駆け寄った。応援してくれてありがとうと、初めて心の底から感謝した。

顔を上げると、最前列まで下りてきていたノブの顔があった。ノブは黙ったまま金網から手を差し出した。グラウンドに泣いている奴なんていないのに、一人涙をたたえている。

「お前、なに試合なんて出ちゃってんだよ。スゲーな……」

そして、ついに大粒の涙が溢れ出した。何も言えないまま、僕は黙ってその手を握り返す。色々な想いが重なって胸はグッと詰まったが、やっぱり涙はこぼれなかった。

優勝を目指してきたはずなのに、一勝もできなかったのに、伝令として輝くこともできなかったのに、今、一切の悔いはない。

すごい球場だったなと、改めて思った。急き立てるようにあの音が鳴り響く。

それはいつもの勇敢なものとは違う、切なく、胸を打つサイレンの音色だった。

二〇〇×年・夏

「すごいね、これ。これってすごいんだよね？」

生まれて初めて生の野球を観るという佐知子の言葉に、我に返る。

「うん、すごいよね。このまま行けば甲子園だよ」

八年ぶりに目の前で見るダークグレーのユニフォームを着た後輩たちの姿に、不思議と懐かしさはこみ上げてこなかった。ただ、羨ましいという感情だけが胸の中で疼いている。

甲子園を賭けた大一番。怒号に包まれた、横浜スタジアムでの神奈川県大会決勝戦。

母校、京浜高校は一回に二点を先制すると、試合の進んだ四回にも連打で一点を加え、これで三対〇。着々と点差を広げていく。

「本当にすごいよ。お祭りみたい」

相変わらず、佐知子は目を丸くして試合そっちのけでスタンドを見渡している。一喜《いっき》一憂《いちゆう》する観客の姿を見て、グラウンドで何が起きているのかを把握しているようだ。

外野席までいっぱいに入った観客たちは、たしかに高校野球という夏の祭りを楽しみに来ているように思えた。ビールを呷《あお》り、絶叫し、踊りを踊ってスタジアムを揺らしている。その祭りの中心で音頭を取り、観ている者を盛大に囃し立てるのは、間違いなくグラウンド上の選手たちだ。

「本当にいいよな。羨ましいよ」

そんなため息が漏れるのと同時に、京浜の背番号「15」がしっかりとスクイズを決めた。再びスタジアムに大きな地響きが鳴る。四点目。点差はさらに広がる。

「山田さん、相変わらず面白くない野球をするよなぁ」

「野球ロボットのエリート野球ってか？」

相手チームのファンなのか。京浜に点が入るたびに、後ろの二人組はTの采配《さいはい》を批判した。

「これって面白くない野球で、エリートの野球なんだ？」

そんな言葉を耳にするたび佐知子は小声で尋ねてくる。僕も「たしかに面白い野球ではないんだろうけどね」とその都度聞き流すフリをしてきたが、いい加減ムカついた。明らかに違っているのだ。八年ぶりに目にするTの野球は、明らかにあの頃のものと違っていた。

球場に来て、一番驚いたことだった。当たり前のプレーを徹底させ、細かな野球で点を取る。そんなところは何も変わっていないのに、その中から「頑なさ」みたいなものがきれいに取り除かれている。状況に応じて変わる守備位置は選手自身の意思によって決められているし、攻撃の場面でもTはどっかりとベンチに腰を下ろし、ここぞという状況が訪れるまでは戦況を見つめている。

そこにどんな心境の変化があったかなんて知る由《よし》もない。だが、少なくともグラウンドを躍動する後輩たちの姿は、心底楽しげなものに見えた。

「面白くない野球に見えるんなら仕方ないけどさ。でもこいつらは野球ロボットなんかじゃないはずだよ。それだけは、絶対に俺が保証する」

純平、春山、健太郎、ノブ……。みんなの顔が脳裏を過ぎった。あの頃の自分たちを顧みれば、結局、ここにいる連中もただ野球が好きで、自分勝手に甲子園を目指しているだけとしか僕には思えない。無機質で冷淡な野球エリートなどいるわけない。

キョトンとした顔をする佐知子に、笑みを返しながら僕は続けた。

「今グラウンドでプレーしている奴らってさ、俺らが高校野球をやってたとき、まだ九歳とか一〇歳だったと思うんだよね。それで、多分こいつらは甲子園での俺たちの試合を見ていたと思うんだ。俺たちと山藤学園っていう学校との試合を、一番多感な時期に、テレビで見てたと思うんだよね」

いつになく神妙な面持ちで話す僕に何かを感じてくれたのか、佐知子は柔らかい笑みを浮かべながら、その後の言葉を代弁してくれた。

「この子たちが今このグラウンドにいるのが、そのときに見た雅くんたちの姿に憧れてのものなんだとしたら、すごく素敵な話だよね」

まぁ、間違いなく俺の姿には憧れてないだろうけどね。その言葉は口にせず、僕は小さくうなずいた。

試合は相手高校が二点を返し、四対二となったところで前半を折り返した。グラウンドでは整備のためのインターバルが取られている。トイレに行くという佐知子につき添い、僕も一緒に席を立った。

スタジアム内のひんやりした空気が日焼けした肌に心地よかった。佐知子を待つ間、僕はベンチに腰を下ろした。隣の喫煙所には、回の終わりを待っていた観客たちが大挙して詰めかけ、もうもうと煙が立ちこめている。高校を出て以来タバコは一本も吸っていない。いつもだったら間違いなくイライラする煙だった。でも、今日の僕は全く違う気持ちを抱かされた。

あぁ、無性に吸いたい……。

高校野球にタバコの煙。端から見れば天《あま》の邪鬼《じゃく》な組み合わせなのだろうが、グラウンド上の絵に描いたような青春臭さが、僕にあの頃の気持ちを呼び起こさせた。

席に戻ると、試合はすでに再開されていた。先ほどまでの焦がすような日差しは幾分落ち着いていたが、スタジアムにはまだまだ熱気が充満している。

改めてスタンドを見渡しながら、淡々とした素振りで佐知子が口を開いた。

「雅くんの友達見つけられないね。こんなにたくさんお客さんがいたらさ」

「うん。でも、もしあいつらがいるとしたら、応援席の方にいると思うから」

「どういう意味？」

「OB用の座席が用意されてるんだ。あの辺に」

僕が指さす一塁側の応援スタンドを追った佐知子の顔が、急にパッと華やいだ。

「じゃあ、早くそこ行こうよ！　何やってんの！」

「うん……」

「うん、じゃないでしょ！　早く行かなきゃ試合終わっちゃうじゃん！」

「そうなんだけどさ」

そんなこと、佐知子に言われなくてもわかっている。球場に入ったときから思っていた。早くしなきゃ試合が終わる。そして、今日を逃せば、下手したら一生あいつらと会えなくなる。

だけど、覚悟を決めることができなかった。そのつもりでここまで来たはずなのに、いざとなると足がすくんだ。

ベンチ前では、京浜の選手たちが肩を寄せ合うようにTの話に耳を傾けている。その円陣が解ければ今度は口々に、そして声高にグラウンドに向け何かを叫び始めた。

羨ましかった。その声までは聞こえなかったが、一体となって盛り上がろうとする後輩たちの姿に、僕は心から嫉妬した。

「佐知子、とりあえず座ってくれ」

「でも……」

「いいから座れよ！」

シャツの裾をぐいぐいと引っ張っていた佐知子の手を振り払い、僕は大きく天を仰いだ。

「ごめん。だけど、行く前に一つだけ聞いておいてもらいたい話がある」

覚悟は決めた。

「友達の話？」

そう言う佐知子の目をじっと見つめ、力を込めてうなずいた。

「それなら聞くよ」と、佐知子も静かに腰を下ろす。

大きく息を吸い、目をつぶる。ずっと避けてきたあの日のことが、瞼の裏にありありと蘇った。

そして僕は今からちょうど八年前、あの夏にあった出来事の全てを、余すところなく佐知子に伝えた。

八年前・夏

鬱陶しい雨が続く毎日の中、練習はほとんど室内にもかかわらず、たまの休日は見事に快晴だったりする。

六月に入り初めての通院日。三年生になって、そうなるように組んだ時間割のおかげで昼過ぎにはオフになった僕だったが、服を買いに行こうと約束していたノブに昨夜突然ドタキャンされ、仕方なく近所のコンビニに買い出しに行くしかすることがなくなった。もうこの寮から一緒に渋谷に行く機会も少ないというのに……。事の重大さをノブはきっとわかってない。

だが、一人で過ごす休日というのもそれほど悪くなく、コンビニから戻ると誰もいない寮の一室で、僕は入部してからの二年間を振り返ってみたりした。

憧れていた京浜高校に入学したものの、野球の上手い奴が絶対の正義という環境の中で、一般入試組というだけで疎ましく見られていた日々。「そんなの関係ない」と跳ね返せるほど強くもなく、何度も挫折《ざせつ》しそうになった。そんな僕を救ってくれた親父からの手紙と、そんな状況だったからこそ培われていったノブとの絆。

徐々に自分の居場所を確立できるようになっていき、比例するように野球が楽しくなっていった。先輩たちの夏の県予選、灼熱の横浜スタジアム応援席。全てはあの春山のサインミスから始まったのだ。

秋。初めてのメンバー入り。破竹の勢いで勝ち進んでいった県予選と関東大会。稲山工業との試合は本当に楽しかった。試合中サインを見破り、そのご褒美として送り出された打席で、スクイズを決めた。そして、僕たちの甲子園出場が決まった。

冬。遊びほうけた毎日と、色々な想いを抱いて重ねた練習の日々。そんな日常は永遠に続くように感じられ、そしてそう願った。仲間たちと交わした会話の数々。濃密で目まぐるしく、すでに懐かしさを感じさせる。仲間たちとこの場所で寒さを共有する季節は、もう二度と訪れない。

そして、春。センバツ。フワフワと浮き足立った甲子園での試合。多くの夢があのグラウンドに集まった。何物にも代えられない出来事だったが、たくさんやり残してきたことがある気がする。優勝することだけとも思えないし、ヒットを打つというのもまた違う。ただ一つわかるのは、あの夢のようだった甲子園ですら、今の僕たちにしてみれば所詮前座にすぎなかったということだ。この二年間と、一七年間の全てにおいて、唯一にして最上の夢を、まだ僕たちは成し得ていない。夏の選手権大会。すなわち夏の甲子園。

山藤戦の敗北は、甲子園で勝つことの難しさを教えてくれた。その価値を再認識させてくれた。あの経験をした今、僕たちはきっと逞しさを増しているはずだ。夏の大会を間近に控え、チームの状態はどんどん上向きになっている。

行ける。このまま進んでさえいければ、僕たちは間違いなくもう一度あのグラウンドの上に立つことができる。今度は灼熱の太陽の下で。

『甲子園』

机に転がっていたノートにその文字を書き記した瞬間、背中がブルルッと震えた。夏の予選まで、高校野球が終わるその日まで、残す時間はあとわずかだ。

相変わらず部屋には僕以外いなかった。時計の針は五時半を指している。やることもないし素振りでもしに行くかとボンヤリ考えていたところに、フラリとノブが戻ってきた。バツが悪いと感じているのか、その顔色は冴えない。

「おかえり。どうだった?」

一緒に行くという僕の申し出を拒み、ノブは最近痛めた膝を診《み》てもらいに横浜の病院に行っていたのだ。

「大丈夫、問題ないって」

「その割には顔色悪いじゃん。何かあっただろ?」

どこか硬い表情を浮かべたまま、ノブは小さく首を横に振った。まぁ足を引きずっているわけでもないし、平気そうだ。

「外、まだ明るいよな。どうする? 練習行く? それとも散歩でもしに行くか? いい天気だしな」

「うん、ちょっと話もあるからさ」

「わかった。じゃあちょっとその辺歩こうか」

お互いどこに行こうと決めたわけでもないのに、僕たちは当然のように「ひゃくはち神社」の小さな鳥居をくぐった。何か話そうとするとき、僕たちは決まってこの境内を訪れるのだ。辺りにまだ夕方の気配は見られない。燦々と日が照りつけ、縁側に腰を下ろした僕たちの頬を照らしている。

「本当に最後の夏が来ちゃったな」

大きく天を仰いでから、僕はさっきまで一人部屋で考えていたことをノブに話した。

顔をしかめたり苦笑したりしながら、ノブも次第に思い出を口にし始める。それら全てがいちいち懐かしかった。考えてみればこの二年間、僕の思い出は大抵そのままノブのものと重なるのだ。懐かしくないはずがない。

ふと思い出し、僕の方から切り出した。

「そういえば、なんか話あるって言ってたよな。なんだよ？」

だがその瞬間、ノブの表情に暗い影が差す。

「うん」

「なんだ？　最後の大会を前に感傷的になっちまったか？」

息苦しさを感じ、僕はわざと明るく振る舞った。だが、ノブはどこか一点を見つめたまま、口を開こうとしなかった。そして訪れた長い沈黙。

「なぁ、雅人さ」

奮い立たせるように口を開いたノブだったが、後の言葉が続かない。ふと目が合い、おどけてみせた僕を見て、ノブもようやくうっすらと笑みを作った。

「ううん。ごめん、やっぱいいや。なんでもない」

「はぁ？　なんだよ、それ。気持ち悪いから早く言えよ」

「いや、本当にたいしたことじゃないんだ。それに、お前にだけは時期が来たらちゃんと話すから。悪い、もう少し待ってくれ」

悟ったように目を細めるノブに、それ以上しつこく問いただすことはできなかった。

「なんかよくわからねぇけどさ、だったら最初から言うなよな。気になるじゃねぇか」

「ごめんな。それより、って言ったらなんだけど、まだ明るいし、練習しに行こうか？」

「ふぅ」

大きくため息をついて、僕は最後に言ってやった。

「だったら最初から練習行けば良かったじゃん！　結局お前何一つ話なんかしてねぇんだからさ！」

顔を見合わせて、おどけたように笑うところだけは普段通りの光景だった。

たしかにノブはいつもと何か違っていた。歯切れの悪さに、煮え切らない態度に、どこか違和感のようなものがあった。だけど、僕はさほどそれを気にしなかった。基本的にすぐに思い悩むノブのことだ。今回も別に気にするほどでもないのだろうと、勝手に解釈していた。

同じ日の夜、後輩の柳沢が神妙な面持ちで幹部部屋を訪れたとき、それが大きな勘違いだったと僕は知った。なんでもっと深く踏み込まなかったのだろうと強く後悔させられた。

柳沢が口にしたのは、全ての核心に触れるとても憂鬱な報告だった。

「失礼します、柳沢です、こんばんは。あの、すいません。ちょっとキャプテンと寮長にお話があって参りました」

一一時を過ぎると泰平寮の電気は落とされ、部屋に灯るのはスタンドの明かりだけとなる。そろそろ床につく奴もいるそんな時間に、柳沢は部屋を訪ねてきた。こちらから呼び出したわけでもないのに、下から上を訪ねてくるだけでも珍しい。しかも二人に揃って用があるという。

健太郎も怪訝な表情を浮かべながら「とりあえず入れよ」と、いつまでも突っ立っている柳沢を手招いた。しかし、柳沢は「ここではちょっと」などと口ごもりながら、雑誌を眺めるノブにチラリと目をやった。そのおかしな態度に異変を感じ、僕たちは柳沢を屋上の物干し場に連れ出した。

梅雨の中休み、久しぶりに眺める夜空には意外にたくさんの星がちりばめられている。

「とりあえず、お前タバコある?」

甲子園のメンバー発表以来ピタリとタバコをやめている先輩たちを気遣ったのか、柳沢は一瞬戸惑うような素振りを見せたが、「すいません。あります」と言って、万年干しされているユニフォームの尻ポケットから空き缶とタバコの箱を取り出した。

「謝ることなんてねぇけどさ。で、なんだよ?」

久しぶりの煙をゆっくりと空に吐き出しながら、僕の方から切り出してやる。

「はい。でも、これ自分、本当に言っちゃっていいのかよくわからないんです……」と口ごもる柳沢を、僕はもう一度うながした。

「そうやってタメられんの、今日はもうイライラしちまうからよ」

柳沢は腹を決めたように、静かに口を開いた。

「はい。実は自分、多分なんですけど、今日ノブさん見ました」

「何それ？　横浜で？」

「いえ、川崎です」

なんのことかわからないといった感じで健太郎は僕に目を向けた。だがこのとき、僕の方は得体のしれない気味悪さを感じた。柳沢の見せる不審な態度と、ノブが吐いた嘘に、言いしれぬ不安を覚えた。

その先を知りたいような、知りたくないような。淡々とした素振りを装いながら、僕は続きを求めた。

「うん、それで？」

「はい、でも本当にこれ言っちゃっていいのかわからないんです。本当にノブさんなのかもよくわからないですし。ただ自分が道歩いてて、それでお二人が出てきたのが、あの……」

そこで一度口を閉ざした柳沢だったが、覚悟を決めたように顔を向けた。

「すいません、産婦人科でした」

不審な態度と話の内容は、見事に一致してしまった。

「マジかよ」と言うこともできず、僕はただボンヤリとした。右手にタバコの熱を感じるまで、頭は真っ白なままだった。見れば健太郎も無言のまま、タバコを持つ手を見つめている。

柳沢は続けた。

「それで自分、見間違いかとも思いましたし、適当に誰にでも話せる内容じゃないと思ったので。でも、とにかくノブさんの彼女さんは泣き腫らした後みたいな目をしていました。自分、本当に誰に相談していいかわからなくて。本当にすいません」

「だから謝る必要なんてねぇって言ってんだろ」

支離滅裂《しりめつれつ》な柳沢の言葉に、僕たち二人もそれ以上言うことができなかった。

「お前、その話誰にもしてないんだよな？」

「してません」

「とりあえずわかった。とにかくお前は絶対に誰にもその話すんな。俺たち三人の胸に留《とど》めておくからな」

「はい、わかりました」

激しい葛藤があったのだろう。健太郎に肩を叩かれた柳沢はどこか救われたような表情を浮かべ、一人屋上を去っていった。

柳沢が立ち去るのを見届けた後も、僕と健太郎の間にしばらく会話はなかった。吸いたくもないタバコに次々と火をつけては、それを空き缶に押し込んでいく。

目が合い、腫れ物に触るように健太郎がつぶやいた。

「やっぱり妊娠、ってことだよな?」

「まぁ、それしか考えられないだろ」

「なんで?　まだわからないじゃん。疑いはあるのかもしれないけど」

自分から言っておきながら、健太郎は違う可能性を信じているようだ。

「でも、多分間違いないと思うよ」

「なんでだよ?」

「別に。なんとなくだけど」

僕は夕方「ひゃくはち神社」で見たノブの態度を思い出していた。おそらく、いや間違いなく、ノブはそのことを伝えるべきかどうかで迷っていたのだ。だけど、言えなかった。最後の夏への意気込みを語る僕に、二年間の思い出を口にする僕に、何も言うことができなかった。

たった数時間のズレでしかない。でも僕はノブ自身の口からそのことを聞けなかったことを悔やみ、不安を覚えた。だけど……。

それ以上に、僕はムカついて仕方がなかった。

「ふざけんな。なんでよりによって今なんだ？　なんでわざわざ今なんだよ」

最後の大会まで、もう一ヶ月を切っている。

「とりあえず俺たちの胸だけに留めておこう。ノブが自分から何か言ってくるまでは、知らないフリを通すしかないだろ」

健太郎は気を取り直すように、そう言った。


だが、降って湧いたようなこのスキャンダルが寮の中を駆け巡るのは時間の問題だった。一日、二日……一週間と時間が経つにつれ、噂は瞬く間に仲間たちに広まっていく。

「なぁ、ノブの話ってマジかよ？」

「それホントだったらやばいだろ？」

僕に尋ねてくる仲間たちの態度は気に入らなかったが、バレたらバレたでやり方は見つかるものだ。僕は中絶させるための費用を率先して募って回った。一口五〇〇〇円。アルバイトもできない高校生にしてみれば大金には違いないが、こんなときに助けてやれなくて何が仲間か。上級生も下級生も関係なく、幸いにもカンパはそれなりの額が集まった。

だが、金が集まるのと反比例するように、ノブは日一日と口数を少なくしていった。僕たちが裏で何か動いているのを感じ取っているのだろう。何も知らないフリをしているのもわざとらしいと思い、僕は「まぁ、そんなに落ち込むなよ」と言って、背中を叩いたりした。ノブはその都度困惑したような笑みを浮かべるのだが、僕は完璧にその表情の意味を履き違えていた。いや、わざと気づこうとしなかった。失望したくなかったからだ。

少しずつ狂っていった状況が表面化したのは、全ての金を集め終え、いざノブに手渡そうとしたときだ。

その日、代表して金を渡すことになったのは、僕と健太郎、純平、春山のいつもの四人。

「それにしてもすごい額が集まったもんだよな」

そう言って純平はおもむろに札束を机に広げた。ノブの持つ人徳か、みんなの連帯感がそうさせたのか。集まった額は優に二〇万を超えている。

「ま、これだけあればなんとでもなるだろ」

そうつぶいた春山の言葉にうなずいていたところに、個人練習を終えたノブが部屋に戻ってきた。虚ろだった目は待ち構える僕たちに気づき、一瞬驚きの色を浮かべたが、すぐ悟ったように柔らかい笑みをたたえた。

帽子を脱ぎ捨て、ノブはその目を僕たちに向ける。

「どうしたの？　雁首《がんくび》揃えて」

「もう、よそよそしいのもイヤだからハッキリ言うよ。お前も気づいてるんだろうけど、俺たちはみんな千渚ちゃんのことを知ってる。その上で、もうお金も集めさせた。誰から言い出したってわけじゃなくて、みんなで決めたことだ。使ってくれ」

その役を任された僕は純平から金の入った封筒を受け取り、強い意志を見せつけるように、ノブに差し出した。しかし、ノブは冷めた目で封筒を一瞥するだけで、中身を確認するどころか、手に取ろうとすらしない。

「ありがたいけど、受け取れない」

「いや、これは俺たち自身のためなんだ。夏の大会を前に一人でもスッキリしない奴がいたら、それだけで俺らもイライラしちゃうから。早くこの金でどうにかしてやれ。で、俺たちも安心させてくれ」

ノブが受け取りを拒むであろうことは想像がついていた。だからきれい事ではなく、自分たちの問題として話をしようと思っていた。仲間に迷惑をかけるのが一番きついはずだと思ったからだ。

だが僕の言葉を聞いた後も、ノブの顔から嘘っぽい笑みが消えることはなかった。一度机の封筒を見ただけで、他になんのアクションも見せないまま、再び僕たちに目を向ける。

「ありがとう。でも、やっぱりそれは受け取れない。それに……」

　このとき、一瞬の間があった。

「それに、そういうことじゃないんだ。本当にすまない」

　ノブがそう言って頭を下げた瞬間、これまで絶対に笑いの絶えなかったみんなが揃った幹部部屋に、薄暗い影が差し込んだ気がした。一向に前に進まない焦燥感と、煮え切らない親友の態度。とにかく許せなかった。ずっとモヤモヤしていた想いが、爆発しそうになった。

「だったら、てめぇは何をどうやって解決しようとしてんだよ？　お前がいらない、あ、そうですかって言って済む問題じゃねぇだろうが」

　気づかないうちにジリジリとノブに詰め寄っていた。

「っていうか、その前にそういうことじゃないってどういう意味だ？　てめぇの口からハッキリ言えや。一人で気取ってやり過ごそうとしてんじゃねぇぞ」

　みんなが間に入ってくれなかったら、きっとそのまま小突いていたに違いない。一瞬だけ、本当に一瞬だけだが、ノブの目にこれまでと違う色が浮かんだ。だが、それでもなお淡々とし続けようとするノブの態度が、僕はムカついて仕方がなかった。

　ノブは最後まで謝罪の言葉を口にするだけだった。いつの間にか部屋の前に集まっていた他の連中も息を潜めて成り行きを見守っている。ノブは全員に向け宣言するように言った。

「今は謝ることしかできないし、とにかく金は受け取れない。みんなに迷惑かけるようなことはこれ以上絶対にしないから。だから今回の件は忘れてくれ。頼む、それが一番救われる」

ノブにしてみればそれは意思を伝えるためだけに口にした、精一杯の主張だったのかもわからない。だけど、僕らにはただ自分の領域には立ち入らせまいとするだけの、ヒステリックな叫びにしか聞こえなかった。

ノブが部屋を出ていくと同時に、仲間たちのざわめきが広がった。

「おい、雅人。あいつ、まさか……」

純平たちの声が背後から聞こえた。でも、僕は振り向こうと思わなかった。今まで気づかなかったとでも言うつもりかよ。心の中で毒づいた。なんでよりによってノブなんだ。心の中で嘆いていた。

仲間と一緒にいることが急に鬱陶しく感じられて、僕もまた逃げるように部屋を飛び出した。

この一件を境に、ノブと口を利こうとする者は減り、ノブもまたみんなを避けるようになった。表面上訪れた平穏な日々。しかし、明らかにボタンは掛け違ったままだった。

事態が再び大きく動いたのはさらにその数日後。明かりの落ちた幹部部屋の戸を、沈鬱な顔をした純平が開いた。

「ノブ、Tが呼んでる」

一一時を回り、本来なら床につかなければならない時間に、Tはノブを呼び出した。理由は明白。例の話が耳に入ったということなのだろう。

「わかった。ありがとう」

最悪の事態に肩を落とす僕を尻目に、ノブは相変わらず淡々とした表情で部屋を出ていった。張り詰めていた緊張が途端にゆるむ。最近はいつもそうだ。ノブがいるのといないのとでは部屋の空気が全く違う。

「どんな感じだった？」

春山に問いかけられ、純平は唇を噛んだ。

「バレたんだと思う。露骨にキレてるって感じじゃなかったけど、目が据わってる感じだった」

「まぁ、遅かれ早かれって感じだったしな」

健太郎の嘆きに春山はうなずき返す。

「たしかに最近の練習、ちょっとひどかったもんな」

千渚ちゃんの妊娠が発覚して以来、特にここ数日の身の入らなさは顕著だった。キャプテンの健太郎が必死に全員を鼓舞し、みんなも応えるように声を出すが、そこに心はこもっていない。それはそれ、これはこれと割り切れるほど僕たちが大人であるはずもなく、ただでさえ気持ちがまとまっていなければ何もできないチームなのだ。そんなおかしな状態にTが気づくのは時間の問題と思っていたし、それをどう阻むかが最大の難問と考えていた。

だが、そんな考えはどうやら僕の独りよがりのものだったらしい。次に純平の口から飛び出した言葉に、僕は耳を疑った。

「でもさ、きっと解決の方法ってもうこれしかなかったんだろうな」

どういうことかと目で問いかける僕を見ながら、純平は続ける。

「だってそうだろ。俺たちだけで問題を解決できないんだったら、上に持ち上がるのは当然だろ。Tがどう考えるのか知らないけど、俺たちだっていつまでもこんな状態じゃマズいわけだし。それにどう考えても棚上げしておける問題じゃないんだったら、これはもうTに任せるしかないじゃん。最後の夏が直前まで来てんだぞ。俺たちにとって一番大事な大会が、もう目の前に迫ってんだぞ」

「ちょっと待てよ」

思わず声が漏れたのは、健太郎と春山が同意したようにうなずいたからだ。

「それは違うだろ。ノブ一人を排除するだけでチームってまとまるもんなのか？　ノブを差し出せば夏の大会はもう安泰なのか？　お前らにとってノブなんてそんなもんなのかよ？」

しばらくの間、沈黙が流れた。「ノブを排除するなんて言ってない」そんな言葉が出てくるのを期待していた。でも、次に健太郎の口から飛び出したのは、僕が全く予想していないものだった。

「じゃあ、お前にとって野球ってそんなもんなのかよ？」

「はぁ？　なんで？　なんでそういうことになるんだ？」

春山も続く。

「なんで？　何が違うの？　その野球の足枷《あしかせ》になるような問題が目の前にあるんだぞ。俺らにとって一番大切な大会がもう目の前なんだ。何が違うんだよ？」

純平も言った。

「雅人さ、じゃあ聞くけど、小さい頃からずっとテレビで見てた高校野球の選手に子供がいるって知ったら、お前どんな気持ちになるよ？」

「別に。なんとも思わない」

「嘘つくなよ。何も感じないわけねぇだろ。絶対に違和感あるよ」

純平の言葉に、春山も健太郎も険しい目を僕に向けた。でも、僕は怯まなかった。それどころか、胸の中で完璧に何かがわなないた。

「じゃあ言うけどよ、その球児たちがタバコ吸ってんのも、酒飲んでんのも同じように全然違和感あるぞ。合コンしてんのも、セックスしまくってんのも、普通に違和感ありまくりだよ！　じゃあ、俺らは野球をおざなりにしてんのか？　違うだろうが！」

「そんなの屁理屈《へりくつ》だ」

「屁理屈じゃねぇ！　いつもは球児である前に普通の高校生だとか言ってるくせに、なんで今回のことだけ特別なんだ！」

言いたいことは他にも腐るほどあったが、今のこいつらに何を話しても仕方がない。居ても立ってもいられなくなり、僕は何も言わずに席を立った。「どこ行くんだよ？」という声すら白々しく感じる。そんなもん決まってるじゃねぇかと内心毒づき、僕は足早に部屋を出た。仲間の視線から逃げるように、歩調はどんどん速くなっていった。

寮の玄関を抜けたすぐ脇に、Tのいる監督室はある。明かりの落ちた廊下は暗闇に包まれ、ホールの自販機から無機質な光だけが漏れていた。

戸の前に跪《ひざまず》き、僕はそっと聞き耳を立てる。思っていたより二人の声は小さく、初めは中の様子は窺えなかったが、耳が慣れていくにつれ、次第にTの声だけは聞こえるようになった。

ノブは相変わらずのらりくらりやり過ごそうとしているのだろうか。これだけ多くの仲間の気持ちを巻き込んでおきながら、なお自分から想いを口にしないノブに、改めて僕は苛立ちを覚えた。

Tも同じように苛立ったわけではないだろうが、ついにその堪忍袋《かんにんぶくろ》の緒《お》が切れた。突然の金切り声が僕の耳をつんざいた。

「だったらお前はどうするつもりなんだ！」

それは奇《く》しくも先日僕がぶつけたのと同じ言葉。ノブの答えは聞こえない。Tは続ける。

「お前がどうしたいのかわからない以上、こっちとしても何もすることができないんだよ。だけどな、これだけは言っておくぞ。もし仮にお前が子供を産ませようと思ってるんだったら、それは絶対に認めない。それでも産ませようと思うんだったら野球部は辞めろ。それがイヤだったら、子供は早く処理させろ」

その息づかいが聞こえてきそうなほど力強い声だった。

僕は息を押し殺してノブの言葉を待った。これまでずっと心の内を見せてこなかったノブが、初めて面と向かって「処理させろ」と言われたのだ。本心を打ち明けるとしたらもうここしかないはずだ。

再び流れる沈黙の時間。ヒリヒリと胸を焦がしそうになる。待ち望み、待ち望み、そしてついにノブがその沈黙を打ち破ったとき、僕は妙に達観した気持ちになった。

まぁ、そりゃそうなんだろうな、と。

「子供ができたら野球部を辞めなきゃいけないなんて話、聞いたことありません」

それが、ノブの答えだった。

虚を衝かれたのか、息を呑んだのか。監督室に訪れた一瞬の静寂。しかし、すぐに気を取り直したように、Tは声を荒らげた。

「誰がそんなこと聞いた？　野球部を辞めるか、子供を堕ろさせるか、どっちだと聞いてるんだ！」

「すいません。自分の答えはそれだけです。野球部を辞めるつもりはありませんし、子供を堕ろすつもりもありません」

そのことに対し、純平たちは「まさか」と言った。でも僕たちは、少なくとも僕は柳沢から報告を受けたときから、本当はノブが何を考えているのかわかっていた。それなのにわからないフリをし、心が読めないと嘆き、何も言わないノブを異端とした。

だけど、問題はそこじゃない。わからないことは他にある。

「三日だ。三日間だけ時間をやる。その間にどうするか決めてこい」

「自分の考えは変わりません」

「うるさい！　とにかく三日以内に決めろ！　それがイヤなら有無を言わせず退部だ！」

面と向かって食ってかかることもなければ、みんなと一緒に悪口を言うことすら滅多にない。おそらくノブにとってこれが初めてのTへの反抗。そんな普段従順なノブが見せた反発なだけに、Tも面食らったに違いない。錯乱したような金切り声が部屋の外にまで響き渡った。

失礼しますという言葉を最後に監督室から出てくるノブ。一人しゃがみ込む僕の姿を見て、ノブの瞳にもたくさんの色が浮かんだ。動揺、感謝、悔恨……。そして、それら全てを覆い隠そうとする強い意志。そんなに一人で肩肘張るなよと、不覚にも僕は笑ってしまった。

Tがノブに突きつけた最後通牒《つうちょう》。夏のメンバー発表前日の六月二〇日まで、残された時間はたった三日。

真っ暗闇の廊下はまるで僕たち二人の先行きを暗示しているようだった。この先に光があるのかどうかもわからない。僕らは無言のまま肩を並べて歩いていく。ほんのわずかな距離なのに、この日の廊下はいつもの数倍も長く感じられた。

ノブの本心がわかったところで、解せない想いも一つ残った。ノブが仲間たちに対して何を思うかだけは、どうしても理解することができないのだ。

ノブが問題を引き起こし、チームを今の状態にしているのは紛れもない事実だ。本来、誰よりも仲間を思い、チームのために何ができるのかばかり考えるノブにとって、この状態は耐えられるものではないはずだ。それなのにノブは気丈に振る舞い続けようとする。悪く言えば、仲間たちの気持ちを蔑《ないがし》ろにしてまで淡々とした素振りを装おうとしている。

そうすることでノブは何を守ろうとしているのか。千渚ちゃん？　それが一番自然かもしれないが、千渚ちゃんがノブに産むと主張するとは考えにくい。ノブに判断を委ねもせず、堕ろすことすら自ら言い出しそうな気がする。千渚ちゃんは何よりもまずノブを一番に考える。そのノブを板挟みの状態に追いやってまで言い張るとはどうしたって思えない。

ならば、ノブ自身の意思なのか。おそらくそうなのだろうと初め僕は考えた。千渚ちゃんの身体が傷つくことを恐れ、ノブ自身が頑なに産むことを主張したのではと考えたのだ。

でも、そうすると行き当たる壁が出てきてしまう。何を考えても、どう頭を捻《ひね》ってみても、結局この壁にぶち当たる。

だったら、なぜノブは野球部を辞めてしまわないのか——？

端《はな》からそんな覚悟がないと言うなら簡単なことだ。その程度の奴だったと見限ればいいだけだ。もし仮にノブを支えるのが「子供ができたからといって野球部を辞める必要などない」といった見え透いた意地だけなのだとしたら、頼むからそんなもののために俺たちを掻き回すなと言ってやりたい。

やはりノブにはなんらかの想いがあるのではないだろうか。でなければ、まるで誰かに脅迫されているかのようなこの頑なな態度に、どうしても説明がつけられない。

もう一つ、わからないことがある。僕自身がどうしたいかだ。純平たちの言い分はわかる。夏の県大会がどれだけ大切なのかも知っている。「お前にとって野球ってそんなもんなのかよ?」健太郎はそう言った。僕だって小さい頃からしがみついてきた唯一のものだ。そんなの、大切に決まっている。でも、違う。このままの状態で挑む大会が本当に大切なのかわからない。

色んな想いが頭を過ぎったが、結局、最後はいつもの想いが頭を占めた。なぜ、よりによって今なんだ……。なんでよりによってノブなんだ……。それ以外答えも解決策も見出せないまま、一日目、一八日の夜は過ぎていった。

二日目、六月一九日。今日こそは何かしらの行動を起こそうと思っていたのに、何もできないまま時間だけが過ぎていった。学校にいても、練習中も、仲間たちの存在がすごく遠くに感じられた。

夜間練習を終え、部屋に戻ると、そこにノブ以外の全員が居合わせた。

「明日、選手だけでミーティング開くから」

ほとんど視線も合わせず、健太郎がつぶやいた。

「ちょっと待てよ。今、話できないか？」

このメンバーだけで話がしたいと思ったのだ。純平が大きく息をつく。

「だから全部明日話そうって言ってんだよ。俺らだけじゃどうにもならねぇだろ。風呂行ってくるわ」

「ちょっと待っ……」

立ち上がった純平を制しようとして、初めてノブが入口に立っているのに気がついた。純平も怯んだように一瞬立ち止まったが、思い直したように再び歩き出す。すれ違うときにその肩に手を置いて、「そういうわけだから。明日、お前の気持ち聞かせてよ」という言葉を残し、そのまま部屋から出ていった。このとき、一瞬ノブと目が合った。何か言おうと思ったが、言葉が出てこなかった。ノブも無言のまま目を伏せ、そのまま部屋を立ち去った。

結局、何もできなかった。時間が足りなかった。消灯時間が近づき、焦りだけを抱えたまま、僕は一人屋上でタバコを吹かしていた。昨夜から続く激しい雨が屋根を打ち、そこかしこから水が漏れている。耳がおかしくなるほどの強い雨音の合間を縫うように、階下からうっすらとアナウンスの声が聞こえてきた。

『青野さん、青野さん、お電話です。繰り返します……』

足早に階段を下り電話のあるフロアに向かうと、トーテムポールが受話器を握り立っていた。雨に濡《ぬ》れた先輩を訝《いぶか》しそうに眺めるトーテムポール。「誰？」という質問に対してもまた不思議そうに首をかしげる。

「島《しま》さんという女性の方です」

一瞬悩んだが、すぐに悟り、僕は周りを窺った。

「わかった。お前、部屋戻っていいよ。今日はもう電話鳴っても出ないでいいから」

「わかりました」

「それから」

立ち去ろうとするトーテムポールを僕はもう一度呼び止める。

「俺にこの電話があったこと、絶対に誰にも言うな。約束しろ」

この言葉には訝しげな表情を見せることなく、トーテムポールは足早にその場を去っていった。

僕は受話器に手を当てたまま一度だけ息を吐き、電話の相手に話しかけた。

「もしもし？　千渚ちゃん？」

受話器から伝わる一瞬の静寂。

『ごめんね、雅人くん。こんな遅くに』

「うん、それは大丈夫。でも、ごめん、千渚ちゃん。ちょっとかけ直していい？」

『あ、違うの。すぐ終わるから』

千渚ちゃんは何か勘違いしたらしく、慌てた口ぶりで僕を引き留めようとした。

「ううん、そうじゃなくて、時間的にちょっとここじゃ話せないんだ。場所変えてかけ直すから。番号教えて」

それじゃ悪いから明日またかけ直すという千渚ちゃんに、俺も話したいことがあるからと言って、半ば強引に電話番号を聞き出した。明日じゃもう遅いのだ。

千渚ちゃんとの電話に糸口があるかはわからなかったが、僕がすがれるものはここにしかないように思えた。


豪雨の中、僕は横浜中部病院の地下駐車場に向かった。甲子園のメンバー発表があった日以来の地下駐車場だ。あのときとはまるで違う憂鬱な気持ちだけを胸に、いつもの恐怖は感じなかった。

緊張しながら慣れない番号をプッシュしていく。ワンコールで千渚ちゃんは出てくれた。こちらが名乗る前に「雅人くん？」と尋ねてくれて、そんな心遣いが少しだけ緊張を解いてくれる。

でも、お互い次の言葉が出てこなかった。雨音だけが煽るように耳に飛び込んでくる。何から話せばいいのか、何に触れちゃいけないのか。しばらくの沈黙の後、僕の方から切り出した。

「千渚ちゃん、身体は大丈夫なの？」

言葉に込めた意味を、千渚ちゃんは悟ってくれる。

『やっぱり、もうみんなに知られちゃってるんだね』

「うん」

一度小さく息を吐いてから、僕は覚悟を決めて答えた。

「みんな知ってる」

再び訪れる沈黙。そしてうっすらと聞こえてくる千渚ちゃんの泣き声。

千渚ちゃんは堪えるように「ごめん」としぼり出してから、気を取り直すように続けた。

『そっち、やっぱり今大変なことになっちゃってるんだよね』

「うん、正直言ってすごいことになってるよ」

『ごめん、教えてもらっていい？　今、どんな状況なのか』

一瞬迷ったが、僕は包み隠さず順を追って説明していった。二人が病院に行ったその日のうちに仲間に知れ渡ってしまったこと。ノブが頑なに心の内を見せないこと。Tにもすでに知られてしまっていること。そのTに対し、初めてノブが反抗的な態度を取ったこと。

話が進むにつれ、千渚ちゃんの泣き声も次第に大きくなっていった。でも、ここまでは涙を堪えようとする意志が感じられた。しかし、最後に「Tが突きつけた期日が明日なんだ」と伝えたとき、千渚ちゃんを支える何かが崩れたように、泣き声は鋭く僕の鼓膜を打ちつけた。

いつもニコニコとよく笑う千渚ちゃんしか知らない僕に、電話の向こうの姿は想像できなかった。ただ泣き叫ぶ声だけが現実味のないまま耳に飛び込んでくる。千渚ちゃんは必死に何かを口にしようとしたが、嗚咽に掻き消されてほとんど何も聞き取れない。

「千渚ちゃん、いいよ。泣きやむの待ってるから。あの、カッコつけてるわけじゃなくて、今のままじゃホントに何も聞き取れないから」

千渚ちゃんが小さく「うん」というのを確認して、僕は新しいカードを挿入口に差し込んだ。

薄暗い地下駐車場を豪雨の音だけが包んでいた。ふと気を許せば孤独に襲われそうな状況の中で、誰かと電話でつながっているということだけが唯一心強かった。

どれくらいの時間が過ぎたのだろう。

『中学生のときね……』

そう言って千渚ちゃんは不意に切り出した。訥々《とつとつ》と、泣き声のおさまった千渚ちゃんの口調はどことなく穏やかだった。

『中学生のとき、実は同じようなことがあったの。私が妊娠したんじゃないかっていうことがあって、そのときのことが今回にすごく影響してると思う。あのときは二人とも今以上に慌てたし、当然堕ろすことしか考えられなかった。お金とか、親とか、色んなことに二人で悩んで、だけど何もできなくて。結局、検査薬のミスだってわかって大事《おおごと》にならなかったんだけど、そのときからなんだよね、ノブが良くも悪くも今みたいになったのは』

僕は相槌《あいづち》も打たずに耳を傾けていた。千渚ちゃんも静かに言葉を紡いでいく。

『雅人くんがどこまで知ってるかわからないけど、あの人、生まれる前にお父さん亡くしてるでしょ。母親は堕ろそうと思えば俺を堕ろせたのに、本当はそうするべきだったのにって、あのとき、ノブはそういう責め方をした。それなのに俺は……って。子供を堕ろそうとしたのをあの人は今でも悔やんでる。まだ中学生だったんだよ。そんな、産めるわけないのにね』

そう言って微かに笑う千渚ちゃんの言葉に、僕は「そうだったんだ」と一つだけ納得がいった。それが当然だとは思わないが、なんとなく、ノブの千渚ちゃんに対する忠誠心みたいなものの理由が垣間見えた気がしたからだ。

千渚ちゃんは続けた。

『今回のことがあって、先生に妊娠してますって言われたとき、あの人嬉しそうに笑ったんだ。だけど私はそれを見て絶対に堕ろそうって思った。病院を出て、当たり前のように学校を辞めて働くって言い出したあの人に、私はなんとか思いとどまるように言った。だけど、元々すごい頑固な人だし、やっぱり中学のときのこともあって、あの人は絶対にうなずかなかった。私は……』

そこまで一息に話すと、千渚ちゃんの声は再びかすれた。「あの人は」「私は」「私は」「あの人は」……。言葉から、病院を出てからの二人の押し問答が目に浮かぶ。

僕はもう一度待とうと思ったが、再び千渚ちゃんの泣き声がやむことはなかった。結局、電話を切り終えるまで千渚ちゃんは泣き続けた。

『私はやっぱりノブに野球をやめてほしくなかった。だって、ずっと聞いてきたんだよ。高校野球の話とか、甲子園の話とか。それこそ出会った頃から、何度も何度も。だから私は野球部だけは辞めないでって言ったし、それが産むための条件とも言った。バレるとかバレないとか、そんなの少しも考えなかったけど、でも、結局私が言ったことで今あの人を苦しめてるんだとしたら、それは私の本意じゃない。もしそのことであの人を板挟みにしてるんだとしたら、それが私には一番辛い。ノブにとって高校野球って、多分今は甲子園とか以上に、みんなといることに大きな意味があると思うから』

僕は黙ったまま目をつぶる。ストンと、心を何かが打った。

『今回、初めて同じ場所にいないことの意味を痛感した。自分のことなのに、私たちのことなのに、私は話も聞いてあげられない。すごくあの人を遠く感じる』

そして、千渚ちゃんは最後の言葉を口にする。

『ごめん、雅人くん。ノブの力になってあげてください。あの人がもう辞めたいって言うならそれでいい。一番大切なものを失わないでって言ってあげて。ごめんね、雅人くん。お願い……、お願いします』

まるでその言葉を待っていたように、テレホンカードの度数切れを報せる音が受話器を伝った。ツーツーという機械音だけを残して、唐突に静寂が訪れる。

結局、僕は最後まで千渚ちゃんに何も言ってあげられなかった。何か約束してあげることもできなかったし、その期待に応えてあげられる自信もなかった。

「なんでよりによってノブなんだ」

これまで散々思ってきたことが、自然と口から漏れた。でも、悲観するばかりのこれまでのものとは違い、口を衝いたこの言葉には、どこか自分を奮い立たせる想いが込められているような気がした。

しばらくしても、僕は地下駐車場のベンチに腰を下ろしたままだった。何本ものタバコに火をつけては、ろくに吸わないうちにつぶしていく。

そんなことを何度か繰り返した後、僕はポケットから一通の手紙を取り出した。一度部屋に戻った際、カードと一緒に戸棚から持ち出してきた手紙。二年前、入部して間もない頃に送られてきた親父からの手紙だ。

親父が書いた文字を一つ一つ追った。あの日の涙と今日の雨でインクはほとんど滲んでいたが、その中からなんとか読める一節を見つけた。それを読み返したいと思い、わざわざ戸棚から取ってきたのだ。そこにはこんな言葉が綴られている。

『誰かの身になってあげられる人間の方が、野球だけの人間よりよほど価値があるのです』

まさかこんな形でこの手紙を読み返すなんて思ってもみなかった。しかも、ご丁寧にもこんな言葉が続いていた。

『やるだけやってそれでも駄目なら、その時は胸を張って帰って来ればいいんだから』

そして最後にもう一言。

『がんばれ』と。

思わず笑いがこぼれた。「なんだよ、親父やるじゃねぇか」と、つい僕は笑ってしまった。まるで今の僕に宛てられたような内容に、心が突き動かされるのを感じた。

「まぁ、死ぬわけじゃねぇんだし」と、ワケのわからない独り言をつぶやいて、僕はベンチから立ち上がる。野球だけの人間になるなという親父の言葉を信じるなら、何も怖くなんてないのだろう。

雨は相変わらずそこかしこを叩いていたが、さっきに比べればいくらか小降りになっている気がした。

六月二〇日。

僕たち三年生にとって最後となるメンバー発表を明日に控え、Tがノブに突きつけた最終期限の日。各々が各々の気持ちを抱きながら表面上は何も変わらない一日を過ごし、今夜、一年生を除いた選手全員のミーティングが開かれる。伸《の》るか反るか。最後の大会を目前に控え、僕たちは今日一気にケリを付けようとしている。

予定の九時が近づき、ポツポツとミーティングルームに仲間たちが集まり始めた。僕は一番に部屋に乗り込み、一人一人の顔をしっかりと見据えた。どの顔にも笑顔はなく、みんなそれぞれに覚悟を持ってこのミーティングに臨もうとしているのが窺えた。

ノブが戸をくぐり、最後にやってきた健太郎がドアを閉めたところで、部屋の緊張感は高まりを増す。みんなの顔を見渡せるよう扇の要《かなめ》に腰を下ろし、まず健太郎が切り出した。

「どうしよう、何から話そうか」

途端にざわめくミーティングルーム。

「そんなもん、ノブの気持ちを聞くのが先決だろうが」

それを打ち消すような純平の声に、みんなの目が一斉にノブに注がれた。

ノブはうつむいたまま小さく何度かうなずき、ゆっくりと立ち上がろうとした。初めはみんなと同じようにノブの気持ちを聞けばいいと思っていた僕だったが、どこか悟ったようなその表情にイヤな予感がして、思わず口を挟んだ。

「いや、違くねぇ？　実際に口に出してなくてもノブがどう思ってるかなんて、お前らみんなわかってんだろ？　まずお前らの意見を聞かせろよ。お前らノブにどうさせたいんだよ。とっとと野球部辞めさせたいのか、本人たちの意思を無視して子供を堕ろさせたいのか、なんでもいいからはっきり言えよ」

突然ケンカを売るような僕の言葉に、仲間たちは露骨に戸惑いの色を見せる。

「そりゃ子供も産めて、野球部も続けられてっていうのが理想なんだろうけど」

言ったのは桜井だ。ムカつく奴にムカつくことを言われて、さらに僕は苛立った。

「はぁ？　なんだ、それ？　じゃあ、それでいいじゃん。理想通りのことをしようぜ。何がイヤなんだよ」

「だって、実際そんなのできるわけないじゃん」

「なんで？」

「Tだって許してないんだろ」

「関係なくね？」

「現実的に考えて無理じゃん」

「だからなんでだって聞いてんだよ!」

「上手く説明できないけど。でもさ……」

言ったきり口ごもる桜井の後を、春山が続ける。

「雅人さ、じゃあお前はどうしたいと思ってんの?」

「別に。お前らの考えを知りたいだけだ」

「そうじゃなくて。何? みんなでTのとこにお願いでもしに行くか?」

「ああ、そうすりゃいいんじゃねぇの」

「無理だろ」

「なんでだよ、やってみりゃいいじゃん」

「絶対に無理だ。断言するよ。あいつは今回のことを絶対認めない。そんなのお前だってわかってるはずだ」

「だからよ……」

「もういいよ、雅人」

声の方に目をやり、遮ったのがノブだと知って、いよいよ僕はキレそうになった。

「うるせぇ、お前は出てくんな」

「でも」

「うるせぇんだよ! てめぇは黙っとけって言ってんだ!」

一人声を上げる僕と、目を伏せてため息をつくノブ。他の奴らは水を打ったように静まり返り、呆然と事の成り行きを見つめている。声を荒らげるつもりなど微塵もなかった。でも、決められたゴールに向かうようなやりとりが、僕にはムカついて仕方なかった。

春山の言いたいことはよくわかった。Tは絶対にノブが子供を産ませるのを認めないだろう。そんなこと百も承知している。でも、違う。僕はこいつら自身の意思を知りたいのだ。

こいつらさえ本心から産ませてあげたいと思うなら、たとえTが夏のメンバーに入れなくても、ノブが野球部にしがみついていることはできるはずだ。みんなで最後まで野球をしていられるはずなのだ。なのに、なんでここまで一緒にやってきた奴をそんな簡単に排除しようとするんだよ？

言ってやりたいことは山ほどあったが、上手く整理できなくて言葉が出てこない。反面、仲間たちは少しずつ何かを口にし始める。でも、内容は相変わらず建前ばかり。産ませてやりたいとは思うけど……。そうするべきではあるんだろうけど……。続きの言葉をあやふやに濁し、そしてまた沈黙を繰り返す。

苛立ち、焦り。色んな空気が部屋に充満していき、積もりに積もった鬱積がついに爆発しようとしていた、そのときだった。

「もう迷惑なんだよ」

突然立ち上がり、そう言ったのは純平だった。

健太郎が持っていた金の入った封筒を奪い取ると、ノブの目の前に投げつける。それをきっかけに、純平は一気に気色《けしき》ばんだ。

「金だってこれだけの額がみんなから集まってんだからよ、もうウダウダ言ってねぇでとっとと女に渡してくれや！　それで子供なんか早く堕ろさせろ！」

瞬間、僕の頭は真っ白になった。言葉の意味を嚙みしめる間もなく、気づいたときには純平の胸ぐらを摑んでいた。

「てめぇ、何言った？　なんて言ったよ？　ふざけんな」

放心したように純平に目をむけば、一瞬唖然とした顔を見せた後、純平もすぐに応戦してくる。

「うるせぇ！　てめぇはいつもいつもしゃしゃり出てくんじゃねぇ！」

今度は逆に自ら馬乗りになって、純平は僕の胸ぐらを摑んでこう叫んだ。

「もう迷惑なんだ！　俺たちは野球をやるためにここに集まってきてんじゃねぇのか！　最後の大会がどれだけ大事なもんかくらいてめぇにだってわかるだろ！　その大会が始まろうとしてんのに、このまま開き直って居座られるのも鬱陶しいし、だからって辞められんのも俺たちのせいみたいで後味が悪いしよ！　だったらもう堕ろしてもらうしかねぇじゃねぇか！　素直に言えって言ったよな？　これが素直な気持ちだ！　文句あるか！」

「違う、絶対に違う！　ざけんな、このヤロー！」

そこから先、僕が純平を払いのけた後は、ただ殴り合うだけだった。二人とも血と涙で顔をグシャグシャにしながら、力任せに互いを殴りつける。あっという間に変形していく純平の顔がスローモーションのように映った。それを見ながら、僕は場違いにも昨夜の千渚ちゃんの言葉を思い出していた。

「ノブにとって高校野球って、多分今は甲子園とか以上に、みんなといることに大きな意味があると思うから」

あのとき、僕はモヤモヤとしていた何かが晴れるのを感じた。それが僕自身の答えでもあった。僕はただみんなと野球がしたいだけだったのだ。

こいつらと一緒に甲子園に行きたかった。甲子園という小さい頃に抱いた夢は、この学校に入って初めて「みんなで」という形容詞がくっついて、僕の胸に膨らんだ。それはお前らと共有した想いじゃなかったのか？

純平の顔は無惨に変形していた。僕も同じようにひどい顔をしているのだろう。痛みは不思議と感じなかった。殴るたび、蹴るたびに血飛沫《ちしぶき》が舞った。その血がタラタラと床にまで流れ落ちたとき、それまで呆然と眺めていた周りの連中がようやく僕らの間に割って入る。押さえつけられて、純平は涙を流しながらも徐々に冷静さを取り戻していった。だけど、同じように涙は溢れ出てくるものの、僕の怒りはエスカレートする一方だった。

「だいたいてめぇらは何なんだ！　お前らもみんな純平と同じ気持ちなのか！　答えろよ！　黙ってる方がよっぽど汚ねぇよ。春山！　健太郎！　お前らもみんな純平と同じ気持ちなのか答えろっ！」

黙ってうつむく姿がますます僕を苛立たせる。

「っていうか、はぁ？　何なんだ、てめぇら偉そうに。いつも俺らは普通の高校生だなんだって言うくせに、いざとなったら結局これか。お前らどれだけ特別なんだ？　お前らもし自分が野球部員じゃなかったとしても同じようにノブに堕ろせって言うんだろうな？　京浜の野球部員じゃなかったとしても同じように言うんだろうな！」

「でも……」

思わずといった感じで、純平は言った。

「でも、長いんだよ。野球とのつきあいは、甲子園への想いは、それよりずっと長いんだ」

再び頭に血が上る。

「それはなんの説明だ？　だから二年ちょいしか一緒にいない仲間は排除してもいいっ

ていう話か？　ふざけんじゃねぇぞ！」

必死に煽って、焚きつけて、僕は誰かに何か言い返してほしかった。逆ギレでもなんでもいい、とにかく何か言ってくれ。だが、放心したような健太郎に、黙ってうつむく春山、純平は体育座りした膝に顔を埋めてそれ以上何も言わないまま、無為に時間だけが過ぎていった。怒りと諦め、何か言ってやりたい気持ちと全てを放り出したい気持ちとがゴチャゴチャになって胸の中から溢れてくる。

「俺たちがいつも言ってたのって、俺らは高校野球の選手である前に一人の高校生なんだって、そういうことじゃなかったのか。俺たちは、子供を産ませたい、彼女を傷つけたくない、勇気を持ってそう思える奴にもっと敬意を払うべきだったんじゃねぇのかよ！　お前ら甲子園に行けりゃそれで満足か？　だったら勝手に行ってこいよ。Tがどう言うかなんて関係ねぇ。それと俺らが産ませてやりたいと思うことって全然違う話じゃねぇか！」

部屋中が静まりかえっていた。誰も何も言わなかった。僕はもう一度全員の顔を睨みつけた。

「っていうか、お前らさっきから何黙ってんの？　どうせ早く終わらねぇかなぐらい思ってんだろ？　なんだ、俺はTか？　Tが何か喋ってるときも早く終わらねぇかなぁっていつも思ってるもんな。だったらいいこと教えてやるよ。カーネルサンダースになったつもりになるんだよ。わかるだろ？　そうすりゃいつの間にか長ぇ話も終わってるよ。実践してみるか？　正座させてやるからよ。っていうか、笑えよ！　何なんだ、てめぇらは！　口は利かねぇ、笑いもしねぇ！　俺今めちゃくちゃ面白ぇ話してるよな？　この状況でカーネルおじさんだぞ？　なんで笑わねぇの？　てめぇら本当に何様だ！」

怒りに任せて教卓を蹴り倒す。轟音が部屋中に鳴り響いた。何人かの背中がビクッと震え、泣いていた奴も怯んだようにピタリと泣きやんだ。

「ああ、もう最悪だ。もう無理か。結局お前ら何も感じてなさそうだもんな。だけどな、最後に一つだけ言っておくわ。俺たちは絶対にいつか今日のことを後悔するからな。自分らの価値観だけが絶対だと思っていたことを、いつか絶対に後悔する。忘れんじゃねぇぞ。まぁ、どうせ俺の言葉なんて、てめぇら屁とも思ってねぇんだろうけどよ」

その事実を、沈黙が証明しているように思えた。僕はそのまま床にへたり込んだ。再び誰かの泣き声が聞こえ始めた以外、相変わらずミーティングルームは静寂に包まれている。もういいや。もう無理だ。頭の隅からそんな声が聞こえてくる。これ以上どうにかできる自信は僕にはもうなかった。

ジリジリと、ただジリジリと胸を焦がすような時間が続いた。その静けさを不意に断ち切ったのは、ここまでずっと耐えるように口を閉ざしてきた、ノブだった。

「もういいよ。いいだろ、雅人。ありがとう。そしてみんなも、ごめん。本当にごめんな」

　そう言ってノブは少しだけはにかみ、みんなに向けて頭を下げた。これまで謝りたくてもできなかったノブの気持ちを思えば、それは心からの謝罪だったに違いない。誰かが「もういいよ」と言うまで、ノブは頭を下げ続けた。

「俺だってみんなの気持ち、本当によくわかる。チームとしてこんな大事な時期に……。違うな、人生で一番大事なこの時期に、俺じゃない誰かがもし同じような問題を起こしたとしたら、多分俺も今のみんなと同じ気持ちになったと思う。本当にごめん。みんなの迷惑を顧みずに自分の願いばかり叶えようとしたこと。野球を投げ出す覚悟もないくせに子供を産ませようとしたこと。図々しかったと今は心から後悔してるし、反省もしてる。口でどれだけ言っても伝わらないと思うけど、本当にごめん。許してくれ」

　純平、春山、健太郎……。そこにいる誰もがじっとノブの目に見入っていた。ノブも一人一人を確認するように、真っ赤に潤んだ目を全員に向けた。

「さっき雅人が言った、みんなが後悔するって話な、頼むからそんな風に思わないでくれよな。当事者の俺がこんなことを言うのはおこがましいって承知してるけど、そんな風に思われたら、多分俺には一番堪える。やっぱり俺たちは京浜高校の野球部員として今この場にいるわけだし、それを思えば、みんなは絶対に間違ってない。甲子園に行くようなチームの選手に子供がいるなんて、やっぱりおかしいよ。だから、絶対にそんな風には思わないでほしいんだ」

こぼれそうな涙を堪えようとノブは必死に天を仰いだ。

「ちょっと遅かったけど、この結論は俺が自分一人で決めたものだ。お前らがどうこうなんて関係ない」

だけどその言葉を言おうとした瞬間、ノブの頬を涙は脆《もろ》くも伝っていった。

「今日をもって、小林伸広《こばやしのぶひろ》は京浜高校の野球部を退部します」

その涙はゆっくりと他の部員にも広がっていく。

「感謝こそすれ、みんなのこと、もちろん恨んだりしていません。俺をもう一度、みんなで甲子園に連れていってください。陰ながら、微力ながら応援しています。この野球部に入れて本当に良かったよ。楽しかったし、みんなに会えた……。良かった。ホントにありがとう」

最後にもう一度だけ頭を下げ、ノブは静かにミーティングルームを去っていった。

その後ろ姿をしっかり瞼に焼きつけて、僕は大きく息をついた。ノブが扉を閉めたと同時に涙は周りの奴らに伝染していく。僕はどこか冷静にその光景を眺めていた。なんとなく、なるべくしてなった結果だという想いが強かった。

僕も鉛のように重い腰を上げた。何かを問うような仲間の目を払いのけ、足早に部屋を後にする。行き先は決まっていた。最後に何をするべきなのか、それだけは明確にわかっていた。

　歩いている間、手紙にあった親父の言葉が何度も頭を過ぎった。

「やるだけやってそれでも駄目なら、その時は……」

　やり残したのは一つだけだ。

　この二年間で一番の決意と覚悟を胸に、僕は監督室へと通じる廊下を急いだ。


　ノックもせずに扉を開けば、案の定、二人はテーブル越しに向かい合って座っていた。血みどろの僕を見て顔をしかめるTと、突然僕が現れたことに虚を衝かれた様子のノブ。同時に驚いた二人だったが、そのニュアンスは違っていた。先に口を開いたのはノブの方だ。

「何しに来た！　お前には関係ねぇだろ！　勝手に入ってくるんじゃねぇよ！」

　猛然と立ち上がり、肩を押しのけようとするノブの手を払い、僕はTの目の前に歩み寄る。

「言うなよ。絶対言うなよ！」

　そう叫ぶノブの声を無視して、僕はTと向き合った。

「なんだ？」

　Tは厳しい表情を崩さなかった。

「監督さん、自分はこいつが辞めることをもう止めようと思いません。そして、自分も今日限りでこの野球部を辞めるつもりです」

「なぜ、お前が辞める必要がある？」

「ここにいる連中と僕との間で想いが全然違っている。今回それを知りました」

その言葉を止められなかったのを悔いるように、ノブは足元から崩れ落ちた。壊れたように泣き叫ぶ声が監督室を支配する。

それでも構わず僕は続けた。相変わらず厳しい表情を崩さないTの目をしっかりと見据え、どうしても聞かなければならないことが僕にはあった。

「だから、一つだけ教えてください。納得いこうがいくまいが、それだけ聞けたら黙って去ります」

絶対に泣くまいと思っていた。それなのに、Tを前にしてやはり涙は溢れ出た。Tは黙ってうなずいた。なんでも受け入れるという意思を確認して、僕は想いを口にした。

「ノブが……、例えば小林が純平や春山のようにチームにとって絶対に欠かせない選手だったとしても、あなたは同じように排除しようとしましたか？　ノブを切ろうとしましたか？」

しばらくジッと押し黙った後、Tは小さく目を伏せた。そして鼻からフッと息を抜き、僕に向け、力強くその首を縦に振った。

「それだけは断言する。たとえ小林が他の誰であったとしても、今回と同じようなことがもしあれば、俺は迷わずそいつを排除する。それが俺の信じてきた仕事だからだ」

言葉の意味を嚙み締めて、僕は大きく息をついた。Tを見つめた。これまでで一番長く、Tの目を見つめた。そして、最後に頭を下げた。

「ありがとうございます。それだけ聞けたら充分です」

泣き崩れるノブの肩を抱いて、強引に立ち上がらせる。部屋を出ようとドアノブに手を置いてから、僕はもう一度だけTの方に向き直った。

「二年間、お世話になりました。甲子園にまで連れていってもらえたこと、本当に感謝しています。ありがとうございました」

それが僕にできる唯一のプライドの表し方だった。

「ご苦労だった」とTも最後までTらしく、毅然《きぜん》と一言だけ返してきた。

部屋に戻ることもできず、仕方なくノブを抱えたまま外に出た。昨夜からの雨は結局一日中降り続いたが、ようやく小雨程度には落ち着いてきたようだ。

ポケットをまさぐってみても金など入っているはずがない。帰る場所も、お互い一つしか残っていない。

「歩くか？」

いつまでも泣きやまないノブの肩を叩いて、僕は先を歩き出した。

「雅人、本当にごめん……」

背後にそんな声が聞こえたが、僕はもう振り向かなかった。ただ、家に向けて、ひたすら前を向いて歩いていった。


家に着いたのは深夜だった。当然、誰も起きているはずがない。そう思いながら家の前まで行ってみると、なぜか雨戸からうっすらと明かりが漏れていた。

躊躇いながらチャイムを鳴らす。すると、足音がゆっくりとドアの向こうから近づいてくる。誰かと尋ねることもなく、静かにドアは開かれた。顔を出したのは親父だった。

雨に濡れる息子に驚いた様子も見せず、こっちから何を尋ねたわけでもないのに、親父は「なんか寝つけなくてな」などと一人ブツブツ言っている。

「嘘つけよ」

僕の言葉に親父は照れくさそうに笑った。

「監督さんから電話があったんだ。心配してくれてたぞ」

そう言って振り返った背中を見た途端、僕は親父からも大きな何かを託されていたのだと今さらながら思い出した。不意に身体中の力が抜けていった。そして、僕はついに自分を保つことができなくなった。

「ごめん、親父。俺、多分逃げてきた……。本当にごめん……」

そんな僕をもう一度振り向き、親父は「おかえり。二年間、よくがんばったな」と口にした。そして、最後に「胸を張れ」と言ってくれた。

風呂に入っても、ベッドに横たわっても、涙は涸《か》れなかった。寮ではそろそろみんなが起きようとする時間だ。僕の耳にはもう『栄冠は君に輝く』は届かない。そんなことを思えばまた、頬が紅潮していくのを感じた。

だけど、僕はゆっくりと目を閉じた。

長い長い一日と、そして僕の高校野球が、この瞬間に幕を閉じた。

二〇〇×年・夏

眼下に広がる渋谷の街を眺めながら、長かった一日を振り返っていた。窓の外はすっかり夜のとばりが降りている。そこに映る自分の顔はものの見事に火ぶくれしていた。

「よくもまぁ、たったの一日で」

軟弱に成り果てた肌に呆れながら振り返ると、今度は見慣れないホワイトボードが扉に吊《つる》されているのに気がついた。

『本日、誰がなんと言おうと貸し切り中！（渡辺恒雄《わたなべつねお》だって入れません！）』

なんでナベツネなんだよ、という突っ込みを心の中で入れながら、オーナーの浮き立つ気持ちが表れている気がして、思わず笑ってしまう。

その戸を開けば、当たり前のように飛び込んでくる懐かしい笑い声。

「おい、お前、遅ぇよ！　久しぶりに飲んでやってんのに電話なんかしてんじゃねぇよ！」

そう言って初めに絡んできたのは佐々木純平。きっちり八年分の歳月をその顔に刻み込んだ、純平だった。

「そんなことより、雅人。お前、佐知子ちゃんって、あのときの佐知子ちゃんなんだってな？」

目を丸くしながら問いかけてくるのは春山。

「驚いた？」

おどける僕に「驚いたに決まってるじゃねぇか」とつっかかってきたのは健太郎だった。

場所はメケメケ。相応の年月を積み重ねた仲間たちといることに、不思議と違和感はなかった。

「っていうか、お前ら絶対覚えてないだろ？　佐知子のことも、そのときのコンパのこともよ。俺がどれだけ……」

椅子を引きながら、僕は仲間たちに訴えかける。張本人の俺ですら忘れていたんだ、お前らが覚えているはずないだろ、と。

しかし純平は「何をおっしゃいますやら」と大袈裟に頭を振りながら、「覚えてるに決まってんじゃん」と当たり前のように言い放った。それを受けた春山も「だってあのときの雅人の落ち込みよう、半端じゃなかったもんなぁ」と言って意地悪そうに笑っている。

再び純平が歯茎をむき出しにして宣《のたま》った。

「ま、俺たちが親友の初恋相手を忘れるわけねぇってことだよな。ねぇ、さっちゃん」

そしてキョトンとする佐知子に顔を近づけながら、「ところでワキの匂いはもう消えたんだね。本当に良かったね」などと耳元でささやくのだ。完璧に誰かと取り違えているのだが、僕たちは顔を見合わせて大笑いさせられた。佐知子だけ困った笑みを浮かべていた。

「それで、お前たちはまだ結婚とかしないんだ？」

ようやく笑いがおさまってきたところで、健太郎が尋ねてきた。

「お前らは？」

僕の質問にみんな示し合わせたように首を振る。

「そうか。うん、俺らもまだわからないな。これから転勤もあるしさ」

だが、それまでしおらしく僕たちの話に耳を傾けていただけの佐知子が、突然割って入った。

「あれ、でも、私今日頭下げられたよね。お願いします、寂しいから僕と一緒に徳島まで来てくれませんかって」

虚を衝かれ、思わず顔を覗き込む。

「なんだよ、お前、聞こえてたのか」

さも当然という風な横顔。

「いやいや。っていうか、その前に脚色しすぎだよな」

しかし、こうなってしまえば僕の言葉など言い訳にしか聞こえない。佐知子の言葉だけを信じて、仲間たちはニマーと最悪の笑みを浮かべた。

あの頃はイライラさせられっぱなしだったその笑顔に、今の僕は懐かしさで胸が締めつけられるほどだった。

横浜スタジアムで後輩たちの試合を見ていたのが、もうずっと昔のことのように思える。

八年前にあった出来事を洗いざらい佐知子に打ち明けた頃、スタジアムにはうっすらと西日が差そうとしていた。徐々に赤く照らされていくグラウンドにボンヤリと目をやりながら、「一つだけわからないことがある」と、佐知子はささやくようにぶつけてきた。

「うん、何?」

「どうして子供を産んで野球を続けることはできないの? どうしてもっと単純に受け止めてあげることはできなかったの?」

雅くんたちの友情を疑うつもりはない、羨ましいと思うほどなのに。佐知子はそう口にした後、「だからこそよくわからない。だって、子供を産むのって一つもやましいことじゃないよね」と締めくくった。

ある程度は予想できた質問だった。だけど、うまく説明もできなかった。ただ「それがあの頃の俺たちの基準だったから」と答えることしかできなかった。

あの日以来、僕自身が考え続けてきたことだ。

校則や高野連の規定に反していたとも思えないし、ましてや法律に違反しているわけでもない。なのに、僕たちはノブが子供を産ませようとするのを当然と受け止めることはできなかった。僕も初めは当たり前のように「堕ろさせる」という想いを抱くことから、一連の出来事と関わっているのだ。

最初に抱いたその感情が正しいものだったとは今も思わない。だからこそ僕は仲間たちと対立し、ぶつかった。だけど、あの怒りはある意味では青臭い、自分自身への苛立ちだったのではないかと、ふと思うこともある。事実、高校野球という世界から離れて何年も経った今でも、例えば目の前のグラウンドでプレーする選手たちに、テレビで見る甲子園の球児たちに、仮に子供がいるのだとすれば、僕はどうしようもない違和感を覚えるに違いない。

　あの頃、他の学校に行った友人から「同級生に子供を産んだ奴がいる」と聞かされれば、「おお、偉い」と、認められる自分たちがいた。しかし、いざ同じ状況が自分たちに降りかかってきたとき、僕たちは慌てふためき、素直に受け入れることができなかった。

　結局、僕たちは一介の高校生ではいられなかった。僕たちには野球以上のものがあっちゃいけなかった。

「それが俺たちの基準だったから」

　その答えに佐知子は最後まで納得がいかない表情を見せていたが、突然立ち上がったかと思うと、促すように僕の右手を摑み取った。

「とりあえず、向こう行こう。行かなきゃダメだよ。それが基準だって雅くんが認めてる以上、雅くんはみんなのこと恨んだりしてないわけだし。っていうか、そんな難しいこと考える前にここに来てるってことは、みんなに会いたいに決まってるんだよね。だから行くよ。向こう行こ」

　最後に優しく微笑んだ佐知子の言葉は、そうするための呪文《じゅもん》のようだった。「みんなに会いたいに決まっている」頭で反復した瞬間、あんなに重かった腰は自然と持ち上がっていた。何を躊躇っていたのか不思議なくらい、拒む理由は見当たらなかった。

いくら自分が決心したとはいえ、あいつらがここに来ているとは限らない。たとえ来ていたとしても、この大観衆の中から奴らを見つけ出せるとは思えない。ネット裏から一塁側の応援スタンドへ行く間、徐々に募っていったそれらの想いは、全くの杞憂《きゆう》だった。

モノクロの世界に三つだけポッカリと色が浮かんだように、そこにきっちりと八年分の年月を重ねた仲間たちの姿を見つけ出した。そして、仲間たちも同じように僕の姿を確認したのも見て取れた。息すらできず、指先さえ動かない。

チラリと腕時計に目をやって、その冷たい空気を最初に打ち破ったのは、純平だった。

「おい、雅人！　てめぇ遅ぇんだよ！　いつまで待たせりゃ気が済むんだ！」

相変わらずわざとらしいのに、どこかたどたどしいセリフ。なんと答えようかと迷っているうちに、涙が込み上げてきてしまう。何があっても泣き顔など見せたくなかった。だけど、必死に堪えて天を仰ごうとしたとき、不運にも、春山と健太郎の顔が目に入ってしまった。それはこいつらを思い出すとき、いつも決まって脳裏に浮かぶ表情だった。

意地悪そうにニヤニヤと笑うそんな二人の顔を見た瞬間、とっくに潤んでいた僕の目頭から、涙が自然とこぼれ落ちた。

仲間たちは指を差して、そんな僕を囃し立てた。

「いやぁ、でもやっぱりみんな変わったよな。それなりにさ」

話し声だけ聞けばあの頃と何も変わらない仲間たちも、やっぱりその額には相応の年月が刻まれている。八年という時間は、やはり短いものじゃない。

渋谷に来るまでの車の中で、僕は純平も健太郎もすでに野球の世界から足を洗っていることを知った。僕らの代でまだ現役として続けているのは春山だけ。その春山は社会人野球を続けながら、毎年秋に行われるドラフト会議で指名されるのを待っているのだと言う。

「二五歳だからな。ラストチャンスだよ」

バックミラー越しに見る春山の姿に、僕は改めて時の流れを感じずにはいられなかった。

「やっぱりみんな変わったよな」

その僕の言葉に、健太郎は「まぁ、八年だからな」と事もなげに答えた。

それを受けた春山が意地悪そうに目を細める。

「ああ、変わった。やっぱりみんな変わったよ。中でもやっぱり一番変わったのが……」

そこまで言うと、春山は「しまった」というように両手を口にあてがった。佐知子を含めたみんなの目が一斉に純平に向けられる。視線に気づいた純平は悟ったように、大きく首を縦に振った。

「ああ、ハイハイ。どうせ俺はハゲましたよ。もうつるっパゲですわ。だけどな、お前らみんな言い方が汚ぇんだ！　言いたいことあんならハッキリ言えよ！　別に俺はちっとも気にしてねぇぞ！」

相変わらず無茶苦茶なキレ方をする純平に、僕たちは腹を抱えて笑った。だけど、それは純平の言葉に対してだけ笑ったのではない。

「いやぁ、お前は変わらない。あの頃と何も変わっちゃいないよ」

顔を真っ赤に染めた健太郎が、僕らの気持ちを代弁してくれた。

酒を呷り、タバコをふかし、僕たちは同じようなバカ話に何度となく、でもどこか必死に笑い合った。

どれくらい時間が経ったのかもわからず、僕はふと携帯の待ち受け画面に目をやった。ここに来てから相当の時間が経っている。着信は一件も残っていない。

やっぱり来ないのかな。そんなことを思いながら携帯を閉じようとした、そのときだった。不意にエレベーターの到着音が響き、入口の扉が開かれた。

「すいません、今日はもう閉店なんです」

そう言って腰を上げようとするオーナーを、僕は黙って手で制す。

みんなが追った目線の先、扉の前に、ノブと千渚ちゃんが。そして二人に両手をつながれて、その真ん中に子供が立っていた。

「俺が呼んだんだ」

僕の言葉に、みんなは何も言わずただうなずいた。

案の定、初めはどことなくぎこちない空気がメケメケの中に漂ったが、オーナーが必死に気を遣ってくれた甲斐《かい》もあり、その後はしばらく当たり障りのない会話が続いた。

しかし、話がノブたちの二人目の子供のことに及び、ノブが何気なく「いやぁ、作っちゃいけないときにはできちゃって、作ろうと思ったときはできないんだもん。イヤになっちゃうよ」と言ったときだけ、なんとも言えない変な空気が店に流れた。

そんな雰囲気に耐えられなくなったわけでもないだろうが、初めからなつかれていたノブの息子に純平がちょっかいを出し始める。

「坊や、お名前は？」

そう言って頭をクシャクシャと撫で回す純平の姿は、どこから見てもただのオッサンだ。

「こばやしこうたです！」

「おっ、いい名前だな。何歳ですか？」

「七さいです！」

屈託のない笑みを見せるノブの息子に、初めはニコニコと微笑む純平だった。しかし、七歳という年齢の意味を悟ったのだろう。一瞬、顔に暗い影が差しかけたが、気を取り直すように純平は続けた。

「うん、こうた。いい名前だ。こうたっていうのはどういう字を書くんだ？」

質問が難しかったのか、息子はポカンと口を開いて父親の顔を仰ぎ見た。助けを求められたノブは「お前、自分の名前くらい書けるだろ」と苦笑しながら、純平の差し出したペンを受け取り、名前を紙に書き記した。

『小林好太』

一瞬シンと静まり返る店内。

「意味も説明してやれよ」

卒業後もノブとはちょこちょこ会い、互いの近況を報告し合っている。千渚ちゃんとも数年前にノブの家を訪ねた際、一度だけだが顔を合わせた。高校生の頃のようなはつらつとした明るさとは違っていたが、いい歳の取り方をしたなと、そのとき感じたのを覚えている。

僕の言葉に、ノブは困惑した笑みを浮かべつつもきっぱりと首を振った。しかし、そんなノブを純平や健太郎が力強く促した。いいから言えよ、と。

互いが互いの目を見据えながら、メケメケに沈黙の時間が訪れる。が、先に息苦しそうに小さく息を吐き出したのはノブの方だった。

チラリと視線を送るノブと、応じるように微笑む千渚ちゃん。ノブがその視線を下に向ければ、待ってましたとばかりに今度は好太が笑ってうなずき返す。きっと千渚ちゃんのマネをしているのだ。張りつめていた空気が完全に緩んだ。

そんな好太の笑顔に衝き動かされるように、ノブは大きく息を吐いた。そして「本当にお前らに言うような話じゃないんだけど」と前置きしてから、覚悟を決めたように口を開いた。

「こいつはな」

そう言って、好太の頭を撫でるノブ。

「こいつは、やっぱりみんなから望まれて、誰からも祝福されて生まれてきたわけじゃなかったんだよね。色々なしがらみと、たくさんの犠牲を伴って、その上に生まれてきた子供だったんだ」

頭を撫でられて、好太は嬉しそうな笑みを浮かべている。その顔に目をやりながらノブは続けた。

「正直言うと、あの頃の出来事は今も思い出したくない。何が正しい、何が正しくない、何が大切、何が大切じゃない……。そんなことばかり考えて、結局、生まれてくるこいつのことを傷つけた。もちろん、それはみんなを少しだって恨んでるわけじゃなく、ましてやこいつ自身に何か一つでも罪があったわけでもなくて、ただ俺たち二人の不注意とわがままのせいで、こいつを望まれない子供にしちゃったんだ」

ノブは労るように千渚ちゃんに目を向けた。ハンカチを鼻にあてがい、千渚ちゃんの方は目を真っ赤に充血させている。

「だからさ、せめて生まれてからはみんなに好かれる子であってほしいと、そういうバカな親の願いを込めて、好太。好太って名前をつけたんだ。こうやって改めて言うと、ちょっと恥ずかしいんだけどな」

ノブは最後に照れくさそうに笑った。

「ごめんな。やっぱり、お前らに話すようなことじゃなかっただろ」

ノブがタバコに火をつけるのを契機にして、メケメケに訪れた再びの沈黙。テーブルに揺れるロウソクの影となり、布で覆われた壁に家族三人の姿が映し出されている。外の音も、音楽も聞こえない。最も長く感じられた静寂の時間。それを掻き破ったのは、頭《こうべ》を垂れ、肩をブルブルと震わせた、純平の嗚咽だった。

「ごめん……」

こぼれ落ちる涙を拭おうともせず、純平はまず千渚ちゃんに向き合った。深々と頭を下げ、そしてもう一度同じ言葉を口にする。

「千渚ちゃん、ごめん。本当にごめん。俺、ごめん……」

言葉が続かず泣き崩れる純平の肩に手を添えながら、千渚ちゃんは何度も首を振った。二人の嗚咽の重なりに、それまでずっと耐えてきた僕の鼻の奥も熱くなる。振り向けば、春山も健太郎も目を真っ赤にさせている。そして、なぜか一番涙を流す佐知子の肩を、僕は抱き寄せた。

相変わらず顔をグショグショにしながら、純平は次に好太の方を向き、その目の前で跪《ひざまず》いた。何が起こっているのかわからずキョトンとする好太の目を見つめながら、

「俺は自分のエゴでこいつを殺そうとしたんだな」と一人こぼす。

そして好太の額に自分の額を押し当て、号泣しながらつぶやいた。

「ごめん。本当にごめんな、好太……」

そのまま足元に泣き崩れる純平を、好太はジッと見下ろしていた。そして、次に起こした行動。好太にしてみれば、それは謝られることに対する条件反射だったに違いない。ちょこんとしゃがみ込んだかと思うと、その短い腕をいっぱいに伸ばし、純平の頭をイイ子、イイ子と撫でながら、耳元でそっとささやいた。

「うん。いいよ、許してあげるよ。だから、もう泣かないで」

好太は純平の頭を抱いたまま、ノブの目をキッと睨みつける。そして一言、言い放った。

「ダメだよ！　パパ。髪のないおじさんいじめたら！」

一瞬息を呑んだ後、僕たちは顔を見合わせて思い切り吹き出した。みんながみんな涙を流しながら笑い転げた。当の純平も笑っている。涙をボロボロとこぼしながら、鼻水もヨダレも垂らし、それでも満面の笑みを浮かべようとする髪のないおじさんは、残念ながら最高に見苦しかった。

「ごめんな」

最後にノブはそう言って、好太の頭を優しく撫でた。

千渚ちゃんと佐知子はお互いを労り合うように、いつの間にか二人だけで苦労話に花を咲かせている。その千渚ちゃんの胸でスヤスヤと寝息を立てる好太。

「実はあいつに野球やらせてるんだよね」

息子の姿に目をやりながら、ノブが口を開いた。

「俺がやってたなんて知らないはずなのに、急に自分からやりたいって言い出したんだ。で、初めのうちはなんの気なしにやらせてたのに、いつの間にか俺の方が入れあげちゃってってさ。なんかよくわからないけど、やっぱり自分が叶え切れなかった夢とかを託しちゃってるのかなって、最近ちょっと思うんだよね」

チラリと好太に目を向けて、春山がノブに問いかける。

「上手いの？」

「野球？」

「うん」

「まぁ、普通かな。なんか俺に似てる気がする」

「そうか。だったら、まぁ、充分だな。うーん、充分なのかなぁ」

自分で言いながら、春山は首をかしげておかしそうに笑った。

ポジションはピッチャーだという好太。

「だったらさ。京浜入れさせようぜ」

全くの思いつきだった。しかしその僕の勝手な思いつきに、みんなの顔もパッと華やぐ。

「いいね。それで甲子園で優勝でもした日にゃ、俺たち全員の夢が叶う瞬間だぜ」と、まずは純平が嬉しそうに同調する。

「だけど、あいつピッチャー育てんの下手くそだからなぁ」と、春山。

「そうだな、ピッチャー育てんのも下手くそだし、今日の試合なんかもひどかったよな。あんなの、いくらなんでも選手のこと信用しすぎだぜ」と、これは健太郎だった。

結局、知らないところで僕たちを八年ぶりに結びつけてくれた後輩たちは、延長一三回に痛恨の押し出しを与え、サヨナラ負け。あと一歩のところで甲子園を逃し、三年生たちは最後の夏を終えた。

「でもさ、Tがあんな風に選手のこと信頼してるのって、俺ちょっと驚いたよ。ショックなくらいだった」

似たようなことを感じていたのだろう。僕が言うと、春山たちは伏し目がちに微笑んだ。

「っていうか、Tってまだ俺のこと覚えてんだろうな?」

思わず続けた言葉の真意を、仲間たちはすぐに悟る。純平が僕の頭を軽くはたいてこう言った。

「まぁ、近々行ってこいよ。忘れてたら忘れてたで、そしたらまた飲もうや。あいつはひでぇ、最悪だぁとか言いながらよ」

みんなが大声で笑い立てる。再び広がった笑いの輪に、僕もつい吹き出した。うなずいて応える僕を見て、誰よりも嬉しそうな笑みを浮かべたのはノブだった。まるで憑き物が落ちたかのように、その表情は晴れやかだった。

フルメタル・ジャケットのテレビで後輩たちの姿を見てから、たった一日後の出来事だ。とにかく騒がしく、慌ただしく、心は翻弄され続けた。今日が終われば、僕たちはそれぞれの家路につく。同じ寮にではなく、それぞれの家へ。そんな些細《ささい》なことに改めて僕は流れていった月日を思い知った。もうあの頃と違うのだ。健太郎も、春山も、純平だって、どんなにおちゃらけていたって、もうあの頃の関係には戻れない。そう感じているはずだ。

「さて、と。どうしようか？」

時計に目をやりながら、健太郎がつぶやいた。

「もう一軒行こうぜ」と言った春山に、「じゃあ、カラオケでも行くか」と健太郎は応える。しかし、断ろうとする奴がいた。意外にも純平だ。

「俺、明日早いから」

途端にブーブーいう春山たちの声を聞きながら、僕はちらりと佐知子に目をやった。佐知子はどこか一点を見つめたまま、小さく首をかしげている。

「うん。俺らも遠慮しとくよ。明日は仕事だからさ」

そのとき、佐知子は思い立ったように顔を上げた。

「私、野球見たいかも」

『ハイ？』

「私、みんなが野球してるとこ見てみたい！」

千渚ちゃんも追随する。

「見たい、見たい！　君らホントに野球できるのか、怪しすぎるもん！」

一瞬、沈黙があった。直後に拍手が起こった。最初に立ち上がったのは、今まで帰ると言い張っていた純平だ。

「いいね！　やろうぜ、野球！」

僕は一人乗り遅れた。

「こんな時間にどこでやんだよ？」

「決まってんじゃん！」

「でも……」

息を呑んで、僕は言った。

「Tいるかもしれないじゃん」

「望むところじゃん！」

寝ていると思っていた好太まで飛び起きる。

「野球やるの？　僕もやる！」

そんな好太に目をやれば、僕ももううなずくしかなかった。

「じゃあ、行っちゃう？」

その一言をきっかけに、みんな一斉に肩をグルグル回し始めた。

「おい、雅人。勝負しようぜ。なんか賭けてさ」

意地悪そうな表情を浮かべて純平が言う。

「いいけど、何賭ける？」

「うーん、酒とか？」

「徳島だ！」

突然、佐知子が口を挟んだ。

「私、徳島ついてくよ。雅くんが打ったら」

『マジで！』

健太郎と春山が目をむいた。

「お前。マジ……？」

その爛々とした表情から本当か嘘かわからなかったが、なんか一つ吹っきれた。

「かっかっか。これは尚更打たれるわけにゃいかねぇなぁ」

「バァカ、ハゲきったお前なぞ恐れるに足りねぇんだよ」

「さっちゃん、俺が抑えたら、俺のことよろしくね」

「いや、それはないな。佐知子にだって拒否権がある。なぜなら、お前は鼻が低い」

意味がわからないといった様子の純平は放っておいて、僕は佐知子に目をやった。一人言葉の意味を知る佐知子は、本当に楽しそうに笑っていた。

後片付けをし、オーナーに礼を言って、みんなワイワイと店を出ていった。最後に席を立ったのは僕とノブだ。

「よっしゃ、ノブ。野球だ。野球すんぞ、とりあえず！」

「はは。なんか聞いたことあるセリフだな」

「うるせぇー、野球だ！」

「うん、野球だ！」

「よっしゃ、今日は徹夜だ！　野球すんぞ、コノヤロー！」

解説

森 義隆

この文庫版解説を書くため、数年ぶりに『ひゃくはち』を読み返すことにした。表紙を開いて最初の数行を目にした瞬間、まずいことを直感してまった。それは「わたしはこの小説の解説者に適していないのでは」という直感だ。

というのも、早見和真の小説家デビュー作であり、彼がおそらく初めてのお産のような苦しみとともにのた打ち回りながら描ききったこの渾身《こんしん》の青春小説を、わたしは監督として映画化した。そしてその映画は、わたしにとっても監督デビュー作であり、この小説は当時、初産のような苦しみで向き合い続けた原作本にあたる。そんなわけで、本作の何かを客観的に解説するには、わたしのこの作品に対する思い入れは強すぎるのである。

案の定、読み進めていくと、ふとした隙《すき》に、自然と当時の思い出がフラッシュバックしてしまい、どうしても物語に没頭できない。早見和真と初めて出会った日のことから、夜な夜な飲み屋で繰り広げた作品論、小説の名シーンを脚本にしていく際の苦悩、挙句の果てには一緒に行ったキャバクラのお姉ちゃんとの会話まで……。一応、読みきったものの、もうわたしの脳は、物語の純粋な読者としてこの小説と向き合うことが出来ない状態になっていることだけを確認して本を閉じた。失礼な話である。

しかし、依頼を引き受けてしまった以上、なんとか解説者としての責任は全うしたい。どうしたものかと思案していると、いいことを思いついてしまった。この小説を初めて読んだ時代にタイムスリップすればよいのだ。そう、タイムカプセルがあったじゃないか。

執筆に窮して頭がおかしくなったと思うなかれ。実は、わたしのパソコンには、6年前（発売の3年前である事情は追って説明するとして）、初めて「ひゃくはち」のゲラを読み、あまりの感動でその日のうちに作者本人にあてて送ったメールの文章が、まるで小学生が校庭の木の根元に埋めたタイムカプセルのように残っていたのである。これを転載して「解説」としよう。我ながら素晴らしいアイデアである。何だかロマンチックだし、ついでに効率がよい。

さて、このタイムカプセルを掘りおこす前に、少し早見とわたしの関係を説明しておきたい。小説を映画化させてもらいながら、先ほどから作家先生を呼び捨てにし、若干不遜《ふそん》な文章を展開しているわたしを「お前は何様だ」と不愉快に思われている読者の方もいるかもしれない。

早見とわたしが「どうしても二人を会わせたい」という共通の知人の紹介で出会ったのは、２００５年の冬である。当時の早見は「ひゃくはち」という原稿用紙１０００枚にのぼる大作を書き上げながらも、新人作家のデビュー作としては長すぎるという理由で、出版はおろか新人賞応募のメドも立たず途方に暮れている計画不足なフリーライターだった。一方のわたしは、映画を撮りたくて色々とオリジナル企画を書くものの、山っ気ばかりで薄っぺらな内容を一蹴《いっしゅう》され続け、ほとんど腐りかけのテレビディレクターだった。

初めて会った日の会合は大人数で、わたしは早見と「小説読ませてよ」「おお読んでくれよ」くらいの会話を交わして別れた。そして数日後、「ひゃくはち」の原稿が送られてきた。

では「解説」に代えて、６年前、わたしが「ひゃくはち」を読み終えて、興奮状態のまま早見本人に送った文章をそのまま写してみよう。

「昨日、○○が『ひゃくはち』の原稿をメールで送ってくれ、さっそく拝読させていただきましたので、感想を送らせていただきます。ワードデータでもらったためプリントアウトしたところ、その原稿の膨大な量に『どんな気分の時に腰を据えて読もうか』と思案しながら、触りを一読。そのまま夜が更ける頃には、一気に読み終えていました。長編小説をノンストップで読んだのは久しぶりのことです。10度以上、声を出して笑い

（だいたい書き手の予想通りの個所だと思います）、3度は目頭を熱くしました（父親よかった）。振り返れば、良質で面白い映画に出会って、何も考えず気分を委《ゆだ》ねる、心地良い時間を過ごすのと似たような感覚です。また、いまとなっては原因も思い出せませんが、中学時代に絶縁した唯一の親友を思いだし『今どうしているかなぁ』と思いを巡らせたりもしました。

創《つく》り手の端くれであるわたしは、読んだ人が、見た人が『出会えた』と思える作品に、まじで嫉妬《しっと》を禁じ得ません。捏《こ》ね繰《く》りまわした批評はマシンガンのようにできます。でも、何を書こうとも、僕は『ひゃくはち』に『出会った』という気分にさせられてしまったわけで……嬉《うれ》しい。あんまり大雑把なことばかり書いていると『馬鹿な人』と思われそうなので、恐縮ですが少し微に入《い》った感想を書きます」

とあり、その後にいくつかの良かった点と惜しいと思った点などという、いかにも「わたしも作り手であり、それなりに読める男ですよ」と言わんばかりの拙《つたな》い箇条書きが続く。そして、最後はこう締めくくられていた。

「以上、ツラツラと書いてしまいましたが、ディレクターとは名ばかりで、昨年はお蔵取材率NO1を記録してしまった不甲斐《ふがい》ない修行僧です。が、今年は新年から西新井《にしあらい》大師で3万円の厄払いをしたこともあり、厄が感染するということもないと思います。是非、また近いうちに飲みましょう。ぼく『野風増《のふうぞ》』、かなり歌えます♪」

読んでいて恥ずかしい。なぜなら、これはほとんどラブレターではないか。合コンでタイプの女の子に出会って「あなたのここが素敵だから、どうしても今度ふたりで会いたい」と間接的に告白している類《たぐい》の文面だ。確かに、わたしはこのメールを何度も何度も添削した覚えがある。おそらく自分の力を信じられなくなりかけていた当時のわたしは、早見和真という男に惚《ほ》れてしまったのだろう。映画化うんぬんということはその時点でまったく考えてはいなかったが、とにかく、出版の確約もないなか、1000枚を超す傑作をひとりコツコツと書き上げた同世代の男にすぐに再会したかった。そして、何でもいいから語り合いたかったのだと思う……。

この出会いから2年半後の2008年夏。小説『ひゃくはち』と映画『ひゃくはち』はそれぞれ書店と映画館でほとんど同時に産声をあげた。わたしが映画を製作している間、早見は正式な出版に向けて、当時わたしが読んだ1000枚の原稿を、600枚以下にするという、想像するだけで身悶《みもだ》えしそうな改訂作業を乗り越えて、この小説を世に送り出している。

「作り手にとって作品とは子供のようなものである」という言葉を借りてたとえるならば、「ひゃくはち」を介しての早見とわたしの関係は、さながら同じ産婦人科の隣同士のベッドで、一緒に初産を体験した妊婦仲間みたいなものだった。

あれから6年。早見の第二子ともいえる小説『スリーピング・ブッダ』（角川書店）が昨秋、書店に並んだ。もちろん発売日に購入してすぐに読んだ。さあ、妊婦仲間の第二作。どんなもんじゃい……。ところが、読み終えて本を閉じたとき、最初にわたしを捉《とら》えた感覚は、興奮でも、うれしさでも、感慨でもない、意外なものだった。それは「あ。この早見和真という作家、面白いかも。次も読みたいな」という、一読者としてのきわめて客観的で合理的な感覚だったのである。戦友だと思っていた男が、作家であることに、それもなかなか面白い作家であるかもしれないことにハタと気付いた感覚とでも言えば伝わるだろうか。

考えてみれば当然のことである。出版未定の1000枚を書き上げて途方に暮れていたあのころから、すでに早見和真は将来が楽しみな面白い作家だったのだ。妙な腐れ縁のせいで、わたしがそのことに気がつくのに、6年もかかったというだけの話である。

この小説を読み終えた読者の方々から「何をいまさら。わたしたちは『ひゃくはち』を読んで一発で気付いたよ」というお叱《しか》りを受けられれば、こんなにうれしいことはない。

（もり・よしたか　映画監督）

この作品は二〇〇八年六月、集英社より書き下ろし単行本として刊行されました。

フィクションですので、すべて架空の設定です。

集英社文庫

ひゃくはち

2011年6月30日　第1刷
2022年10月19日　第8刷

定価はカバーに表示してあります。

著　者　早見和真《はやみかずまさ》

発行者　樋口尚也

発行所　株式会社　集英社
東京都千代田区一ツ橋2-5-10　〒101-8050
電話　【編集部】03-3230-6095
【読者係】03-3230-6080
【販売部】03-3230-6393（書店専用）

印　刷　図書印刷株式会社

製　本　図書印刷株式会社

フォーマットデザイン　アリヤマデザインストア　　マークデザイン　居山浩二

ISBN978-4-08-746714-7 C0193